Mara Andeck

Wunder & so

Weitere Titel der Autorin:

Wunder & so (Band 1) – Falls ich dich küsse
Wen küss ich und wenn ja, wie viele?
Wer liebt mich und wenn nicht, warum?
Wenn Liebe die Antwort ist, wie lautet die Frage?
Wenn das Leben dich nervt, streu Glitzer drauf
Wolke 7 ist auf nur Nebel
Lilo auf Löwenstein. Ab ins Schloss
Lilo auf Löwenstein. Ponyzähmen leicht gemacht
Lilo auf Löwenstein. Nichts für Feiglinge
Natural Born Chillers
Schöne Aussichten

MARA ANDECK

# WUNDER & SO

## FALLS ICH DICH VERMISSE

Boje

MIX
Papier aus verantwortungsvollen Quellen
FSC® C014496

Dieser Titel ist auch als E-Book erschienen

Originalausgabe



Umschlaggestaltung: Tanja Østlyngen
unter Verwendung einer Illustration von Eva Schöffmann-Davidov
Umschlagmotiv und Vignetten: Eva Schöffmann-Davidov
Satz: hanseatenSatz-bremen, Bremen
Gesetzt aus der Weiss Std
Druck und Einband: GGP Media GmbH, Pößneck

Printed in Germany
ISBN 978-3-414-82571-1

2 4 5 3 1

Sie finden uns im Internet unter: www.luebbe.de

Für Tobias

# Sommernacht

»Wo Sam nur bleibt?« Ich reckte mich auf die Zehenspitzen und sah mich um. Der Ballsaal war wirklich überwältigend schön. Im glitzernden Licht der Kronleuchter drehten sich edel gekleidete Paare auf schimmerndem Parkett im Walzertakt. Die Seidenkleider der Mädchen glänzten in sanften Farben und schwangen bei jedem Tanzschritt mit.

Leider konnte ich Sam nirgends entdecken. Wo war er nur?

»Puh.« Amy wedelte sich mit der Hand Luft zu. »Irgendwer hat hier eindeutig zu viel Eau de Wasweißichwas aufgetragen. Wollen wir draußen warten?«

Die Flügeltüren des Saals waren weit geöffnet, und auf der Terrasse boten weiß behandschuhte Diener Erfrischungen an. Sam würde uns dort bestimmt schneller entdecken als hier im Gewühl, daher nickte ich.

Erleichtert raffte Amy ihren Rock und steuerte auf die Terrasse zu.

Als ich ihr allerdings folgen wollte, hörte ich plötzlich eine Stimme hinter mir. »Louisa Waldgraf?«

Ich fuhr herum und sah in kalte, eisblaue Augen. Der Mann, dem sie gehörten, war mir unbekannt, doch seine Gesichtszüge waren mir vertraut wie aus einem Albtraum. Sie wirkten kantig und seltsam alterslos.

»Sam wird nicht kommen.« Seine Stimme klang sanft, doch sein Blick war gefühllos und hart. »Dafür kommst du jetzt mit.«

Mir stockte der Atem. Kopfschüttelnd wich ich zurück.

Der Mann lächelte spöttisch. »Das war keine Frage, Louisa.«

# Kapitel 1

Man sagt: Viele Menschen treten in dein Leben. Manche gehen einfach weiter. Andere hinterlassen Spuren darin. Ganz besondere berühren dein Herz. Bei Sam war es noch mehr. Er hat mein Herz verzaubert, und zwar für immer.

Geahnt habe ich diesen Zauber von Anfang an. Aber wirklich sicher war ich an einem merkwürdig magischen Mittwochmorgen kurz vor den Sommerferien.

Eigentlich fing dieser Tag ganz normal an. Wie so oft, seit Sam mein Freund war, hatte ich nachts von ihm geträumt. Wie jeden Morgen hatte ich ihn nach dem Aufwachen unendlich vermisst. Und wie fast immer war ich danach viel zu lang im Bett geblieben, um noch weiter an ihn zu denken.

Irgendwann fiel mein Blick auf den Wecker, ich sprang auf und stürzte ins Bad. Das Frühstück ließ ich ausfallen, genau wie das morgendliche Spielen mit Muffin, unserer Hündin, die deswegen echt enttäuscht aussah. Ging aber nicht anders. Als ich die Bushaltestelle erreichte, öffnete der Bus gerade zischend seine Türen. Es hätte wirklich keine Minute später werden dürfen.

Nach dem Einsteigen dann das übliche Chaos: Winzige

Wichte rammten mir riesige Ranzen in den Magen, rempelnde Rüpel verströmten Achselschweißmief, aus Ohrstöpseln obercooler Oberstufenschülerinnen schepperte mir metallische Musik entgegen. Energisch bahnte ich mir einen Weg durch diesen Hexenkessel, um zu Amy zu kommen, die weiter hinten einen ruhigen Stehplatz ergattert hatte. Und damit meine Tasche nicht irgendwo hängen blieb, presste ich sie an mich. Vorsorglich umschloss ich dabei mit der Hand die kleine weiße Eule aus Plüsch, die seitlich dranhing, denn Sam hatte sie mir zum Abschied geschenkt, und ich wollte sie auf gar keinen Fall verlieren.

Als ich den feinen, weichen Flausch an meinen Fingern fühlte, dachte ich an den Moment zurück, als Sam sie mir geschenkt hatte. Und ich ihm seine, die genauso aussah, nur aus hellgrauem Plüsch. Wir hatten in der letzten Nacht an Bord des Schiffes Eulen getauscht, so wie andere Ringe. Unter glitzerndem Sternenhimmel, über dem funkelnden Meer. Ich wurde ganz wehmütig, als ich mich daran erinnerte. Und ich zählte die Stunden bis zu unserem Wiedersehen. Sechsundachtzig waren es noch. Dreieinhalb Tage. Wenig im Vergleich zu den sechs Wochen ohne Sam, die schon hinter mir lagen. Trotzdem viel zu viel. Im Moment kamen sie mir wie tausend Jahre vor.

Ich hatte Amy schon fast erreicht, uns trennte nur noch ein Knirps mit einem riesigen grünen Ranzen, da wurde mir auf einmal ein bisschen schwindelig. Aber nicht so, als würde ich umkippen, eher, als wäre ich plötzlich schwerelos wie eine Seifenblase und könnte schweben. Die ganze Situation fühlte sich plötzlich so seltsam vertraut an, als hätte ich mich eben schon einmal durch diesen vollen Bus gedrängelt. Aber das Gefühl war so schnell weg, wie es gekommen war, und nun stellte sich eine andere merkwürdige Empfindung ein: Ich spürte Sam plötzlich, und zwar so deutlich, als wäre er ganz nah. Was er definitiv nicht war, ich wusste genau, dass er sich ungefähr achthundert Kilometer von mir entfernt in einem englischen Internat befand.

Das alles wäre eigentlich schon seltsam genug gewesen, doch jetzt nahm ich noch etwas anderes wahr: Ich war plötzlich unglaublich traurig. Ich spürte einen richtigen Stich im Herzen und musste nach Luft schnappen vor Schmerz.

Das war nicht das normale Vermissen von eben. Es war sehr viel mehr, etwas Ähnliches hatte ich bis jetzt erst ein Mal gefühlt. Da allerdings hatte ich einen wirklich guten Grund gehabt.

Es war passiert, als ich nach unserer Schiffsreise auf dem Flughafen von Nizza Sams Hand loslassen musste, damit er in seinen und ich in meinen Flieger steigen konnte. Wir waren damals erst seit ein paar Tagen ein Paar, und wir vermissten uns schon, bevor wir auseinandergehen mussten, war ja klar. Ungefähr tausend Mal schworen wir, uns so bald wie möglich wiederzusehen, und wir waren auch sicher, dass wir das irgendwie hinkriegen würden, selbst wenn wir dafür die Welt aus den Angeln heben mussten. »Solange mein Herz schlägt, werde ich immer versuchen, in deine Nähe zu kommen«, hatte Sam mir versprochen.

Trotzdem konnten wir uns auf dem Flughafen einfach nicht

loslassen. Selbst im entscheidenden Moment nicht. Wir hielten uns fest an den Händen, bis unsere Arme ganz lang waren. Bis wir wie eine lebende Straßensperre den Weg blockierten. Bis seine Finger beim nächsten Schritt aus meinen glitten, und mein Herz fast brach. Nicht nur, weil ich Sam so vermisste. Auch, weil es ihm in diesem Moment total schlecht ging, und ich das spürte. Wir hatten ja diese geheimnisvolle Verbindung zueinander, die wir Herzflüstern nannten, und wenn wir uns nah waren, fühlten wir, wie es dem anderen gerade ging. Deswegen wusste ich, wie traurig Sam in diesem Moment war. Und da war es dann plötzlich passiert. Es war, als hätten wir gegenseitig unseren Kummer gespürt, und als würde er sich dadurch verdoppeln. Und dann vervierfachen. Verachtfachen. Versechzehnfachen. Alles im Bruchteil einer Sekunde, und immer so weiter, bis der Abschiedsschmerz ein paar furchtbare Sekunden lang so unendlich wehtat, dass er kaum auszuhalten war.

Genau wie eben, nur, dass es heute gar keinen Grund dafür gab. Hey, wir würden uns in dreieinhalb Tagen sehen. Da musste man jetzt nicht schwächeln, da konnte man eigentlich schon mal anfangen, sich zu freuen. Aber das bekam ich gerade überhaupt nicht hin, und ich spürte, dass es Sam genauso ging.

»Was ist los?« Aufmerksam musterte Amy mein Gesicht. »Du siehst aus, als hättest du einen Geist gesehen.«

»So ähnlich«, sagte ich, noch immer um Fassung ringend.

»Erzähl«, forderte sie mich auf.

Ich schüttelte den Kopf. Im Bus gab es zu viele neugierige

Ohren für so ein Gespräch. Und was ich zu erzählen hatte, war nicht nur privat, es klang außerdem auch noch ziemlich verrückt. Zumindest für Außenstehende.

»Lieber draußen«, sagte ich deswegen kurz.

Amy warf mir einen weiteren prüfenden Blick zu, dann griff sie in ihre Tasche, zog einen roten Apfel heraus und gab ihn mir.

»Iss den erst mal«, sagte sie. »Du bist ja ganz blass. Bestimmt hast du mal wieder nichts gefrühstückt.«

Womit sie ja recht hatte. Dankbar nahm ich den Apfel und biss hinein.

Wenig später sank Amy draußen auf die Bank an der Bushaltestelle und starrte mich an. »Krass. Meinst du, das waren echt Sams Gefühle? Oder wünschst du dir das nur so sehr, dass es dir so vorkam?«

»Das glaube ich nicht.« Ich setzte mich neben sie. »Erst war da kurz dieser Déjà-vu-Schwindel, und dann hab ich Sam ganz deutlich gespürt. Und ich wusste, wie es ihm gerade ging. Also alles ganz genau wie damals auf dem Schiff. Es war sogar irgendwie, als hätte er mich auch gespürt.«

Wie gut, dass ich meiner besten Freundin alles erzählen konnte, ohne dass sie mich für bekloppt hielt. Gut aber auch, dass Amy wie immer skeptisch blieb. »Nicht *ganz* wie damals«, sagte sie. »Früher konntest du seine Gefühle nur spüren, wenn er ganz nah war.«

Ich nickte. »Je näher, desto besser.«

Sie runzelte die Stirn. »Betrachten wir das mal analytisch.

Eigentlich gibt es ja nur drei Möglichkeiten.« Sie richtete sich auf, ihre blauen Augen blitzten. Wenn Amy etwas analysieren konnte, war sie in ihrem Element.

»Welche drei?«, wollte ich wissen.

Amy strich sich eine blonde Haarsträhne hinters Ohr. Dann hob sie den Daumen. »Erstens: Sam ist hier irgendwo in der Nähe, und deswegen spürst du ihn.«

Eher unwahrscheinlich. Das wüsste ich, das hätte er mir gesagt. Trotzdem richtete ich mich unwillkürlich auf und sah mich um. Leider konnte ich nirgends auch nur ein Haar von ihm entdecken. Genau genommen war weit und breit niemand mehr, es hatte bereits geklingelt, und alle waren im Schulhaus verschwunden. Nur ein paar Spatzen stritten sich vor der Bushaltestelle um ein Stück Brot.

Jetzt hielt Amy den Zeigefinger hoch. »Zweitens: Vielleicht hast du plötzlich eine Art Fernleitung zu Sam und kannst ihn spüren, obwohl er in England ist.«

Hmmm. Möglich. Aber auch eher unwahrscheinlich. Dann hätte ich ihn doch bestimmt schon längst gespürt, unser Abschied lag schließlich viele Wochen zurück. »Und drittens?«, wollte ich wissen.

Amy zuckte mit den Schultern. »Drittens, du irrst dich und bist einfach nur völlig ausgehungert und übermüdet.«

Also, das hielt ich für absolut unwahrscheinlich. Ja, klar, ich war definitiv müde, und Hunger hatte ich auch. Aber trotzdem war ich ganz sicher, mich nicht getäuscht zu haben. »Ich nehme Möglichkeit eins. Er ist hier irgendwo«, entschied ich deswegen.

Amy zuckte mit den Schultern. »Das Leben ist kein Wunschkonzert. Ich halte zwei oder drei für wahrscheinlicher. Aber das lässt sich leicht klären, ruf Sam doch mal an.«

Was ich natürlich sofort versuchte. Leider ging er nicht dran.

»Hmmm«, brummte Amy. »Fragen über Fragen. Und jetzt können wir sie nicht beantworten. Aber eins steht fest.«

»Und das wäre?«, wollte ich wissen.

Sie dachte kurz nach. »Also, das mit diesen Déjà-vus und dem Herzflüstern ist irgendwie komplizierter als gedacht. Bisher fand ich das total romantisch und süß. Aber die Sache hat echt auch Schattenseiten. Als ich eben dein Gesicht gesehen hab, puh. Du warst richtig gelbgrün. Das muss verflixt unangenehm gewesen sein.«

»Jep«, sagte ich. »War es. Aber es war auch schnell wieder vorbei. Also halb so schlimm.« Was nicht ganz stimmte, mir ging die Sache nach, aber irgendwie wollte ich das nicht zugeben. Ich hatte die enge und fast magische Verbindung zu Sam bis eben nämlich auch ungeheuer romantisch gefunden, aber jetzt nahm sie wirklich neue Dimensionen an. Es war schön und besonders, ihm gefühlsmäßig nah zu sein, wenn wir zusammen waren. Aber so im Alltag plötzlich von fremden Gefühlen quasi überrollt zu werden, war eine andere Nummer. Damit musste ich erst mal selbst klarkommen.

Zum Glück verstand Amy mich ohne Worte. Sie lächelte mich lieb an. »Am besten, wir gehen jetzt rein, und du rufst Sam später noch mal an.« Sie erhob sich. »Mehr können wir gerade sowieso nicht tun.«

Ich schüttelte den Kopf. »Geh schon mal vor. Ich brauch noch ein bisschen Zeit für mich. Okay?«

Amy mustere mich, dann nickte sie. »Ich sag, dir sei im Bus schlecht geworden, und du müsstest noch ein paar Schritte gehen.«

Ich umarmte sie zum Abschied und beschloss, genau das zu tun, also spazieren zu gehen. Das Flussufer war nur ein paar Schritte entfernt, und da konnte ich immer gut nachdenken.

Viel Zeit dazu blieb mir allerdings nicht. Als ich das Flussufer gerade erreicht hatte, klingelte mein Handy. Sams Nummer erschien auf dem Display.

»Wo bist du?«, fragte ich statt einer Begrüßung und merkte, wie sehr ich gegen alle Vernunft hoffte, er würde gleich irgendwo aus dem Ufergebüsch springen.

»Im Park vorm Internat«, sagte er. »Hab gerade gefrühstückt, jetzt geh ich zum Unterricht. Ich hab gesehen, dass du angerufen hast. Alles okay?«

Im ersten Moment war ich enttäuscht, weil Sam eindeutig nicht in der Nähe war. Aber schon im zweiten spürte ich nur noch das warme Gefühl, das sich immer einstellte, wenn ich seine tiefe Stimme hörte.

»Alles okay«, sagte ich. »Außer ... na ja, du weißt ja.«

Ich unterbrach mich, weil ich ihm das Herz nicht noch schwerer machen wollte. Dass ich ihn vermisste, wusste er, und dass er selbst traurig war, hatte ich eben im Bus deutlich gefühlt.

»Ja, ich weiß«, sagte er leise. »Ich hab dich eben gespürt. Da war ...«

»Ein Déjà-vu?«, fragte ich aufgeregt. »Vor ungefähr zehn Minuten?«

»Ja!« Sam klang erstaunt. »Woher weißt du das?«

»Ich hab dich auch gefühlt«, sagte ich. »Du warst traurig.«

»Und du erst!«, stellte er fest.

»Ich hab dich vermisst«, gab ich zu.

»Und ich dich.«

Als mir klar wurde, was das bedeutete, wurden meine Knie ganz wackelig. Zum Glück war da eine niedrige Ufermauer, auf die ich mich setzen konnte. »Krass, wir haben uns gespürt«, stieß ich hervor. »Über eine Distanz von achthundert Kilometern hinweg.«

»Ja, wirklich«, meinte Sam. Er klang genauso verwirrt wie ich.

»So was gibt's doch gar nicht«, murmelte ich.

»Tat es dir auch so weh?«, fragte Sam leise.

»Es war schrecklich«, gab ich zu. »Aber trotzdem …«

Ich brach ab, denn was ich sagen wollte, klang irgendwie komisch.

»Trotzdem waren das wir, und es gehörte irgendwie zu uns«, vervollständigte Sam meinen Satz. Und genau das hatte ich auch gedacht. Ich lächelte und dachte, wie schön es wäre, wenn er genau jetzt spüren könnte, was ich fühlte. Aber im Moment hatten wir leider keinen geheimnisvollen Draht zueinander.

Und dann kam mir eine Idee. »Hey, wenn wir wüssten, warum uns das ausgerechnet in diesem Moment passiert ist, könnten wir so was vielleicht wiederholen. Und ein bisschen steuern. Also, ich meine, vielleicht kriegen wird das dann besser hin.«

»Wie meinst du das?«, wollte Sam wissen.

»Wir könnten doch mal an was Schönes denken und dann in Verbindung treten«, überlegte ich laut. »Vielleicht schaukelt sich dann das gute Gefühl zwischen uns auch so hoch wie eben unsere Trauer, und wir werden total happy!«

»Das wäre wundervoll. Im wahrsten Sinne des Wortes.« Sam hatte jetzt deutlich hörbar ein Lächeln in der Stimme. Oh Mann, diese Stimme!

»Ist dir eben kurz vor diesem Moment irgendwas Ungewöhnliches aufgefallen?«, wollte ich wissen.

Er dachte kurz nach. »Eigentlich war alles wie immer.«

Ich seufzte. »Bei mir auch. Ich war im Bus. Es war eng, ich hab mich durch lauter aufgedrehte Kids geschlängelt, und ich hatte deine Eule in der Hand. Dann war da Amy und ...«

»Du hattest meine Eule in der Hand?«, unterbrach mich Sam.

»Ja. Sie hing seitlich an meiner Tasche, und ich wollte nicht, dass sie sich im Gedränge irgendwo verhakt.«

»Hey, Lou.« Sam klang auf einmal ganz aufgeregt. »Ich wollte eben aus dem Speisesaal raus. Aber da waren Kids aus der Unterstufe, die reindrückten. Totales Gedränge. In der Jackentasche hatte ich deine kleine Eule, und als ich mir einen Weg durch die Zwerge gebahnt habe, hatte ich sie in der Hand. Einfach weil, ach, egal, das mach ich manchmal, wenn ich an dich denke. Und, bing, warst du da.«

»Die Eulen?«, fragte ich. »Sind das etwa Zaubereulen? Vom Souvenirshop? Nee, oder?«

»Eher unwahrscheinlich«, stimmte Sam mir zu. »Das sind garantiert einfach nur Plüscheulen. Ist aber schon ein seltsamer Zufall, dass wir sie gerade beide in der Hand hatten, oder?«

Jep, das war es. Ich dachte fieberhaft nach. Sam wohl auch, denn eine Weile blieb es ganz still in der Leitung.

»Bist du noch dran?«, fragte ich irgendwann.

»Ja«, gab er zurück. »Ich überleg gerade. Du, wir standen doch beide in diesem Moment mitten in einer Horde Kids.«

»Stimmt. Fünft- oder Sechstklässler waren das bei mir. Mit riesigen Ranzen. Der von dem Jungen direkt vor mir war …«

»Grün«, behauptete Sam.

Ich schluckte. »Er war wirklich grün. Woher …?«

Er unterbrach mich. »Vor mir war auch so ein Zwerg mit knallgrünem Ranzen.«

»Krass.«

Wieder schwiegen wir beide.

»Lou?«, fragte Sam nach einer Weile.

»Ja?« Meine Stimme versagte, und ich räusperte mich, bevor ich weitersprach. »Denkst du auch, was ich denke? Also, ich meine, vielleicht waren es nicht die Eulen, vielleicht war es einfach die Tatsache, dass wir sie beide gleichzeitig in der Hand gehalten haben.«

»Wäre möglich«, räumte Sam ein. »Welche Hand war es denn bei dir?«

»Die rechte.«

»Bei mir auch.«

Ich spann den Faden weiter. »Wir hatten beide die Eulen in der rechten Hand, haben beide auf einen grünen Schulranzen gestarrt, und um uns herum waren Gedränge und Kinderstimmen.«

»Wir haben also dasselbe gesehen. Gehört. Und gefühlt«, meinte Sam. Und dann klang er auf einmal richtig aufgeregt. »Hey, was siehst du jetzt?«

»Wasser. Ich sitze am Fluss.«

»Wasser ist gut.« Ich hörte schnelle Schritte. »Warte kurz, ich geh rüber zum Ententeich.«

»Ja, mach das. Enten sind auch gut. Hier paddeln gerade welche rum.« Ich grinste. »Dann sehen wir das Gleiche, und falls sie schnattern, hören wir sogar ähnliche Geräusche. Wenn wir dann wieder die Eulen in die rechte Hand nehmen, macht es bestimmt noch mal bing, und die Verbindung ist da.«

Ich hörte immer noch Sams Schritte. Dann wurde es still. »Ich bin jetzt am Teich«, verkündete er.

»Kannst du dich irgendwohin setzen?«

»Da ist eine Mauer.«

»Perfekt! Setz dich drauf«, bat ich ihn.

Tja, und da saßen wir nun. Er in England, ich hier. Wir starrten beide auf ein paar Enten, die in grünem Wasser rumpaddelten, hofften, dass sie quaken würden, hielten unsere Flauscheulen in der rechten Hand und warteten auf ein Wunder. Hätte mir das vor Kurzem jemand erzählt, hätte ich ihn für verrückt gehalten. Aber so war es.

»Spürt du was?«, flüsterte Sam.

»Nö«, wisperte ich. »Du?«

»Auch nicht.« Er seufzte. »Schade.«

»Warte. Nicht aufgeben«, bat ich. »Vielleicht brauchen wir noch ein ganz starkes Gefühl. Ein positives natürlich.«

»Kein Problem. Ich hätte da ein paar«, meinte Sam. »Einen ganzen Berg sogar. Alle haben übrigens was mit dir zu tun.«

»Okay.« Ich lächelte. »Dann nehmen wir eins davon. Küssen wir uns doch einfach. In Gedanken.«

»Ich wüsste nichts, was ich lieber täte«, sagte der wundervollste Junge der Welt mit ganz leiser Stimme.

Also stellte ich ihn mir vor. Seine grauen Augen, ganz nah. Seine dunklen Haare, die immer ein bisschen zerzaust waren, und die ich gern noch ein bisschen mehr verwuschelte, bevor ich ihn küsste. Einfach, weil ich dann beim Küssen sein Lächeln an meinen Lippen spüren konnte. Das schönste Gefühl, das ich kannte.

»Hey, Lou, da bist du ja«, sagte Sam plötzlich ganz sanft. »Ich kann dich fühlen.«

»Ich dich auch«, flüsterte ich, und spürte in meinem Herzen, wie schnell seins gerade schlug. Und dass es das in diesem Moment nur für mich tat. Es war, als würde ich ihn wirklich küssen. Alles um mich löste sich auf, die Zeit blieb stehen.

# Kapitel 2

*Ich wäre jetzt am liebsten da,
wo meine Gedanken gerade sind.*

Drei Tage später sauste ich mit einer Geschwindigkeit von einhundertsechzig Stundenkilometern auf das Ziel meiner Träume zu. Ich saß neben Amy im Zug, wir fuhren gerade unter dem Ärmelkanal durch, und in knapp zwei Stunden würden wir in London sein, wo abends auch Sam eintreffen wollte. Endlich! Ich konnte es kaum erwarten, ihn wiederzusehen. Und ihn näher kennenzulernen, denn irgendwie war das zwischen uns ja ziemlich verrückt. Wir kannten uns und kannten uns gleichzeitig nicht. Wir waren uns innerlich so nah, als wären wir schon ewig zusammen, aber wenn man alle Zeit zusammenrechnete, die wir miteinander verbracht hatten, kamen wir nur auf wenige Tage.

Am liebsten hätte ich jetzt schon per Herzflüstern Kontakt zu ihm aufgenommen, aber das ging nicht. Wir hatten zwar inzwischen festgestellt, dass wir manchmal gezielt in Verbindung treten konnten, und wir hatten das gestern sogar zwei Mal geschafft. Aber es funktionierte nur, wenn wir gleichzeitig ähnliche Dinge sahen, hörten, rochen oder fühlten, möglichst viel musste gleich sein, und selbst wenn wir das schafften, klappte es nicht immer.

Was gerade um mich herum ablief, war allerdings ziemlich einmalig, ein ähnliches Chaos konnte Sam unmöglich künstlich erschaffen. Angenommen, er würde gerade ebenfalls in einem Zug durch einen schwarzen Tunnel brausen, in einer U-Bahn zum Beispiel, würde ihn da garantiert keine Geräusch- und Geruchskulisse umgeben wie mich hier.

Das lag daran, dass Amy und ich nicht allein reisten. In dem futuristisch gestylten Großraumwagen des Zugs, der gerade unter dem Meer durchbrauste, saßen auch meine Mum, mein Dad, meine Großeltern, Amys Mum und Amys kleiner Bruder Freddy. Zwei Familien. Wir waren also zu acht. Und das war, na ja, ich sag's mal so: Cleo hatte es wirklich gut gemeint, als sie nicht nur unsere Galatea-Clique, sondern auch unsere Familien zu einer Überraschungswoche nach England eingeladen hatte. Als Dank für die Unterstützung damals bei dieser Erpressungssache auf dem Schiff. Aber so viel Dank wäre eigentlich gar nicht nötig gewesen. Sie hätte die Sache ruhig eine Nummer kleiner aufziehen können. Nur mit den Drillingen, Sam, Amy und mir.

Nichts gegen Familie, ich mag sowohl Amys als auch meine sehr. Aber so geballt wie jetzt und hier waren unsere Lieben schon auch ein bisschen strapaziös. Mum und Dad saßen auf der anderen Seite des Ganges, also quasi neben mir, und waren dauernd damit beschäftigt, mich vermeintlich zartes Pflänzchen zu hegen und zu pflegen. Die beiden sind richtige Energiebündel, sie können einfach nicht still sitzen und abschalten, und in ihrer Gärtnerei müssen sie das ja auch nicht. Da ist es gut, wenn sie wie emsige Bienen unermüdlich von Blume zu Blume summen. Hier im Zug war das aber echt anstrengend. Zumindest für mich. Ich wollte in Ruhe über Sam und das Herzflüstern nachdenken, aber dauernd war was, ich konnte mich einfach nicht konzentrieren.

»Wollt ihr noch Wasser?«, fragte Mum Amy und mich. »Es ist wichtig, dass ihr genug trinkt.«

Wollten wir nicht. Sie hatte das nämlich vor einer Viertelstunde schon mal gefragt. Und vor einer halben. Wir gluckerten fast bei jeder Bewegung. Mum musste anscheinend immer was gießen.

»Lou, ist dir kalt?«, fragte Dad kurz darauf. »Die Klimaanlage kühlt doch sehr stark.«

Zum Glück tat sie das. Draußen herrschten geradezu tropische Temperaturen, hier drin war es dagegen sehr angenehm.

Jetzt war Mum wieder dran. »Möchtest du vielleicht einen Kaugummi?«, wollte sie wissen. »Gegen den Druck in den Ohren? Oder einen Traubenzucker? Für den Kreislauf?«

Aber mir war weder zu kalt noch zu warm noch hatte ich zu viel Sonne noch brauchte ich Dünger. »Mir geht's wirklich gut«, sagte ich sanft zu den beiden. »Und ich bin auch schon ziemlich groß. Fast erwachsen.«

Eine Weile blieb es neben mir still, dann lenkten meine Eltern ihre Aufmerksamkeit auf Freddy, der vor ihnen saß und definitiv ziemlich klein war. Was genau genommen auch nicht viel besser war. Freddy wollte nämlich nicht nur Kaugummi haben, er wollte es sich auch in die Haare kleben. Aber dann wollte er es da plötzlich doch nicht mehr und brüllte, bis Amys Mum das Zeug mit ihrer Nagelschere herausgeschnitten hatte.

Momo und Opa auf den beiden Sitzen vor mir konnte ich zwar weder hören noch sehen, aber dafür riechen. Einer von ihnen aß eindeutig irgendwas mit Knoblauch, und der andere ein Leberwurstbrot. Sie hatten sich Brote eingepackt, weil das Essen in Zügen immer so fad ist, dass es nicht mal nach was riecht. Auf die Idee, dass das einen Grund haben könnte, kamen die beiden gar nicht.

Die Einzige in unserer Reisegruppe, die ich weder hörte noch roch, war Amy. Sie saß ganz still neben mir, geradezu leblos, und war richtig grün um die Nase. War es der Trubel? Oder der Knoblauch-Leberwurst-Duftmix, der sie quälte?

Ich stupste sie an. »Alles okay?«

»Ich find es unheimlich, dass über uns so viel Salzwasser ist«, piepste sie kläglich. »Und Meeresboden. Schmodder. Fische. Quallen. Muscheln. Ist das nicht ein schrecklicher Gedanke?« Normalerweise war Amy in allen Lebenslagen mein Fels in der Brandung, sie ließ sich durch nichts leicht aus der Ruhe bringen. Aber im Moment war dieser Fels offenbar untergegangen. Und das sogar buchstäblich, denn wir befanden uns gerade fünfundsiebzig Meter unter dem Meeresgrund. Und damit kam Amy offenbar überhaupt nicht klar.

Ich warf einen Blick auf meine Uhr. »In zwanzig Minuten sind wir durch den Tunnel durch«, versuchte ich sie zu beruhigen.

Doch das tröstete Amy überhaupt nicht. Sie seufzte meeresgrundtief und starrte das Fenster an, obwohl es da nichts zu sehen gab außer ihrem eigenen, sehr blassen Gesicht, das sich in der Scheibe spiegelte.

»Denk am besten gar nicht an das Wasser über dir!«, schlug ich vor. »Stell dir was richtig Schönes vor.«

Amy verdrehte die Augen.

»Sorry«, sagte ich zerknirscht. »Das war blöd. Man kann ja nicht absichtlich NICHT an was denken. Dazu gibt es sogar psychologische Studien. Wenn ich jetzt zum Beispiel sage: Denk nicht an einen weißen Bären, dann denkst du sofort …«

»… an einen weißen Bären«, ergänzte Amy.

»Genau«, bestätigte ich. Und dachte insgeheim: Und wer an weiße Bären denkt, denkt nicht mehr ans Meer.

»Hey, Amy«, fuhr ich fort. »Wusstest du, dass Eisbären wegen des Klimawandels jetzt bei der Nahrungssuche manchmal auf Braunbären treffen? Weil sich die Lebensräume der beiden Bärensorten überschneiden? Und dass die sich dann ab und zu sogar paaren?« Ich wollte Amy unbedingt bei dem Bärenthema festhalten. »Die Nachkommen nennt man übrigens Cappuccino-Bären.«

Es klappte! Amys Mundwinkel rutschten ein bisschen nach oben. »Und wenn sich Eisbären in Schwarzbären verlieben?«, wollte sie wissen. Ihre Stimme klang schon fester.

»Dann haben die Babys Punkte und heißen Stracciatellabär«, behauptete ich. »Nee, Spaß. Aber das mit den Cappuccino-Bären stimmt echt.«

Ich hatte es geschafft, Amy lächelte. Doch dann verdüsterte sich ihr Gesicht erneut, und ich konnte förmlich zusehen, wie sie gedanklich wieder im Meer versank.

»Noch achtzehn Minuten«, sagte ich rasch.

»Du bist lieb. Aber es nützt nichts.« Amy versuchte noch einmal ein Lächeln, doch diesmal misslang es. »Ich glaub, ich hör ein bisschen Musik. Vielleicht lenkt mich das ab.«

Ich nickte. »Das hilft bestimmt.«

Mit zitternden Fingern steckte sie ihre Kopfhörer in die Ohren, dann schloss sie die Augen und ließ mich mit dem Familienchaos allein.

Um mich ebenfalls abzulenken, zog ich nun auch mein Handy aus der Tasche. Cool, obwohl wir tief in der Erde steckten, kam ich ins Internet. Eigentlich ein guter Zeitpunkt, um mehr über das Herzflüstern herauszufinden. Denn so langsam fand ich das doch ziemlich kompliziert. Mal war es da, mal weg. Mal konnten Sam und ich von fern in Verbindung treten, mal nicht einmal dann, wenn wir uns ganz nah waren. Mal war mir vorher schwindelig, und ich fühlte mich, als würde ich schweben. Mal wusste ich nur einfach plötzlich, was in Sam gerade vorging, ohne jegliches Schwebegefühl. Und manchmal tat unsere geheimnisvolle Verbindung sogar richtig weh, so wie kürzlich im Bus.

Die Déjà-vus, die diesen Momenten oft, aber nicht immer vorausgingen, hatte ich schon mehrfach gegoogelt. Aber da kam ich nicht weiter. Es gab ungefähr dreißig verschiedene Erklärungen, keine passte so richtig, und keine war bis jetzt bewiesen. Diesmal wollte ich mein Glück mit anderen Suchwörtern versuchen. Wie konnte man so was denn noch nennen? Herzfunk vielleicht? Leider war das eine Sackgasse. Als ich das Wort eingab, kam ich zu einer Aufklärungssendung für Kinder im Radio. Ich versuchte es stattdessen mit Telepathie. War das nicht was Ähnliches wie Gefühlsübertragung? Nein, leider nicht. Als ich die Ergebnisse überflog, stellte ich fest, dass es da um Gedankenübertragung ging, und dazu waren Sam und ich definitiv nicht in der Lage. Ich wusste nie, was er dachte, wir konnten nur unsere Gefühle teilen. Das ging eher in Richtung Empathie, also Mitfühlen, allerdings sogar von fern. Wie hieß das denn bloß? Vielleicht Fernempathie? Teleempathie? Tele bedeutete ja auch in Wörtern wie Telefon und Telegramm so etwas wie Fernübertragung. Ich tippte das Wort ein, erst in deutscher, dann in englischer Schreibweise, und war überrascht, dass es tatsächlich Einträge dazu gab. Nicht viele, knapp zweihundert, aber immerhin.

Rasch klickte ich mich durch die Seiten, war dann aber erst mal enttäuscht. Bei den meisten handelte es sich um Beiträge in esoterischen Foren, darin wurden vor allem Fragen zu diesem Thema gestellt und Vermutungen geäußert, Antworten gab es keine.

Nach kurzer Zeit entdeckte ich dann allerdings eine Homepage, die echt interessant war. Sie stammte von einem psychologischen Forschungsinstitut in Croydon bei London und wirkte wissenschaftlich und seriös. Die Leute arbeiteten mit der Londoner Uni zusammen, es gab die Seite nicht nur auf Englisch, sondern auch auf Französisch und Deutsch. Was

Wissenschaftliches war genau, was ich suchte. Auch wenn sich die Verbindung zwischen Sam und mir magisch anfühlte, glaubte ich nicht an Zauberei. Denn erstens fühlt sich Liebe ja wohl immer irgendwie magisch an. Zweitens konnten weder Sam noch ich zaubern, was schade war, aber nicht zu übersehen. Und drittens hatte die Menschheit ja schon immer Dinge für magisch gehalten, die einfach noch nicht näher erforscht waren. So was in der Art vermutete ich auch bei uns, und die Homepage sagte etwas Ähnliches: *Teleempathie ist möglicherweise eine ganz normale Sinnesleistung, die im Tierreich gar nicht so selten ist,* stand da. *Viele Wildtiere spüren zum Beispiel, wenn sie beobachtet werden. Und man weiß, dass viele Hunde die Rückkehr ihrer Besitzer vorausahnen können. Es gibt sogar Hinweise darauf, dass auch Menschen über teleempathische Fähigkeiten verfügen. Manche wissen beispielsweise Sekunden, bevor ein Telefon klingelt, wer gleich am Apparat sein wird, andere spüren den Tod geliebter Menschen über Hunderte von Kilometern hinweg.*

Hmmm, das traf es zwar noch nicht ganz, aber es ging schon mal in die richtige Richtung. Aufmerksam las ich weiter.

*Wir vom Psychological Science Institut Croydon (PSI) haben Experimente gemacht, die beweisen, dass Liebespaare sich emotional so nah sein können, dass ein Partner nachts dasselbe träumt wie der andere. Und es gibt sogar dokumentierte Fälle von Gefühlsübertragung zwischen Paaren.*

Oha. Das war interessant. Und als ich die nächsten Zeilen überflog, wurde es noch besser: *Willst du wissen, ob du selbst teleempathische Fähigkeiten hast? Unser Test ist anonym, kostenlos und dauert nur ein paar Minuten.*

Jep. Genau das wollte ich! Ohne zu zögern, klickte ich auf Start, und schon ging es los: *Bitte gib einen Usernamen ein, gern auch ein Pseudonym*. Da musste ich nicht viel nachdenken, ich nannte mich Isa statt Lou, das tu ich in solchen Fällen immer.

Und weiter ging's. *Alter:* fünfzehn. *Geschlecht:* weiblich. *Schulabschluss:* (noch) keiner. *Geburtsort:* Dixon. *Wohnort:* Zur Auswahl standen nur britische Verwaltungsbezirke, deswegen wählte ich London, da war ich ja gleich.

Frage eins: *Kam dir schon einmal jemand bekannt vor, den du eigentlich gar nicht kennen konntest?*

Und ob. Ich klickte auf den entsprechenden Button.

Nächste Frage: *Hast du schon einmal etwas über einen Menschen gewusst, dass du eigentlich nicht wissen konntest?*

Oh ja, seit ich Sam kannte, passierte das dauernd.

Frage drei: *Sind solche Episoden manchmal mit Schwindelgefühlen und Déjà-vu-Erlebnissen verbunden?*

Hey, das passte. Eindeutig Ja.

Weiter zu Frage vier. *Zu wie vielen Personen kannst du teleempathische Verbindungen aufbauen? Antwort A, eine Person, Antwort B, zwei bis zehn Personen, Antwort C, mehr als zehn.* Ich wählte Antwort A. Das Herzflüstern konnte ich bis jetzt nur zu Sam aufbauen, und das reichte mir auch. So viel Nähe zu anderen könnte echt unangenehm sein.

Fünfte Frage: *Tritt dieses Phänomen in deiner Familie gehäuft auf? Haben also noch weitere Familienmitglieder solche Fähigkeiten?*

Puh. Ich seufzte, als ich diese Frage las. Es gab vier Antwortmöglichkeiten: *A, Eltern und Großeltern. B, Geschwister. C, Kinder und Enkel. D, das weiß ich nicht.*

Ich wählte Letzteres und war insgeheim froh, meine Antwort nicht näher erklären zu müssen. Ich tu das nämlich nicht gern. Vermutlich, weil mich immer alle trösten, wenn ich irgendwo erwähne, dass meine Eltern rein biologisch betrachtet gar nicht meine Eltern sind. Dabei weiß ich, seit ich denken kann, dass Mum und Dad mich kurz nach meiner Geburt adoptiert haben, weil meine leiblichen Eltern bei einem Unfall ums Leben gekommen sind. Und ich weiß auch, dass meine zweiten Eltern mich lieben wir ihr eigenes Kind. Genau wie ich sie. Kein Grund also für Beileidsbekundungen, alles okay bei uns. Aber erklär das mal jemandem, der ganz feuchte Augen hat, weil er dich für ein armes, einsames Waisenkind hält. Ich war deswegen froh, das Thema mit einem Klick abhaken zu können.

Tja, zu früh gefreut. Kaum hatte ich Antwort D angekreuzt, öffnete sich ein Fenster, und ein lustig gezeichnetes Comic-Männchen, das einen weißen Arztkittel trug und eine Frisur wie Albert Einstein hatte, begrüßte mich mit einer Sprechblase: *Hey, Isa,* stand da. *Ich bin Doktor Psi, dein automatisierter Begleiter durch diesen Psychotest. Kann ich dir helfen? Wenn du mir sagst, warum du diese Frage nicht beantworten kannst, finde ich bestimmt eine Lösung.*

Unter diesem Männchen ploppten unterschiedliche Antworten auf, die ich ankreuzen konnte. Ich wählte: *Ich kenne meine leibliche Familie nicht. Ich bin adoptiert.*

Der Comic-Doktor runzelte seine zerfurchte Stirn. In seiner Sprechblase stand nun: *Du hast gewählt: Ich kenne meine leibliche Familie nicht. Bitte teile mir deswegen alle Details mit, die du über diese Herkunftsfamilie weißt. Kennst du die Namen deiner Eltern? Ihre Nationalität? Berufe? Hobbys? Vorlieben? Jede Information kann hilfreich sein.*

Ich wusste nichts dergleichen. Und ich kapierte auch echt nicht, warum irgendetwas davon hier hilfreich sein sollte. Also schrieb ich einfach nur Nein unter das alles.

*Besitzt du vielleicht etwas von deinen Eltern? Hast du etwas geerbt? Haben Sie dir etwas mit auf deinen Lebensweg mitgegeben? Alles kann hier wichtig sein.*

Wieder tippte ich einfach nur Nein ein.

Zum Glück war das Programm mit dieser Eingabe zufrieden. *Kein Problem, Isa,* stand jetzt in der Sprechblase des weißhaarigen Männchens. *Ich leite dich weiter zur nächsten Frage. Bis bald!* Doktor Psi winkte mir zum Abschied zu, dann schloss sich das Fenster automatisch, und die nächste Frage erschien.

Jetzt ging es um Sam. Im Test wurde er als mein Empathiepartner bezeichnet. Was für ein bescheuertes Wort, aber egal, darum ging es jetzt nicht. Ich gab die richtigen Daten ein. *Alter: sechzehn. Geschlecht: männlich. Wohnort: London.*

So weit war alles okay. Weiter: *Datum, Uhrzeit, Adresse, nähere Umstände des ersten Empathiekontakts.*

Das war leicht. Ich dachte zurück an den Harry-Potter-Shop am Londoner Flughafen, da hatte ich Sam und unsere verbindenden Déjà-vus in den Pfingstferien erstmals kennengelernt. Das war vor sechseinhalb Wochen gewesen, in der Mittagszeit.

Sofort erschien die nächste Frage. *Welche Art von Beziehung besteht zwischen dir und deinem Empathiepartner?* Die Antwortmöglichkeiten lauteten: *Ehe, Liebe, Freundschaft, Verwandtschaft, entfernte Bekanntschaft, brieflicher beziehungsweise telefonischer Kontakt.*

Autsch. Wollte ich das beantworten? Irgendwie nicht. Aber

es musste sich um eine der letzten Fragen des Tests handeln und es wäre schade, jetzt zu kneifen. Also klickte ich *Liebe* an, obwohl sich in mir alles dagegen sträubte. Nicht wegen meiner Gefühle zu Sam, sondern weil mir das echt zu privat war. Zum Glück war der Test anonym, und in ein paar Minuten gab es Isa nicht mehr. Dann war ich wieder Lou, würde das Ergebnis lesen, alle Daten löschen und diese Seite schließen. Ein gutes Gefühl.

Nächste Frage. *Wann und wo wirst du deinen Empathiepartner das nächste Mal sehen? Datum, Uhrzeit, Adresse, nähere Umstände.*

Also, echt jetzt, es reichte. Ich war ja nicht doof. Es gab komische Leute im Internet, und wenn ich da jetzt unser Londoner Hotel und das heutige Datum angeben würde, gab ich eindeutig zu viel von mir preis. Ich klickte also einfach auf weiter, aber natürlich funktionierte das nicht. Sofort ploppte Doktor Psi auf. *Hey, Isa*, stand in seiner Sprechblase. *Diese Frage ist wichtig. Und es ist die letzte. Wenn du sie beantwortet hast, erhältst du sofort das Ergebnis.*

Schon verlockend. Aber so langsam kam mir der Test seltsam vor. Was hatten Ort und Zeit des nächsten Treffens mit Sam denn mit meiner Fähigkeit zur Fernempathie zu tun? das klang, als wollte mich jemand aushorchen. Also, dann lieber kein Ergebnis.

Ziemlich sauer versuchte ich, die Seite zu schließen, aber seltsamerweise funktionierte das nicht. Wieder und wieder tippte ich auf das kleine X oben rechts, doch das Display reagierte nicht. Erst als ich hektisch wie ein Specht mit dem Finger darauf klopfte, tat sich etwas: Ein Fenster öffnete sich,

Doktor Psi erschien. Diesmal sah er ganz traurig aus. *Hey Isa! Willst du den Test wirklich ohne Ergebnis abbrechen?*, fragte er. Blöde Frage. Würde ich sonst auf dieses bekloppte Kreuz einhämmern? Energisch tippte ich Ja ein.

Doch Psi ließ nicht locker. In seiner Sprechblase lief jetzt ein Textband durch, und zwar so schnell, dass es wirkte, als feuere er einen Redeschwall auf mich ab. *Hey, Isa. Du hast bist jetzt einen extrem hohen Teleempathie-Score. Deswegen ist unser Testergebnis für dich ganz besonders wichtig. Es enthält nicht nur die Auswertung deiner Fragen, sondern auch Hinweise, wie du mit deinen Fähigkeiten besser umgehen kannst. Und die sind wichtig. Ein Score, wie du ihn hast, kann gefährlich für dich und deinen Empathiepartner werden.* Jetzt blieb das Textband stehen, und das Wort gefährlich blinkte rot auf.

Im ersten Moment erschrak ich, aber dann schüttelte ich die Furcht ab. So ein Quatsch. Die Seite hatte zwar erst ganz gut ausgesehen, aber jetzt versuchte sie eindeutig, mit Druck an meine Daten zu kommen, und dazu sollte ich eingeschüchtert werden. Ich schrieb ins Dialogfeld: Ich möchte den Test trotzdem beenden.

Doktor Psi runzelte die Stirn. *Isa!*, stand jetzt ganz fett in seiner Sprechblase. *Es ist nicht so einfach, wie man anfangs vielleicht denkt, die Gefühle eines anderen zu spüren. Dieses Phänomen hat schon Beziehungen und sogar Menschen zerstört.*

Ja, klar. Wütend tippte ich immer denselben Satz ein: *Ich möchte den Test jetzt beenden. Ich möchte den Test jetzt beenden. Ich möchte den Test jetzt endlich beenden. Verdammt.*

Auf einmal lächelte Psi wieder. *Hey Isa*, las ich in seiner Sprechblase. *Natürlich akzeptieren wir deine Entscheidung, den Test zu beenden. Falls du es dir irgendwann anders überlegst und deine Testergebnisse doch noch abfragen möchtest, logge dich einfach mit einer E-Mail-Adresse deiner Wahl in den geschützten Bereich unseres Instituts ein, gib zur Identifizierung deinen Usernamen und das heutige Datum ein und vervollständige den Test. Bis hoffentlich bald!*

Nee, garantiert nicht, bis niemals wieder! Trotzdem tippte ich »okay« ein, und jetzt konnte ich das Programm endlich schließen. Als auf meinem Handy wieder mein gewohnter Bildschirmhintergrund erschien, ein Selfie von Sam und mir, war ich total erleichtert. Ganz schön dreist, mit welchen Methoden Internetbetrüger heutzutage arbeiteten. Dabei hatte die Seite auf den ersten Blick so seriös und wissenschaftlich ausgesehen.

Auf einmal wurde es wie von Zauberhand hell um mich. Der Zug war aus dem Tunnel in gleißendes Licht geschossen. Ich schloss geblendet die Augen, und als ich sie wieder öffnete, zog vorm Fenster die Küste von Folkstone vorbei. Krass. Wir waren in England.

Amy strahlte mich an. »Jetzt geht's los«, sagte sie.

Und da hatte sie recht. Unser Abenteuer begann.

# Kapitel 3

Das Leben ist schön.
Von einfach war nie die Rede.

Gläserklirren. Leise Jazzmusik. Stimmengemurmel. An unserem ersten Abend in England stand ich an der Bar unseres stylishen Hotels und wartete auf Sam. Das Gebäude war ein vornehmer Glaspalast, die coole Bar im obersten Stockwerk war sogar rundum verglast. Langsam verabschiedete sich der Tag, das Licht wurde sanfter und blauer. Draußen glitzerten die bunten Lichter Londons, und hier drinnen glitzerte ich, denn mein kurzes, perlmuttrosa Seidenkleid war am Ausschnitt mit lauter funkelnden Steinchen verziert. Amy und ich hatten es extra für diesen Abend gekauft, zusammen mit einem ähnlichen Kleid in Graublau für sie. Und wir hatten uns sogar telefonisch mit Cleo abgestimmt, die deswegen heute ein ebenfalls kurzes Kleid in silbrigem Grün trug.

Moment, wo waren Cleo und Amy eigentlich? Ich ließ meinen Blick über die Menge wandern und entdeckte die beiden an der Theke. Cleo machte gerade alle Erwachsenen miteinander bekannt.

Mrs Birkenstedt, Cleos Mutter, war genauso zierlich wie

ihre Tochter, die beiden sahen sich sehr ähnlich. Von ihrem großen, ruhigen Dad hatte Cleo nur die türkisblauen Augen geerbt. Und vielleicht das Sprachtalent. Beide konnten exzellent Englisch, man hörte ihnen ihre schwedische Herkunft fast nicht an.

Überrascht stellte ich fest, wie jung und elegant meine eigenen Eltern heute aussahen. Mum trug ein neues rotes Kleid, in dem sie mich an Keira Knightley erinnerte. Und Dad wirkte neben ihr in seinem schwarzen Anzug noch größer als sonst. Seine Sonnenbräune sah heute irgendwie aus, als hätte er sie am Pool einer Villa erworben statt bei der Arbeit in unserer Gärtnerei.

Meine Großeltern standen ganz in der Nähe. Opa, dessen Haare sonst immer in alle Richtungen abstanden, als wäre er gerade in einen Sturm geraten, hatte sich zur Feier des Tages gekämmt, und Momo lächelte ihn ganz verliebt an. Das leuchtende Blau ihres Kleides ließ ihre Augen noch blauer strahlen als sonst. »Ich bin so froh, dass du mitgekommen bist«, sagte sie zu meinem Opa, der eigentlich nicht gern reiste.

»Man sollte nie etwas auslassen, das einen zum Lächeln bringt«, zitierte Opa einen Spruch, den sonst immer Momo sagte. Und lächelte.

Auch Amys Mum sah richtig toll aus. Blond, rosig, wie aus Marzipan. Ein bisschen wie Amy.

Freddy hatte zur Feier des Tages ein Hemd und eine sehr niedliche dunkelblaue Hose mit Hosenträgern an. Er war total stolz, jetzt noch wach sein zu dürfen, rieb sich aber schon ab und zu verstohlen mit den Fäustchen die Augen. Lange würde er garantiert nicht mehr durchhalten. Sir Walter Montgomery, Berater der britischen Königsfamilie und Vater der Drillinge, bemühte sich gerade rührend darum, den Zwerg bei Laune zu halten, indem er unermüdlich Münzen hinter Freddys Ohr hervorzauberte. Freddy durfte sie alle behalten, und weil er sie in seine Hosentaschen schob, klimperte er schon beim Laufen.

Lady Montgomery war leider auf Reisen, deswegen war sie nicht hier.

»Die verstehen sich ja alle super.« Amy war neben mich getreten. Versonnen betrachtete sie die Erwachsenen an der Bar. »Deine Eltern sind echt toll.« In ihrer Stimme lag etwas, das mich aufhorchen ließ.

»Wie meinst du das?«, hakte ich nach.

»Sie sind ein gutes Team, das sieht man. Sie wirken so … vertraut miteinander. Schau mal, sie bewegen sich unbewusst immer ähnlich, auch wenn sie gerade mit anderen sprechen.«

Tatsächlich, Amy hatte recht. Ich sah, wie Mum die Arme vor der Brust verschränkte, und ein paar Augenblicke später tat Dad dasselbe. Kurz darauf verlagerte er im Gespräch sein Gewicht vom rechten auf den linken Fuß, und Mum machte das unbewusst nach.

»Stimmt.« Als ich mich wieder Amy zuwandte, fiel mir auf, dass ihr Blick inzwischen auf ihrer Mum ruhte, die sich gerade zu Freddy runterbeugte. In Amys Augen lag ein Hauch Traurigkeit, bestimmt, weil ihre Eltern sich kürzlich getrennt hatten.

Ich überlegte, was ich Tröstendes sagen konnte, als Amy meinen Blick auffing und lächelte. »Lass uns mal zu den Jungs gehen«, sagte sie und wies auf Arthur, William und Phil, die an einem der hohen Stehtische im Hintergrund der Theke standen und versuchten, Salzstangen quer in den Mund zu stecken, ohne sie dabei zu zerbrechen. »Ich will mal probieren, ob ich sie noch auseinanderhalten kann.«

Sie hatte recht, manchmal war Ablenkung die beste Strategie.

Die Montgomery-Drillinge trugen schwarze Designeranzüge mit weißen Hemden und sahen darin nicht nur sehr gut aus, wie immer sahen sie sich außerdem extrem ähnlich.

»Ihr könnt uns ganz leicht unterscheiden«, behauptete der ganz links, den ich für Arthur hielt, weil er etwas kräftiger und bäriger wirkte als die anderen beiden. »Wir tragen immer Socken in unterschiedlichen Farben.«

»Nicht sehr hilfreich bei einem Stehempfang«, sagte ich.

»Ich bin der mit dem breitesten Mund«, behauptete der Drilling ganz rechts, den ich aufgrund seiner leuchtend blauen Augen für Phil hielt. »Gebt einfach jedem eine Salzstange, und wenn einer seine quer essen kann, bin ich das.«

»Hmmm«, meinte Amy. »Komplizierte Methode. Nicht für jede Situation geeignet, denke ich.«

»Er ist zwar ein Großmaul, aber das mit den Salzstangen kann er definitiv genauso wenig wie wir«, widersprach Drilling Nummer drei dem zweiten. »Er mogelt. Er beißt heimlich ein Stück ab, denn er verfügt über ein ausgesprochen beunruhigendes Quantum an krimineller Energie.« Wow, was für ein Satz. Der mittlere Drilling musste einfach William sein, nur er sprach so gewählt.

»Okay«, sagte ich und zeigte der Reihe nach von links nach rechts auf die drei. »Arthur, William, Phil. Richtig?«

Sie nickten. Und wirkten hocherfreut. »Es ist immer schön, nicht mit den beiden in einen Topf geworfen zu werden«, sagte Arthur.

William nickte. »Und es ist der Beweis dafür, dass Aussehen nicht nur durch die Gene geformt wird, sondern auch durch den Charakter.«

»Deswegen bin ich so hübsch«, behauptete Phil. Die beiden anderen verdrehten die Augen.

»Stimmt das mit den Farben eurer Socken?«, fragte ich Phil, der wegen seiner sonnigen Laune mein Lieblingsdrilling war.

»Ja.« Er lächelte mich mit seinen sommerblauen Augen an. »Ich trage immer schwarze, Arthur graue und William weinrote. Aber nicht, um *uns* zu unterscheiden, sondern um unsere Socken auseinanderhalten zu können.«

»Ist das denn wichtig?«, wollte ich wissen. »Also, ich meine, wäre es schlimm, wenn ihr eure Socken verwechseln würdet?«

Er zuckte mit den Schultern. »Wenn man von Natur aus so viel teilt wie wir, grenzt man sich gern ab, wo immer man kann.«

»Wusstet ihr …«, begann William, den ich heimlich als wandelndes Lexikon bezeichnete. Er sprach mal wieder so wohlartikuliert, dass man wirklich jeden einzelnen Buchstaben hören konnte. »Wusstet ihr, dass man nicht nur über die Zunge, sondern auch über die Fußsohlen Aromen schmecken kann? Wenn man zum Beispiel eine Zwiebel in zwei Hälften schneidet und sich damit über die Fußsohlen reibt, hat man eine Stunde später Zwiebelgeschmack im Mund. Das verdeutlicht sehr schön die Notwendigkeit eigener Socken.«

»Hmmm«, brummelte der gemütliche Arthur, der inzwischen Cleos fester Freund war. »Wenn ich bedenke, wo ich mit meinen Füßen schon überall reingetreten bin, hätte ich das lieber nicht gewusst.«

»Und das hätte nun wiederum *ich* lieber nicht gewusst«, sagte William.

Amy musste so lachen, dass sie sich an ihrem Ananas-Limetten-Saft verschluckte.

Phil klopfte Amy auf den Rücken, bis sich ihr Husten beruhigt hatte. Dann suchte er seine Taschen nach etwas ab, das er offensichtlich nicht fand. »Sorry«, murmelte er. »Ich hab was vergessen. Bin gleich wieder da.«

»Ich glaube, er will vor dem Essen noch schnell frische Socken anziehen«, vermutete William. »Zur Geschmacksverbesserung der Mahlzeit.«

Arthur schüttelte den Kopf. »So, wie ich ihn kenne, organisiert er sich jetzt eine Zwiebel und probiert die Sache sofort aus.«

Phil grinste beim Weggehen. »Nichts davon«, sagte er über die Schulter. »Ich brauch nur mein Handy. Ich will das mit den Zwiebeln an den Füßen googeln, ich glaub dir nämlich kein Wort.«

William zuckte nur mit den Schultern. »Tu, was du nicht lassen kannst. Aber wetten, es stimmt.«

Als Phil weg war, nahm Arthur dann wirklich Wetten an. Amy setzte ihren Nachtisch auf William, sie glaubte ihm immer. Cleo bezweifelte die Geschichte und entschied sich für Team Phil. Arthur und ich waren erst hin- und hergerissen, dann entschied Arthur sich für William und die Zwiebeln, und ich setzte rein aus Sympathie auf Phil.

Auf einmal, mitten in dem ganzen Gewusel um Williams Zwiebeltheorie, wurde mir ein bisschen schwindelig und gleichzeitig ganz warm ums Herz. Sam! Er musste im Hotel angekommen sein. Rasch schloss ich die Augen und konzentrierte mich auf das Gefühl. Tatsächlich, ich hatte mich nicht getäuscht, jetzt nahm ich ihn noch stärker wahr. Ich fühlte sogar seinen Puls, und zusammen mit meinem Herzschlag ergab das fast eine Art Trommelwirbel. Wow, waren wir aufgeregt.

Um meine Nervosität vor den anderen zu verbergen, trat ich an die Fensterfront und tat, als würde ich die grandiose Aussicht betrachten. Gleich würde ich Sam wiedersehen. Seine dunkelgrauen Augen, die mich so ansahen, wie mich noch niemand angesehen hatte. Sein einmaliges Lächeln, ein bisschen schief, ein bisschen verschmitzt und unglaublich warm. Das Grübchen in seinem Kinn, über das ich so gern meinen Finger gleiten ließ.

Als ich wenig später hinter mir hörte, wie sich der Aufzug mit einem leisen Pling öffnete, wusste ich, dass er darin stand. Ich merkte es an dem Glitzerfeuerwerk, das in ihm aufbrandete.

Doch ich drehte mich nicht um. Ich wollte ihn so gerne küssen, aber auf keinen Fall vor den ganzen Eltern. Deswegen schob ich mich schnell hinter eine der großblättrigen Grünpflanzen, die die Bar schmückten. Dabei prallte ich fast mit einem kleinen, dicken Mann zusammen, der hier eigentlich ganz friedlich seinen Espresso mit Aussicht genießen wollte. Zum Glück war er überhaupt nicht sauer, er entschuldigte sich sogar ausgesprochen höflich bei mir, und brachte sich und seinen Espresso schnell in Sicherheit.

Um mich zu beruhigen, atmete ich tief durch.

Ich hörte, wie Sam die anderen begrüßte, mit jedem ein paar Worte wechselte und sich dann kurz entschuldigte.

Als ich die Augen schloss, spürte ich, wie er näher kam. Noch näher. Und auf einmal war er da.

»Lou?« Seine Stimme klang ruhig und tief.

Ich lehnte mich an ihn und blickte zu ihm hoch.

»Hey, du«, sagte ich leise. »Ich hab dich unendlich vermisst.«

Um seine warmen dunkelgrauen Augen erschienen kleine Lachfältchen. »Und ich dich erst!«

Er drehte mich zu sich um, schloss mich in seine Arme und beugte sich zu mir herab. Doch gerade als wir uns küssen wollten, machte es hinter uns *dingdingding*, und wir fuhren auseinander.

»Sorry, Leute.« Phil tauchte hinter den Blättern auf, verlegen grinsend klopfte er mit einem Stift gegen sein Glas. »Cleos Mum schickt mich. Sie will was sagen.«

Hmpf. Blödes Timing. Am liebsten hätte ich alle anderen für eine Weile in ein Paralleluniversum gebeamt, und Sam ging es genauso, das merkte ich an der Art, wie er mich ganz kurz anlächelte. So, wie nur er lächeln konnte. Dann wandte er sich an Phil und nickte ihm kühl zu. »Wir kommen.« Hand in Hand gesellten wir uns zu den anderen.

»Ich freue mich sehr, dass ihr alle gekommen seid«, sagte Cleos Mutter in die Runde. Sie hielt ein gefülltes Champagnerglas in der Hand, genauso wie die anderen Erwachsenen. »Fast niemand versteht, wie schwierig es ist, ganz plötzlich durch ein Erbe reich zu werden.« Sie sah Cleo liebevoll an, die verlegen den Blick senkte. Das war nicht ihr Lieblingsthema, aber ihre Mutter fuhr fort. »Die meisten Menschen auf der Welt hätten gern solche Probleme, so viel ist klar. Aber von Nahem ist Reichtum nicht halb so prickelnd wie aus der Ferne. Das habt ihr auf der *Galatea* ja schon erlebt, als Cleo von diesem schrecklichen Kerl verfolgt wurde.«

Cleos Mum sprach nun über echte Freunde, die nicht viel fragten, sondern einfach halfen, wenn sie gebraucht wurden. »Manchmal ist man einfach so voller Dank«, fuhr sie fort, »dass man anderen eine Freude machen möchte, und so geht es auch uns. Denn wenn Reichtum überhaupt schön ist, dann nur, wenn man ihn teilt. Genau deswegen wollte Cleo in dieser ersten Ferienwoche alle einladen, die auf der *Galatea* für sie da waren, zusammen mit ihren Familien. Und weil das ja altersmäßig eine ziemlich gemischte Gruppe ist, haben wir uns etwas ganz Besonderes ausgedacht. Wir beginnen unsere gemeinsame Zeit jetzt mit einem leckeren Dinner für uns alle im Speisesaal dieses Hotels. Morgen reisen die jungen Leute dann alle zusammen an einen ganz besonderen Ort. Und wir Erwachsenen bleiben in London und genießen ein paar Tage lang alles, was diese wundervolle Stadt zu bieten hat. Danach treffen wir uns dann noch einmal hier und erzählen uns, was wir erlebt haben.«

Überall sah ich begeisterte Gesichter. Nur Freddy wirkte ein bisschen unglücklich. »Ich bin nicht erwachsen«, piepste er. »Aber ich will trotzdem bei meiner Mama bleiben.« Seine Augen wurden wässrig.

»Das darfst du natürlich.« Cleo zwinkerte ihm zu. Dann wandte sie sich an uns. »Und ihr anderen auch. Also, wenn ihr wollt.«

»Och, nö, schon okay«, sagte Amy schnell. »Wohin fahren wir denn?«

Cleo lächelte geheimnisvoll. »Glaubt mir, das werden unvergessliche Tage.«

Sam runzelte die Stirn, und ich ahnte, was er dachte. Neben ihrem breitschultrigen Freund Arthur sah die schmale, hellblonde Cleo zwar sanft und zerbrechlich aus. Aber das täuschte, sie war ganz schön tough. Unvergesslich, das konnte bei ihr alles bedeuten, vom Survivalcamp mit Madenfrühstück bis hin zur Geisterpirsch mit Gruselschock.

Aber eigentlich war es ja gar nicht wichtig, wo wir landen würden. Hauptsache, Sam und ich konnten da endlich mal zu zweit allein sein. Ich wollte den bezauberndsten Jungen der Welt endlich küssen.

Amy war ungeduldiger als ich. »Sag schon!«, bat sie Cleo.

Die allerdings machte die Sache spannend. Sie zog sechs Briefe aus ihrer Handtasche und verteilte sie an Amy, mich, Sam und die Drillinge. Die Umschläge waren ziemlich groß, fast quadratisch und aus festem, edlem Papier. Jemand hatte sie sorgfältig mit einem weinroten Siegel verschlossen, und vorne standen in Schnörkelschrift unsere Namen darauf.

»Auf die Plätze, fertig, los«, kommandierte Cleo.

Genau gleichzeitig brachen wir alle das Siegel auf und zogen ein feines Gebilde aus goldener Metallicfolie heraus.

»Was ist das?«, murmelte Amy.

Ich drehte das Ding um und erkannte, dass es sich um eine aufwendig gestaltete Karte handelte. Außen sah ich den filigranen Scherenschnitt eines verschnörkelten Gartentores aus schimmernder Goldfolie, und als ich das Papier aufklappte, erschien cremefarbenes Papier, auf dem in Goldschrift etwas stand. Überrascht las ich, dass ein mir unbekannter Lord Algernon Ashcroft und seine Gemahlin Eliza mich auf ihren Stammsitz namens Moonrose Manor einluden.

»Wow«, war alles, was ich herausbrachte.

»Echt jetzt?«, fragte Phil.

»Krass«, sagte Sam.

»Moonrose Manor.« Amy sprach die beiden Wörter ganz andächtig aus. »Was für ein Name! Klingt nach einem ehrwürdigen, englischen Herrenhaus im Mondschein.«

Ich nickte. »Stimmt. Mit einem Rosengarten.«

Cleo grinste. »Moonrose Manor *ist* ein ehrwürdiges englisches Herrenhaus. Mit grauen Mauern, Rosen im Park und Marmorstatuen. Mit einem schrulligen Lord und einer vornehmen Lady. Mit Pferden in kopfsteingepflasterten Ställen. Und mit einer grünen englischen Landschaft drumherum. Ich habe schon Bilder gesehen, es ist umwerfend. Und eine Überraschung für Lou hab ich auch noch.«

»Noch eine? Nur für mich?«

Cleo blinzelte mir zu. »Eine klitzekleine. Sag ich dir nachher.«

Ich schloss Amy in die Arme und drückte sie so fest ich konnte, einfach, um nicht laut zu quietschen. Was Amy dann allerdings tat, einfach, weil ich sie fast zerquetschte. Mensch, wir würden alle zusammen auf ein englisches Landgut fahren! Das war wie im Film!

Als wieder Ruhe eingekehrt war, erklärte Cleo uns die Details: Lord Ashcroft war der beste Freund des reichen Großonkels, der Cleo erst kürzlich sein exorbitantes Erbe vermacht hatte. Der Lord und seine Frau hatten von der Geschichte auf der *Galatea* gehört und wollten uns alle gern kennenlernen. »Und nicht nur das. Lady Ashcroft sagte am Telefon, sie hätte ein paar Infos über meinen Großonkel, die mir helfen könnten, ihn besser zu verstehen.«

Als alle wieder aufgeregt durcheinanderredeten, nahm Cleo mich an der Hand und zog mich beiseite. »Moonrose liegt übrigens in der Nähe von Dixon«, flüsterte sie in mein Ohr. »Da wolltest du doch immer mal hin.«

Wow, dass sie sich daran noch erinnerte! Ich hatte mal am Rande erwähnt, dass ich noch nie in meiner Geburtsstadt gewesen war und das schade fand. Doch viel Zeit für Dank blieb jetzt nicht, denn Cleos Dad klopfte an sein Glas. »Lasst uns zum Dinner schreiten«, verkündete er, und alle verließen lachend und plaudernd die Bar.

# Kapitel 4

*Das Leben ist wie ein Buch,*
*und Sam ist mein Lieblingskapitel.*

Während des Dinners hatten Sam und ich keine Gelegenheit, unseren Kuss nachzuholen. Wie auch? Aber dafür küsste Sam mich mit den Augen. Klingt kitschig, ich weiß, aber so war es. Immer, wenn ich aufsah, ruhte sein dunkler Blick auf mir, und mit jedem Wimpernschlag sagte er mir, wie sehr er mich liebte. Obwohl wir gerade definitiv kein Déjà-vu hatten, das uns verband, wusste ich genau, was er fühlte. Ich versuchte, ihm mit meinen Augen zu antworten, und wir merkten bald nicht mehr, was wir aßen, man hätte uns genauso gut Stroh servieren können.

Komisch eigentlich, dass das Déjà-vu weg war, obwohl wir gerade das Gleiche schmeckten, hörten, rochen und manchmal auch sahen. Aber jetzt hatte ich den echten Sam, der ganz in meiner Nähe saß. Da konnte ich auf das Herzflüstern gut verzichten.

Als wir dann gegen Mitternacht alle auseinandergingen, hoffte ich, Sam wenigstens noch kurz allein treffen zu können. Das mit dem richtigen Kuss wollte ich nämlich unbedingt nachholen. Aber es wollte einfach nicht klappen. Mein Zimmer lag nämlich neben dem meiner Eltern, und Mum und Dad begleiteten mich plaudernd bis zu meiner Tür. Also, Mum und Dad plauderten, ich nicht. Ich sagte nur einsilbige Wörter wie Ja und Nein und Ach was. Aber das bremste die beiden nicht.

Ich hatte gehofft, noch einmal heimlich ausbüxen zu können, sobald wir alle in unseren Zimmern waren, aber leider gab es zwischen dem meiner Eltern und meinem eine Verbindungstür, und meine Mutter öffnete sie, um vorm Schlafengehen noch weiter mit mir reden zu können.

Dad wurde langsam stiller, er war eindeutig müde, Mum aber offensichtlich nicht. Beim Abschminken erzählte sie durch die Badezimmertür, wie nett und natürlich die Birkenstedts gewesen waren (Sie hatten wie wir einen Hund, der gerade ebenfalls bei Freunden untergebracht war, und sie liebten Gartenarbeit). Beim Zähneputzen schaffte sie es, mit Zahnbürste im Mund zu mir rüberzurufen, was Sir Walter Montgomery von seiner Arbeit bei der Königsfamilie erzählt hatte (nicht viel, weil er dort einer Schweigepflicht unterlag). Während sie in ihr Nachthemd schlüpfte, erfuhr ich, wie fasziniert Sams Vater von Amys Mutter gewesen war (Wie bitte? Echt jetzt?). Und selbst, als wir alle im Bett lagen und die Lampen schon ausgeknipst waren, stand die Tür offen, und Mum redete wie ein Wasserfall. Dass Dad auch da war, merkte ich nur noch an einem gelegentlichen Brummeln.

»Ist ja sehr nett, dein Sam«, sagte Mum auf einmal betont beiläufig, und mir wurde sofort klar, dass sie dieses Thema die ganze Zeit umkreist hatte, ohne sich dranzutrauen. Wie das schon klang, *dein* Sam. Ich wollte jetzt echt nicht über ihn reden.

»Themenwechsel, okay?«, fragte ich, und zum Glück hatte Mum für so was immer Verständnis.

»Also gut!«, rief sie gut gelaunt zu mir rüber. »Moonrose Manor klingt einfach himmlisch. Wo liegt das eigentlich?«

»Ungefähr eine Zugstunde von London entfernt«, brummelte ich in mein Kissen.

»Warte, ich googele das mal«, verkündete Mum. Kurz blieb es still, dann ertönte ein erstauntes »Oh!« von nebenan. »In der Nähe von Dixon. Das ist dein Geburtsort. Schau ihn dir doch einfach mal an, es ist hübsch dort.«

»Ja, vielleicht. Wenn ich Zeit habe. Ich schlaf dann mal, okay?« Nicht, dass ihr noch was einfiel, das ich auf Moonrose tun oder lassen sollte.

Mum gähnte, was ich als Zustimmung wertete. Ich kroch aus meinem Bett, schmatzte zwei Luftküsse in das dunkle Elternzimmer und schloss behutsam die Verbindungstür.

Tja, und da lag ich nun. Und schlief kein bisschen. Ich konnte einfach nicht abschalten. Ich wollte Sam küssen, und ich wollte ihm von dem Internettest erzählen, verflixt noch mal, beides war wichtig, und für beides würden wir morgen bestimmt wieder keine Zeit finden. Genau in diesem Moment kündigte mein Handy mit einem leisen Harfenton eine Nachricht von Sam an. »Schläfst du schon?«, wollte er wissen.

»Nein«, schrieb ich zurück. »Ich kann nicht.«

»Gut!«, lautete seine Antwort. Was nicht das war, was ich erwartet hatte. Aber seine nächste Nachricht machte klar, wie er es gemeint hatte. »Ich hab was entdeckt, das ich dir zeigen will. Hast du Lust?«

»Jetzt?«, fragte ich zurück.

»Jep«, war die Antwort.

Ich lauschte nach nebenan. Durch die geschlossene Tür verriet mir gleichmäßiges Schnarchen, dass Dad tief und fest schlief. Und weil er das ungestört tun konnte, war Mum garantiert auch nicht mehr wach.

»Okay.« Ich schlüpfte wieder in das perlmuttrosa Cocktailkleid, das ich eben erst ausgezogen hatte, nahm meine Sandalen in die Hand und schlich geräuschlos wie eine Katze auf den Flur.

Ein schwebendes Gefühl verriet mir, dass Sam schon da sein musste, und wirklich, da stand er. »Lass die Schuhe ruhig da«, raunte er mir zu. »Die brauchst du nicht.«

Keine Schuhe? In einem Nobelhotel? Na, mir sollte es recht sein. Leise stellte ich die Sandalen in mein Zimmer zurück und schloss die Tür.

Sam griff nach meiner Hand, und wir schlichen über einen unglaublich flauschigen Teppich den mit sanftem Licht ausgeleuchteten Gang entlang. Irgendwann wandte Sam sich nach links und drückte eine breite Flügeltür auf.

Sie führte ins Freie, auf eine Terrasse. Aber was für eine! Erstaunt blieb ich stehen und sah mich um. Tief unter uns glitzerte das nächtliche London. Über uns leuchteten unzählige winzige, bunte Lampions in allen Farben des Regenbogens und an meinen Füßen spürte ich ganz feinen Sand. Kaum zu glauben, aber der Boden war wirklich vollständig mit Sand bedeckt wie ein Strand. Mittendrin standen riesige, schneeweiße Sofas. Und das Allerbeste: Niemand war hier. Der bunt glitzernde Nachthimmel, der Sand und die Sofas gehörten ganz allein uns.

»Wow«, hauchte ich. »Das ist …« Mir fehlten die Worte.

Sam zog mich auf eins der Sofas, nahm meine Hände in seine und küsste mich. Endlich.

»Ich muss mit dir reden«, flüsterte ich nach einer Weile.

»Ich auch mit dir«, sagte er, und da war es wieder, sein zauberhaft schräges Lächeln.

Tja, Reden ging erst mal nicht, ich musste ihn schon wieder küssen.

Irgendwann schob ich Sam aber behutsam ein bisschen auf Abstand. »Hey, wir wollten doch reden«, erinnerte ich ihn.

»Tun wir doch. Irgendwie.« Er grinste.

Ich blickte ihn gespielt streng an. »Das andere Reden …«

Sam seufzte, aber als ich ihm von dem Internettest erzählte, hatte ich dann doch seine volle Aufmerksamkeit.

»Das war wirklich ein seriöses Forschungsinstitut?«, wollte er wissen.

Ich nickte. »Die haben einen Wikipedia-Eintrag und werden sogar in einem Artikel der *Times* erwähnt.«

Er zog sein Handy aus der Tasche. »Wie heißen die noch mal?«

»Psychological Science Institut Croydon, kurz PSI.«

»Hmmm«, brummte er. »Ist ein privates Institut, nichts Offizielles. Haben allerdings nur gute Bewertungen. Vielleicht könnte das Testergebnis echt interessant sein.«

»Hab ich auch gedacht. Aber ich muss dafür echt viele persönliche Daten angeben. Ich find das komisch. Wozu müssen die das alles wissen? Außerdem wollen sie eine Mailadresse.«

Sam dachte kurz nach. »Gib doch falsche Daten an, wie sollen sie das merken? Und eine Mailadresse kannst du dir neu einrichten, extra für diesen Test.«

»Irgendwas warnt mich davor.«

»Was denn?« Er sah mich aufmerksam an.

Ich zuckte mit den Schultern. »Eine innere Stimme? Eine höhere Macht? Die Warnungen meiner Eltern und Lehrer vor den grauslichen Gefahren des Internets? Oder einfach nur Angst vor den Ergebnissen? Keine Ahnung, aber ich hab einfach ein ungutes Gefühl.«

»Wahrscheinlich hast du recht.« Sam ließ eine Strähne meiner Haare durch seine Finger gleiten. Sein Gesicht näherte sich meinem. Brausekribbeln, in mir und in ihm. Aber Moment, da doch war noch was. »Du wolltest doch auch mit mir reden«, erinnerte ich ihn sanft.

»Tu ich doch gerade.« Er schmunzelte. »Ach so, das andere Reden.« Er richtete sich auf und schüttelte sich ein bisschen, als wolle er sich selbst zur Ordnung rufen. »Okay. Ist nur eine kurze Frage: Eben, als ich in der Bar ankam und wir uns hinter dieser Grünpflanze küssen wollten und Phil plötzlich hinter uns aufgetaucht ist, ist dir da irgendwas aufgefallen?«

»Dass das der falsche Moment war?«, fragte ich.

Sam grinste. »Das auch. Aber sonst?«

Ich rief mir die Situation noch einmal vor Augen, dann

schüttelte ich langsam den Kopf. »Ich hab keine Ahnung, was du meinst.«

Er zuckte mit den Schultern. »Na, dann irre ich mich bestimmt.«

»Womit?«, wollte ich wissen.

»Ach, egal. Alles okay.«

Ich schüttelte den Kopf. »Nichts ist okay. Schon vergessen? Ich bin die, die deine Gefühle lesen kann. Und du hast was, das merk ich doch. Also, was ist es?«

Sam versuchte ein Lächeln. »Hat nichts mit dir zu tun. Nur mit mir.«

»Hmmm.« Ich starrte vor mich hin.

»Was hmmm?«, fragte Sam.

»Irgendwie ist es total blöd, eine schlechte Stimmung bei dir zu spüren, ohne mehr darüber zu wissen.«

»Vielleicht müssen wir genau das lernen«, sagte Sam nachdenklich. »So was auszuhalten, meine ich. Denn ich muss ja auch mal was für mich behalten können.« Plötzlich hielt er inne und sah mich erschrocken an. »Oh. Hab ich dich geärgert?«

»Alles okay«, gab ich zurück. Was nicht stimmte. Ich war echt ein bisschen sauer. Ich meine, ich hatte gerade definitiv ein Problem gehabt, und er nicht. Er wusste ja, was mit ihm los war, seine Welt war also okay. Und dann sagte er einfach, WIR müssten lernen, das auszuhalten? Wow, wie einfühlsam und wie selbstlos.

»Hey, sag, was los ist«, beharrte Sam.

»Ich möchte nicht darüber reden«, gab ich zurück. Und

dachte: Na los, lerne, das auszuhalten. Was zugegeben auch kein bisschen selbstlos und einfühlsam war.

Autsch. Hatten wir gerade unseren ersten Streit? Zumindest waren wir beide gereizt, das merkte ich deutlich.

Und dann passierte es wieder: Ich empfing meine eigenen Gefühle von Sam wie ein Echo zurück und konnte nicht anders, als sie automatisch wieder an ihn zurückzuschicken, was sie auch diesmal verdoppelte, vervierfachte, verachtfachte, alles im Bruchteil einer Sekunde, bis ich mich fühlte, als würde ich innerlich vor Wut explodieren.

Zum Glück ging in diesem Moment unter uns eine laute Sirene los, vermutlich die Alarmanlage eines Autos. Der kurze Schreck unterbrach das Gefühlsecho, und unsere Wut verpuffte wie eine Seifenblase.

»Uff«, machte Sam. »Was war das denn?«

Ich war zu fassungslos, um zu antworten. Plötzlich kamen mir wieder Worte des Psi-Männchens in den Sinn: *Dieses Phänomen hat schon Beziehungen und sogar Menschen zerstört.* Hatte er das hier gemeint?

»Ich mach den Test *doch*«, sagte ich in einem spontanen Entschluss. »Und wenn wir dadurch in irgendwas reingeraten, kommen wir da auch wieder raus.«

Sam nickte.

Bevor ich es mir anders überlegen konnte, zog ich mein Handy aus der Tasche meines Kleides und richtete eine neue Mailadresse für mich ein. Nein, nicht für mich, für Isa natürlich.

Kurz darauf ploppte auf dem Display das Comic-Männchen im Einstein-Look auf. *Hallo Isa*, begrüßte es uns und plinkerte mit seinen Kulleraugen. *Da bist du ja wieder. Wie kann ich dir helfen?*

»Was ist das denn?«, fragte Sam irritiert.

»Irgendein elektronischer Assistent. Er erscheint dauernd. Heißt Doktor Psi.«

Ein Fenster mit mehreren Vorschlägen öffnete sich. Ich klickte auf: *Ich möchte den Test beenden.*

Sofort baute sich auf dem Display die Testseite auf, und zwar genau bei der Frage, bei der ich gestern im Zug gekniffen hatte. *Wann und wo wirst du deinen Empathiepartner das nächste Mal sehen? Datum, Uhrzeit, Adresse, nähere Umstände.*

Ich dachte kurz nach. Dann schrieb ich: *Das steht noch nicht fest, er ist gerade verreist.*

Sam grinste. »Das ist fast wahr. Ein bisschen verreist bin ich ja wirklich.«

Normalerweise hasste ich es, zu lügen, aber in diesem Fall war es so wirklich sicherer. Und schwupp, da war Doktor Psi auch schon. *Hey, Isa,* stand in seiner Sprechblase. *Du hast den Test erfolgreich abgeschlossen.*

Tschakka. Erleichtert klickte ich auf den Button mit der Aufschrift Auswertung. Doch statt der erwarteten Ergebnisse erschien wieder das Psi-Männchen.

*Eine letzte Frage noch. Du hattest angegeben, deine leibliche Familie nicht zu kennen.*

»Oh Mann«, fauchte ich. »Jetzt fängt er wieder davon an. Das hatten wir doch schon geklärt.«

Aber das Männchen ließ nicht locker. *Kannst du vielleicht doch irgendwelche Angaben über deine biologischen Eltern machen?*

Ich schloss genervt die Augen. Dann öffnete ich sie wieder und starrte Psi wütend an.

»Und?«, fragte Sam leise. »Kannst du?«

»Ich kenne ihr Alter.« Ich schluckte. »Und ich weiß, dass sie tot sind. Ein Unfall. Vier Wochen nach meiner Geburt. Aber das geht keinen was an.«

Mehr musste ich nicht erklären, was Sam wissen musste, konnte er fühlen. Er zog mich an sich, und in diesem Moment war ich extrem dankbar für das Herzflüstern zwischen uns. Mit Worten hätte ich nicht mal annähernd erklären können, wie ich mich fühlte, wenn ich über dieses Thema nachdachte. Irgendwie innerlich sumpfig. So, als würde jeder weitere Gedanke daran schlupp, schlupp, schlupp machen wie ein Gummistiefel, der in Morast stecken bleibt. Und als könne ich in diesem Gedankensumpf versinken, wenn ich ihn nicht schleunigst verließ. Ich wollte verflixt noch mal kein armes Waisenkind sein. War ich auch nicht. Aber natürlich hätte ich die beiden verflixt gern gekannt. Ich blinzelte eine Träne weg.

»Okay«, sagte Sam leise. »Geh in dem Test auf Nein.«

Energisch klickte ich das entsprechende Feld an.

*Bitte hab noch ein wenig Geduld, Isa,* teilte Das Psi-Männchen uns mit. *Dein Empathie-Score ist so hoch, dass du eine individuelle Auswertung unserer Experten mit einer persönlichen Nachricht erhalten wirst. Sie wird dir baldmöglichst an deine Mailadresse geschickt.*«

Was? Keine Auswertung? »Oh, nee«, schimpfte ich wütend. »Was soll das denn jetzt?« Wütend starrte ich das Handy an.

»Seltsam«, sagte Sam. »Und dass sich jetzt ein richtiger, echter Mensch mit deinen anonym eingegeben Angaben befasst, ist irgendwie unheimlich. Das hätten die vorher sagen müssen.«

Ich legte den Kopf schräg und dachte nach. »Andererseits könnte es hilfreich sein, eine gute Antwort von einem Experten zu bekommen. Und das ist momentan unsere einzige Chance, mehr über das Herzflüstern zu erfahren.«

»Außerdem ist es jetzt sowieso zu spät«, ergänzte Sam.

*Noch Fragen?*, wollte Doktor Psi wissen.

Ich verneinte.

*Dann klicke bitte auf Okay.*

Ich gehorchte.

*Willst du unseren monatlichen Newsletter mit Veranstaltungen des Instituts erhalten?*, fragte das Männchen.

Ähm, nein.

*Alles Gute, pass auf dich auf!* Doktor Psi hob eine Hand und winkte uns zum Abschied noch einmal zu.

Ich schloss das Programm, und diesmal ging das ohne Probleme. »Schade, dass wir so lange auf die Testergebnisse warten müssen. Ich will echt mehr über das alles wissen.«

Sam nickte. »Wobei das natürlich eine extrem angenehme Wartezeit wird. In einem altehrwürdigen englischen Herrenhaus.«

Ich lächelte. »Mit Rosen und Efeu und Terrasse und Park und Marmorstatuen. Und mit einem echten englischen Lord.«

»Und mit dir.« Sam zog mich an sich, und wir testeten noch einmal ausgiebig die wortlose Art, zu reden.

Ich musste Sam recht geben, sie hatte was.

# Kapitel 5

Das Leben ist wie ein Buch. Ein dickes Buch. Auf Yukatekisch. Ich kann kein Yukatekisch.
Oder anders gesagt: Hä?

»Hier sehen wir Sir Cassander Ashcroft.« Lord Ashcroft zeigte auf ein Ölgemälde, das einen seiner Vorfahren in einem meterhohen Goldrahmen zeigte. Und der Typ auf dem Bild war echt sehenswert. Sir Cassander trug ein dunkles Gewand und eine weiße, gefältelte Halskrause. Mit seinem schmalen, leicht gelblichen Gesicht, dem schwarzen Haarbüschel mitten auf dem sonst kahlen Kopf und den buschigen Augenbrauen, die über seiner Nase zusammengewachsen waren, erinnerte er mich ein bisschen an Bert aus der Sesamstraße.

»Und das hier ist Sir Basil Ashcroft, sein Urururenkel«, fuhr der Lord fort und wies auf die gegenüberliegende Wand, an der das Porträt eines Mannes hing, dessen Kopf von einer weißen Lockenperücke bedeckt war. Auch dieser Lord hatte ein schmales Gesicht, gelbliche Haut und einen schwarzen Balken über den Augen. Bert mit Perücke.

Wir standen in der sehr schmalen und sehr, sehr langen Gemäldegalerie von Moonrose Manor und ließen uns von

Lord Ashcroft scine Urahnen zeigen. Die sich krass ähnelten. Wir sahen Bert in Rüstung, Bert hoch zu Ross, Bert mit gezwirbeltem Schnurrbart und sogar Bert als feine Dame mit Diadem und Spitzenkleid.

Das Ganze wäre nicht schlimm gewesen, wenn Lord Ashcroft nicht selbst auch ein bisschen wie Sesamstraßen-Bert ausgesehen hätte. Wie ein hagerer, alter, nur ganz leicht gelblicher Bert mit Hakennase und sehr großen Ohren. Es war einfach verflixt schwer, ernst zu bleiben, wenn man ihn vor all diesen Gemälden sah. Außerdem war es ziemlich heiß hier im obersten Stockwerk des Herrenhauses. Und ich hatte keine Ahnung, wo die nächstgelegene Toilette war, die ich mir sehnlichst herbeiwünschte.

Den anderen schien es nicht viel besser zu gehen.

»Wieso um Himmels willen hast du gesagt, dass du dich für Malerei interessierst?«, raunte William Amy leise zu, als Lord Ashcroft die weinroten Samtvorhänge an den Fenstern der Galerie beiseitezog, um uns seine Ahnen noch besser zeigen zu können.

»Hab ich doch gar nicht«, flüsterte Amy entrüstet zurück. »Würde ich nie tun. Ich hab überhaupt nichts für Gemälde übrig.«

»Aber als er eben von Bacon und Hilton gesprochen hat, hast du gesagt, du magst die«, knurrte William.

Amy guckte ihn entrüstet an. »Hallo? Weil ich Hunger hab. Bacon ist Speck, oder? Und Hilton ist so ein typisch britischer Schimmelkäse. Ich hab gedacht, er würde uns Sandwiches anbieten, wenn ich sage, dass ich das mag.«

William räusperte sich. »Bacon war ein Maler. Genau wie Hilton. Und der Schimmelkäse heißt Stilton!«

Amy runzelte die Stirn. »Das erklärt einiges«, sagte sie.

Ich musste mich ganz schnell abwenden, damit Lord Ashcroft mein Gesicht nicht sehen konnte. Es waren nämlich wahre Clownsgrimassen erforderlich, um nicht laut loszulachen. Cleo schaffte es zwar, ihre Miene unbewegt zu halten, aber dafür gab sie ein merkwürdig prustendes Geräusch von sich. Arthur schloss kurz die Augen, um seine Fassung zu wahren, Phil hüstelte, und Sam tat, als müsse er seine Schuhe binden.

Nur William blieb ernst. »Deine Verwechslung ist absolut nachvollziehbar«, sagte unser wandelndes Lexikon. »Immerhin war es ein britischer Lord, der die belegten Toasts erfunden hat.«

»Echt jetzt?«, wisperte Amy.

William nickte. »Aber nicht dieser. Er hieß Lord Sandwich.«

Das war zu viel. Wir kicherten los.

Na toll. Wir waren gerade mal seit einer Stunde auf Moonrose Manor und schon auf dem besten Weg, uns komplett danebenzubenehmen.

Dabei hatte alles so gut angefangen. Nach dem Frühstück hatten wir in London noch alle zusammen eine Tour mit einem Sightseeingbus gemacht. Wir waren dabei sogar durch die Straße gefahren, in der Mum, Dad und ich früher gewohnt hatten, und in der mir plötzlich alles viel kleiner als damals vorgekommen war. Die hübschen Häuser, die in meiner Erinnerung in den Himmel geragt waren, hatten in Wahrheit nur drei Stockwerke, und der steile Berg, an dem sie meiner Meinung nach lagen, war nicht mehr als ein sanfter Hügel. Déjà-vus oder etwas Ähnliches hatten Sam und ich auf dieser Tour nicht gehabt, wir waren wohl abgelenkt gewesen von allem, was wir gesehen hatten. Danach hatten uns die Eltern zum Bahnhof gebracht. Alle bis auf Phil, der mit seinem Motorrad fahren wollte, einer rabenschwarzen Maschine, viel größer als die Mopeds der Jungs, die ich kannte. »Will einer mit? Ich hab einen zweiten Helm.« Er klopfte auf die schwarze Box auf seinem Gepäckträger.

Keiner wollte, nur ich, weil ich noch nie Motorrad gefahren war, doch ein strenger Blick von Mum brachte mich sofort zum Schweigen. Schade, hätte bestimmt Spaß gemacht.

»Das braucht er irgendwie«, sagte William seufzend, als wir auf die Zugsitze sanken. »Er will immer überall hin- und überall wegkönnen. Sonst fühlt er sich eingesperrt, sagt er.«

»Wusste ich gar nicht«, sagte Amy. »Wie konnte er es nur auf der *Galatea* aushalten?«

»Vermutlich schwer«, meinte William.

Arthur grinste. »Ich wette, er hatte heimlich ein Schlauchboot im Gepäck.«

Unsere Fahrt führte uns erst unterirdisch aus der Innenstadt heraus, dann tauchten wir auf, ließen das Häusermeer und die Industriegebiete rund um die City hinter uns und sausten auf einer fast schnurgeraden Strecke durch Wälder und Wiesen immer weiter Richtung Süden. Sam und ich unterhielten uns mit den anderen, miteinander, lächelten uns an, schwiegen und träumten vor uns hin. Besondere Déjà-vu-Momente hatten wir nicht, und ich fand es schön, dass es sich zwischen uns auch mal ein bisschen alltäglich anfühlte.

In Hassocks warteten schon zwei Taxis auf uns, und der letzte Teil unserer Fahrt verlief äußerst idyllisch. Die Straße führte an einem kleinen grünen Fluss entlang, wir durchfuhren Blumenwiesen, Wälder und winzige Dörfer mit urigen Häuschen. Irgendwann bogen wir dann ab und passierten ein schmiedeeisernes Tor, das genauso aussah wie das auf der Einladung und sich bei unserer Ankunft wie von Zauberhand öffnete.

Über einen fein geharkten Kiesweg rollten wir langsam auf unser Ziel zu.

»Wow!«, war alles, was ich herausbrachte. Und das beschrieb ganz gut, was ich sah. Moonrose Manor war ein prachtvolles Anwesen mit Türmchen, Erkern, Zinnen, verwittert, grau, efeubewachsen, und es stand in einem traumhaften Park. Als Herrenhaus hätte ich das Gebäude nicht bezeichnet, das war eine typisch britische Untertreibung. Bei uns hätte man so was Schloss genannt.

»Krass«, murmelte Sam und drückte kurz meine Hand.

Amy hatte es offenbar komplett die Sprache verschlagen, was ziemlich selten vorkam.

Die Taxis stoppten vor einer geschwungenen Eingangstreppe, unser Fahrer stieg aus, eilte um den Wagen herum und öffnete schwungvoll die Türen für uns. In Hassocks war er noch nicht so höflich gewesen. Das war wohl eine Nebenwirkung von Moonrose Manor.

In dem Moment stoppte Phil sein Motorrad neben dem Taxi. Er setzte den Helm ab, strich sich erfolglos die Haare glatt und starrte das Haus ebenso ehrfürchtig an wie wir.

»Und jetzt?«, fragte Amy leise. »Was machen wir jetzt? Also, ich meine, haben solche Schlösser Klingeln? Oder brauchen wir eine Kanone, um uns mit Böllerschüssen anzukündigen?«

Cleo zuckte mit den Schultern. »Vielleicht sieht uns ja von drinnen jemand und nimmt uns die Entscheidung ab.«

Tatsächlich. Als sich die Taxis mit knirschenden Reifen entfernten und wir ein bisschen ratlos samt unserem Gepäck vor dem riesigen Gebäude standen, öffnete sich das Eingangsportal, und ein dunkel gekleideter Mann trat heraus.

Ich blinzelte gegen die Sonne. Irgendwie kam mir der Typ bekannt vor.

Amy allerdings erkannte ihn zuerst. »Mortimer!«, rief sie. »Sie hier? Das gibt's doch gar nicht!«

Der Butler schritt langsam die Treppe herab. Wie damals auf der *Galatea* trug er einen schwarzen Frack und weiße Handschuhe, seine etwas schütteren Haare waren streng nach hinten gekämmt. Aber seine Miene war überhaupt nicht streng, um seine Augen sah ich einen ganzen Kranz der nettesten Lachfältchen der Welt. Als er vor uns stand, machte er eine formvollendete Verbeugung. »Es ist mir eine Ehre und eine große Freude, Sie wiederzusehen.«

»Uns auch«, sagte ich. »Und damit hab ich jetzt echt nicht gerechnet. Ich dachte, Sie wären immer noch auf den sieben Weltmeeren unterwegs.«

»Ich arbeite nicht mehr auf der *Galatea*«, sagte Mortimer würdevoll. »Ich bin ab September wieder in meinem eigentlichen Beruf tätig. Dann habe ich nämlich ein Filmengagement. Aber Lord Ashcroft benötigte vorübergehend eine Urlaubsvertretung für seinen Butler, und diese Rolle beherrsche ich ja perfekt.«

»Mortimer.« Cleo verschränkte die Arme vor der Brust und sah ihn streng an. »Sie schwindeln.«

Der Butler räusperte sich. »Selbstverständlich nicht. Das würde ich niemals tun. Ich habe wirklich im Herbst ein Filmengagement. Und Lord Ashrcrofts Butler ist verreist.«

Cleo nickte. »Aber Sie sagen nicht die ganze Wahrheit.«

Jetzt hüstelte Mortimer. »Nun … ja.« Täuschte ich mich, oder wurde er ein bisschen rot?

»So viele Zufälle gibt's gar nicht«, meinte Cleo. »Glauben Sie wirklich, wir würden Ihnen das abnehmen?«

»Ich hatte es gehofft«, sagte der Butler steif.

Cleo grinste. »Raus damit. Was machen Sie wirklich hier? Stecken meine Eltern dahinter?«

Mortimer wischte sich ein paar nicht vorhandene Stäubchen vom Ärmel und tat, als hätte er die Frage nicht gehört. Der Arme hatte anscheinend so was wie ein Schweigegelübde abgelegt.

Es war Sam, der ihn rettete. »Klar waren das deine Eltern«, sagte er zu Cleo. »Was denkst denn du? Dass sie dich nach der Sache auf dem Schiff ganz ohne Schutz hierher reisen lassen? Sie wollten eigentlich wieder meinen Dad als Bodyguard engagieren, aber das konnte ich abwenden.« Er blinzelte dem Butler zu. »Dank Mortimer. Als Butler kann er unauffällig überall sein und ein Auge auf dich haben. Das hat deinen Eltern in dieser gut abgesicherten Schlossumgebung zum Glück gereicht. Und Lord Ashcroft war froh, seinem Butler ein paar freie Tage geben zu können, ohne auf den Komfort zu verzichten, dass sich jemand weiterhin um alles kümmert.«

»Oh Mann!« Cleo verdrehte die Augen. »Warum sagt mir das keiner?« Aber sie widersprach nicht. Seit der Sache auf der *Galatea* hatte sie offenbar einiges gelernt, und sie freute sich genau wie wir, Mortimer wiederzusehen. »Wollen wir dann reingehen und Lord und Lady Ashcroft begrüßen?«, wechselte sie schnell das Thema. »Oder sind die noch nicht sicherheitsüberprüft?« Sie warf Sam einen schnippischen Blick zu.

Doch der ließ sich davon nicht beeindrucken. Er kannte Cleo seit seiner Kindheit, die beiden waren fast wie Geschwister. »Lord und Lady Ashcroft sind bis ins Jahr 1102 lückenlos überprüft«, sagte er achselzuckend. »Bis dahin reicht nämlich ihr Stammbaum. Und bis auf das Übliche, also Krieg, Mord, Totschlag und ein paar Kreuzzüge hat sich diese Sippe in den letzten tausend Jahren nicht viel zuschulden kommen lassen.«

»Ausgesprochen beruhigend.« Cleo grinste.

»Wenn Sie mir dann bitte folgen wollen«, schlug Mortimer vor. Er wies auf unser Gepäck. »Lassen Sie das alles ruhig stehen, mein Gehilfe kümmert sich gleich darum. Ich zeige Ihnen jetzt Ihre Zimmer, und dann begleite ich Sie zu Lord Ashcroft. Er erwartet Sie bereits. Lady Ashcroft ist momentan noch unterwegs.«

Mortimer führte uns in die Eingangshalle, in deren Wänden Marmorstatuen in ovalen Nischen standen. Direkt vor uns schwangen sich zwei imposante Treppenbögen nach oben, einer links, einer rechts, die sich weiter oben auf einer Empore trafen. Mortimer wählte die linke, und wir folgten ihm. Das Ganze wirkte so vornehm, dass ich die Treppe unwillkürlich auf Zehenspitzen betrat.

Oben ging Mortimer einen langen Gang hinunter, wir hinterher. Auf der einen Seite sah ich bogenförmige Fenster mit Parkblick, auf der anderen viele Türen. »Hier befinden sich Ihre Zimmer.« Mortimer wies mit der Hand den Gang entlang. »Vielleicht möchten Sie sich selbst aussuchen, wer wo schläft?«

»Wir können die Zimmer doch in derselben Reihenfolge nehmen, wie wir hier stehen«, schlug Cleo vor. »Das ist dann wie Lose ziehen.« Wir nickten, das war wirklich am einfachsten.

Also öffnete Mortimer eine Tür nach der anderen, und immer trat einer von uns ein. Weil ich ganz hinten gestanden hatte, blieb ich als Letzte übrig.

»Dies ist dann also Ihr Reich, Miss Louisa.« Mortimer öffnete die hohe, weiße Tür. »Eins unserer schönsten Zimmer, wie ich finde. Sie haben als Einzige einen Balkon.«

Und er hatte nicht übertrieben, das Zimmer war wirklich märchenhaft. Sonnig und hell, mit Möbeln aus Rosenholz. Die Sesselkissen und die Bettwäsche waren aus zart geblümten Stoffen im britischen Landhausstil, vor den offenen Fenstern bauschten sich hauchdünne, weiße Gardinen im Wind, und eins der bodentiefen Fenster war bei näherem Hinsehen gar kein Fenster, sondern die Tür zu einem efeubewachsenem Balkon mit steinernem Geländer.

»Falls Sie sich ein wenig frisch machen wollen, jedes Zimmer hat ein eigenes Bad. Lassen Sie sich ruhig Zeit.« Mortimer nickte mir freundlich zu. »Ich warte an der Treppe auf Sie und führe Sie dann gleich zu Lord Ashcroft.«

Er wollte sich zurückziehen, da fiel mir noch etwas ein. »Mortimer?«, fragte ich.

»Ja, bitte?«

»Verraten Sie mir, welche Rolle Sie in dem Film spielen werden?«

Er nickte. »Sicher. Zu gegebener Zeit. Momentan allerdings bin ich voll und ganz Mortimer.« Er verbeugte sich und verließ den Raum.

Aus dem Frischmachen wurde dann aber nichts, denn als ich kurz darauf auf den Balkon trat, vergaß ich beim Anblick des traumhaften Parks von Moonrose die Zeit. Das Haus stand leicht erhöht auf einem Hügel, dessen Rasen samtweich aussah. Die Rosenblüten an den Büschen wirkten wie hingetupft und die Büsche dahinter wie frisch vom Friseur geschnitten. Es gab Treppchen, Bänke, zwei Springbrunnen, einen kreisrunden, weißen Pavillon auf schmiedeeisernen Beinen und die vielen Statuen, von denen Cleo schon gesprochen hatte. Ich entdeckte sogar ein Labyrinth aus dunkelgrünen Hecken, die raffiniert verschachtelt angepflanzt waren. Fast unmerklich ging der gepflegte Park dann in einen wilderen und zugleich romantischen Garten über, mit bunten

Blumenwiesen, uralten Bäumen und einem grünen See, in den Trauerweiden ihre Zweige hängen ließen. Rechts und links davon ging die Uferbewachsung in Wald über.

Ein Klopfen an meiner Zimmertür ließ mich zusammenzucken.

»Lou?«, rief Amy vom Gang aus. »Wo bleibst du denn? Wir warten schon.«

Mist. »Ich komme!« Schnell hastete ich zurück ins Zimmer, strich mir vorm Spiegel die Haare glatt und biss mir auf die Lippen, dann folgte ich Amy zu unserem Treffpunkt.

Der Salon, in den Mortimer uns wenig später führte, toppte dann noch einmal alles, was wir von Moonrose Manor bis jetzt gesehen hatten. Der Raum hatte große, hohe Fenstertüren zu einer fantastischen Terrasse mit Blick zum Park. Seine Wände waren zartgrün tapeziert und mit filigraner Blumenmalerei so fein verziert, dass man sich hier fühlte wie in einer sonnigen Frühlingslandschaft. Die Vorhänge und die Bezüge der Sofas und Sessel hatten dasselbe Blumenmuster. Und mittendrin stand ein Springbrunnen mit einer Marmornymphe, der leise vor sich hin plätscherte. Neben diesem Brunnen saß Lord Ashcroft in einem Lehnstuhl, ein hochgewachsener, hagerer Mann in Opas Alter. Zu seinen Füßen lag ein schlanker brauner Jagdhund, der freundlich mit dem Schwanz wedelte, als wir uns näherten.

Der Lord erhob sich und schritt auf uns zu, und der Hund tat es ihm nach. Die etwas steifen Bewegungen der beiden ähnelten sich, und ich bemerkte, dass das Fell um die Schnauze des Tieres schon ein bisschen weiß wurde. Er war genau wie sein Herrchen schon etwas älter.

»Ah, jetzt, ja«, sagte Lord Ashcroft. »Die jungen Leute. Wie schön.«

Ich überlegte kurz, ob ich in einen Knicks sinken sollte, immerhin war das hier ein waschechter britischer Lord, doch zum Glück streckte er schon die Hand aus, um uns ganz normal zu begrüßen.

»Wie schön, wie schön«, wiederholte er und wirkte dabei ein bisschen steif, als wäre Smalltalk nicht so sein Ding. »Das ist Otis.« Er wies auf den Hund.

Nun trat Cleo vor. »Lord Ashcroft, ich bin Cleo, die Nichte von Per Birkenstedt. Und ich danke Ihnen ganz herzlich für diese wunderbare Einladung. Es ist eine große Ehre, hier sein zu dürfen.«

»Die kleine Cleo Birkenstedt.« Lord Ashcroft gab plötzlich eine Art knackendes Schnauben von sich, vermutlich ein Laut der Rührung. »Ich erinnere mich noch an dich, da warst du so.« Er bückte sich und hielt seine Hand auf Kniehöhe. Der Hund sah ihm interessiert zu.

Ich unterdrückte ein Grinsen. Kaum vorstellbar, dass Cleo je katzengroß gewesen sein sollte. Dass sie schon mal hier gewesen war, hatte ich gar nicht gewusst. An Cleos erstauntem Gesicht erkannte ich, dass ihr das auch neu war.

»Ungefähr fünf Jahre warst du da alt«, erzählte der Lord, der ihren irritierten Blick ebenfalls bemerkt hatte. »Und du warst damals nur draußen im Park. Mit deinem Onkel. Wahrscheinlich kannst du dich daran gar nicht mehr erinnern.«

Cleo schüttelte den Kopf. »Nein, wirklich nicht. Ich habe meinen Onkel nur einmal kennengelernt, das war, als wir zusammen einen Tag am Meer verbracht haben. Meine Eltern haben mir davon erzählt. Vielleicht war das derselbe Tag?«

Lord Ashcroft nickte. »Ihr wart auf der Durchfahrt zum Meer, und da hat er dir unseren Park gezeigt.«

Jetzt wollte der Lord wissen, wie unsere Anreise gewesen war. (Sehr angenehm.) Ob wir in den Zimmern alles zu unserer Zufriedenheit vorgefunden hätten? (Mehr als das.) Ob wir schon eine Planung für den Nachmittag hätten? (Nein, keine.) Und zuletzt ließ er uns Grüße von Lady Ashcroft ausrichten, die leider unvorhergesehen nach Dixon hatte fahren müssen, aber jeden Moment zurückerwartet wurde und sich schon sehr auf uns freute.

Nun stockte das Gespräch, und ich hatte deutlich den Eindruck, dass Lord Ashcroft sein Smalltalk-Pulver endgültig verschossen hatte.

»Wie schön, wie schön«, sagte er wieder, vermutlich um Zeit zu gewinnen. »Wo meine Frau nur bleibt?«

Hilfesuchend sah er sich um, sichtlich unsicher, wie er die Wartezeit bis zu ihrer Rückkehr überbrücken sollte. Aber dann fiel ihm offenbar eine Lösung ein, und er stellte die Schicksalsfrage: »Für den Tee ist es noch zu früh. Aber ... interessiert ihr euch vielleicht für Bacon und Hilton?«

Amys verheerende Antwort besiegelte unser Los.

Tja, und da standen wir nun, hatten noch mindestens fünfzig Ahnen vor uns, und wenn Mortimer uns in diesem Moment nicht gerettet hätte, hätten wir dort wohl noch stundenlang Berts aus vielen Jahrhunderten angestarrt. Zum Glück tauchte der Butler jetzt aber in der Gemäldegalerie auf und wandte sich an den Lord. »Verzeihung, Sir. Das Picknick für die jungen Leute ist fertig. Lady Ashcroft hatte das im Vorfeld so veranlasst. Es ist bereits serviert.«

»Aber wir haben es doch erst bis ins siebzehnte Jahrhundert geschafft.« Lord Ashcroft wirkte enttäuscht.

»Wir könnten den Rest vielleicht ein anderes Mal ...«, begann Cleo zaghaft.

Mortimer räusperte sich. »Mit Verlaub, eure Lordschaft, das wäre eine gute Lösung. Der Tee wird sonst kalt.«

»Natürlich, natürlich.« Jetzt wirkte der Lord auf einmal selbst erleichtert über die Unterbrechung. »Aber entschuldigt mich bitte, ich bin ein wenig müde und nehme meinen Tee lieber später im Salon. Nach einem kleinen Schläfchen.«

Wogegen wir überhaupt keine Einwände hatten.

# Kapitel 6

## Käse gut, alles gut!

Wenig später saßen wir in der Nähe des Teichs im Schatten einer uralten Eiche auf rot-weiß karierten Decken und sahen Mortimer dabei zu, wie er aus einem geflochtenen Picknickkorb die tollsten Sachen hervorzauberte. Es gab nicht nur Sandwiches mit ganz viel Bacon und Stilton, sondern auch süße Sachen wie Scones, Muffins, Cupcakes und Obst. Der Tee war noch heiß, die Limo kalt, das Essen schmeckte hervorragend, und um uns herum wogte eine bunte Blumenwiese im Wind. Also alles perfekt.

»Wen muss ich eigentlich heiraten, um dieses Schloss zu erben und immer so zu picknicken?«, fragte Amy beiläufig und biss in eine Erdbeere.

Phil zückte sein Handy und las nach, was im Internet über die Ashcrofts stand. »Lord Ashcroft hat einen Sohn, und der ist tatsächlich noch zu haben. Allerdings ist er schon zweiundfünfzig und hat kein einziges Haar auf dem Kopf.«

Amy zuckte mit den Schultern. »Haare werden total überschätzt.« Sie nahm sich einen Muffin und biss hinein. »Hmmm, mit Schokokern.«

»Überleg dir das gut«, meinte William. »Und bedenke dabei, dass ich zwar kein Schloss, aber immerhin einen Picknickkorb besitze. Meine Stiltonsandwiches sind legendär, genau wie meine Haarpracht.« Er fuhr sich mit der Hand durch die windzerzauste Frisur. »Blumenwiesen gibt es übrigens überall. Und in Schlössern wimmelt es nur so von langweiligen Gemälden.«

Amy schenkte ihm ihr bezauberndstes Lächeln. »Vermutlich hast du recht. Ich denke, Schlösser werden tatsächlich überschätzt.«

William schmolz dahin wie Stilton in der Sonne.

»Wir besitzen sogar drei Picknickkörbe.« Jetzt lächelte Phil mich mit seinen kornblumenblauen Augen an. »Jeder von uns hat nämlich einen. Wir sind also alle drei eine echt gute Partie.«

Demonstrativ schlang Sam beide Arme um mich. »Meiner Meinung nach werden Picknickkörbe völlig überschätzt«, knurrte er, was alle zum Lachen brachte.

In diesem Moment summte mein Handy. Ich zog es aus der Tasche und warf einen Blick darauf. Mail von Doktor Psi. Endlich!

Ich warf Sam einen vielsagenden Blick zu und tippte auf das Symbol mit dem Briefumschlag, um die Nachricht zu öffnen, da hörte ich von fern eine Frauenstimme. »Hallo!?«, rief sie. »Haaallooo!? Wo steckt ihr denn?!«

Eine ältere Dame in Jeans, blau-grünem Karohemd und Gummistiefeln durchquerte die blühende Wiese und kam auf uns zu. Sie lachte, als sie uns bemerkte. Von Weitem sahen wir vermutlich aus wie ein Rudel Erdmännchen, das plötzlich aus dem Gras aufgetaucht war. »Wie wundervoll, dass ihr da seid!«, rief sie uns vergnügt entgegen.

Wir erhoben uns, und ich schob mein Handy zurück in die Hosentasche. So sehr ich auch darauf gewartet hatte, die Mail musste warten.

»Hallo!« Bei den letzten Schritten krempelte die Dame die Ärmel ihrer Hemdbluse hoch, dann reichte sie uns allen die Hand. »Ich bin Lady Ashcroft. Aber sagt bitte einfach Eliza zu mir.« Ihr Händedruck war warm und fest. »Na? Wie geht's euch? Seid ihr gut angekommen?« Sie sah uns neugierig an.

Das war Lady Ashcroft? Die Frau von Lord Bert dem Näselnden? Einen größeren Gegensatz konnte es kaum geben. Der Lord war mir vorgekommen, als hätte er schon lange weder Sonnenlicht noch frische Luft abbekommen, und als wäre er deswegen ein bisschen verwelkt. Wie eine gelbliche Pflanze, die hinter dicken Samtvorhängen vor sich hinvegetierte. Aber Lady Ashcroft, äh, Eliza, sprühte nur so vor Power. Sie war bestimmt nicht viel jünger als der Lord, hatte aber kaum Falten. Ihre lebenslustigen grünen Augen funkelten uns durch eine runde, silberne Brille an, doch das Besondere an ihr war ihr Lächeln. Es reichte ganz undamenhaft von einem Ohr bis zum anderen. Trotz ihrer lässigen Kleidung und ihrer natürlichen Art sah man ihr an, dass sie nicht immer in Jeans und Gummistiefeln unterwegs war. Ihre seidigen weißen Haare waren am Hinterkopf zu einer eleganten Frisur aufgerollt, und um den Hals trug sie eine Perlenkette, die nicht wirklich zu ihrem Karohemd passte. Vermutlich war sie eben in der Stadt sehr viel damenhafter gekleidet gewesen und hatte beim Umziehen die Kette vergessen.

Ein bisschen erinnerte sie mich an Momo, und das war ein schöner Gedanke. Bis eben hatte ich mich auf Moonrose Manor noch fremd gefühlt, aber plötzlich war das wie weggeblasen.

Wir stellten uns ihr vor, und Lady Eliza schenkte uns allen ein warmes Lächeln. »Ich habe schon viel von euch gehört. Wie schön, dass ihr gekommen seid. Ich liebe es, junge Leute um mich zu haben. Ihr werdet sehen, Moonrose ist wie geschaffen für Abenteuer zu Wasser und hoch zu Ross, langweilig wird euch hier bestimmt nicht. Und ich habe auch noch eine Überraschung für euch, aber die verraten wir erst heute Abend. Die paar Tage, die ihr hier sein könnt, sind viel zu kurz. Ihr müsst unbedingt wiederkommen.«

Sie ging auf Cleo zu und legte ihr die Hände auf die Schultern. »Kind«, sagte sie. »Ich bin so froh, dass du endlich hier bist. Ich will dir schon lange etwas zeigen. Und das machen wir jetzt gleich, in Ordnung?« Sie wandte sich an uns. »Ihr anderen seid natürlich auch herzlich eingeladen, mitzukommen. Wollen wir?«

Cleo zuckte zusammen. »Die Ahnengemälde haben wir schon gesehen«, sagte sie schnell.

Lady Ashcroft schmunzelte. »Oh, wirklich? Alle?«

Cleo schüttelte den Kopf. »Nein. Nur bis ins siebzehnte Jahrhundert. Zu den anderen sind wir leider nicht mehr gekommen.« Sie schaffte es tatsächlich, höfliches Bedauern in ihre Stimme zu legen.

Lady Ashcroft schmunzelte. »Na, dann können wir die ja jetzt ansehen, nicht wahr?« Als sie unsere entsetzten Gesichter sah, lachte sie laut auf. »Nein, keine Angst! Ich will euch etwas anderes zeigen. Und das ist bestimmt spannender als die vergilbten Ahnen derer von Ashcroft. Wobei das natürlich nicht schwer ist.« Sie blinzelte uns zu. »Es ist ein kleiner Spaziergang. Na, wie sieht's aus? Wer kommt mit?«

Einen Draht zu Sam hatte ich gerade nicht, deswegen sah ich ihn fragend an. Sollten wir uns ausklinken, um die Mail zu lesen? Doch er schüttelte fast unmerklich den Kopf, und ich sah das auch so. Vielleicht stand sowieso nur allgemeines Werbe-Blabla in dem Schreiben von Doktor Psi, und das hier sollten wir uns auf keinen Fall entgehen lassen.

Mit der Bezeichnung kleiner Spaziergang hatte Lady Eliza Ashcroft allerdings untertrieben. Was uns erwartete war eher ein kleiner Marsch. Keine Ahnung, wie die alte Dame es schaffte, in ihren Gummistiefeln eine halbe Stunde lang so zackig auszuschreiten, aber sie hielt eisern durch. Im Stechschritt führte sie uns erst aus dem Schlosspark heraus, dann durch einen kleinen Wald, und zuletzt auf den nächstgelegenen Hügel, der von Nahem gar nicht so flach war, wie er von fern ausgesehen hatte.

»Jetzt ein paar Ahnengemälde …«, keuchte Amy kurz vor der Kuppe. Aber dann waren wir endlich oben, und Lady Eliza blieb stehen.

»Hey«, flüsterte Cleo. »Das sieht ja aus wie im Märchen.«

Sie hatte recht, die Aussicht war zauberhaft. Wir blickten von oben auf ein winziges, typisch englisches Dörfchen herab, idyllisch zwischen Wiesen und Weiden gelegen, mit efeubewachsenen Steinhäusern, üppig blühenden Rosen und einer kleinen Kirche, die zwischen den Häusern wie eine Glucke inmitten von lauter Küken wirkte.

»Das ist Chickwick«, erklärte Lady Eliza. »Vor ein paar Jahren waren die Häuser drauf und dran zu verfallen. Niemand wohnte mehr dort. Per Birkenstedt hat dann nach und nach alle Häuschen gekauft und renoviert. Dann hat er sie günstig an junge Familien vermietet. Cleo, du weißt es wahrscheinlich nicht, aber Chickwick gehört dir.«

Cleo hatte interessiert zugehört, jetzt riss sie die Augen auf. »Mir? Ein ganzes Dorf?«

Lady Ashcroft nickte. »Algernon, äh, also Lord Ashcroft, verwaltet die Häuser. Ursprünglich für Per, jetzt für dich.«

Cleo runzelte die Stirn. »Uff«, sagte sie. Dann lange gar nichts mehr. Und schließlich: »Gehört mir hier sonst noch was?«

Lady Ashcroft schüttelte den Kopf. »Hier in der Nähe nicht. Aber es gibt etwas in Moonrose, das *zu* dir gehört. Und das will ich dir auch noch zeigen.«

»Zu mir gehört? Hier?« Cleo wirkte irritiert.

Lady Ashcroft nickte. »Dein Onkel war ein sehr enger Freund von uns, er hat uns oft und gern besucht. Deswegen hatte er auch die Idee, das Dorf zu retten.« Sie wandte jetzt den Blick von der Aussicht ab und sah Cleo an. »Per hatte einen Lieblingsort hier, an dem er viele Stunden verbracht hat. Da war er mit dir damals auch, als ihr vorbeigekommen seid. Erinnerst du dich noch?«

Cleo schüttelte den Kopf. »Nein. Ich habe an meinen Besuch gar keine Erinnerung. Ich war damals so.« Sie beugte sich vor und zeigte mit der Hand auf Kniehöhe.

Eliza Ashcroft zeigte ihr sympathisches, breites Lächeln. »Gefühlt warst du wirklich so klein. Du wirktest ziemlich eingeschüchtert. Aber das war ja klar, du kanntest uns nicht, du hingst ganz verlegen an Pers Hand und wolltest sie nicht mehr loslassen.« Sie hakte Cleo unter. »Nach diesem Tag hat Per übrigens beschlossen, dich als seine Erbin einzusetzen.«

»Echt?« Cleo blieb abrupt stehen. »Schon damals? Ich dachte, das wäre ein Spontanentschluss gewesen, den er erst kürzlich gefällt hat. Um alle anderen zu ärgern, die das Geld gern gehabt hätten.«

Lady Ashcroft schmunzelte. »Das ist durchaus auch möglich. Per war zeit seines Lebens von gierigen Menschen umgeben, und das hat ihn geärgert. Aber dich hat er aus einem anderen Grund ausgesucht: weil er dich mochte.«

Cleo stemmte empört die Hände in die Hüften. »Er mochte mich? Warum hat er das dann getan? Bis zu meinem fünfzehnten Geburtstag wusste ich von dem Erbe überhaupt nichts, und mein Leben war super. Dann hat Onkel Per mir auf einmal so viel Geld vermacht, dass ich seitdem gar nicht mehr weiß, was auf dieser Welt eigentlich mir gehört. Und damit hat er mein Leben kaputt gemacht.« Die Worte brachen richtig aus ihr heraus.

»Ich weiß, was passiert ist.« Lady Ashcroft tätschelte Cleos Arm. »Aber glaub mir, Per hatte das alles ganz anders geplant. Er wollte mit dir reden, sobald du volljährig bist, und dich fragen, ob du einverstanden bist. Er dachte, er hätte noch viel Zeit. Warte mal ab, du wirst ihn gleich besser verstehen.«

Cleo runzelte die Stirn. Sie schien nicht davon überzeugt.

Ich hatte irgendwie erwartet, Lady Ashcroft wolle Cleo einen geheimnisvollen Ort im Schloss zeigen. Einen Schreibtisch vielleicht oder ein geheimes Zimmer, in dem ihr Onkel etwas für sie hinterlassen hatte. Aber zurück im Park ging Eliza an Moonrose Manor vorbei, führte uns durch den Rosengarten und steuerte dann auf die Parkmauer zu. Erst als wir kurz davorstanden, entdeckte ich hinter einem Holunderstrauch eine morsche Holztür. »Wie in dem Buch *Der geheime Garten*«, murmelte Cleo.

Lady Ashcroft lächelte. »Oh. Daran erinnerst du dich? Dieses Buch hat Per dir damals geschenkt.«

Cleo wirkte plötzlich sehr nachdenklich. »Ich habe das Gefühl, dass ich mich vielleicht sogar an mehr erinnere. Schattenhaft. Es fühlt sich an wie ein Traum. Was ist hinter der Tür? Kann es sein, dass da wirklich ein Garten ist? Mit einem Schuppen?«

Lady Ashcroft lächelte. »Mach auf und sieh nach.« Sie reichte Cleo einen schweren, schmiedeeisernen Schlüssel. Cleo wog ihn nachdenklich in der Hand. »Warum ist die Tür verschlossen?«

»In unseren Park dringen oft ungefragt Touristen ein. Und wir wollen nicht, dass sie diesen Bereich betreten.«

Zögernd steckte Cleo den Schlüssel ins Schloss. Als die Tür beim Öffnen laut knarrte, zuckte sie zusammen.

»Das muss so sein«, beruhigte Lady Ashcroft sie. »Wir ölen sie absichtlich nicht. Das Geräusch dient als Signal.«

»Wofür?«, wollte Cleo wissen.

Doch die feine, alte Lady lächelte nur und ließ uns allen den Vortritt.

Natürlich war wirklich ein Garten hinter der Tür. Und zwar der schönste, den ich je gesehen hatte (dabei hatte ich dank des Berufs meiner Eltern wirklich schon viele gesehen). An seinen hohen Mauern wuchsen Kletterrosen in allen Farben. Auf einer großen, blühenden und summenden Blumenwiese standen ein paar Obstbäume, und in der Mitte war tatsächlich ein kleiner baufälliger Schuppen mit einer Bank neben der Tür. Bis auf das Vogelgezwitscher und das Brummen der Bienen war es ganz still an diesem Ort, und es schien, als wolle Lady Ashcroft diese Ruhe nicht stören. Sie ging so leise, wie es in ihren Gummistiefeln möglich war, zu dem winzigen Schuppen, öffnete auch diese Tür, die ebenfalls knarzte, und verschwand darin. Als sie kurz darauf zurück war, hielt sie in ihren Händen einen Napf und eine Packung Hundefutter.

Ich sah mich um. Lebte hier irgendwo ein Hund? Aber ich sah und hörte nichts. Und warum sollte ein Hund auch ganz allein in diesem verwunschenen Garten wohnen? Der würde ja total vereinsamen.

Aber ich kam gar nicht dazu, länger darüber nachzudenken. Lady Ashcroft schüttelte jetzt die Futterpackung, was ziemlich laut rappelte, dann ließ sie etwas von dem Inhalt in den Blechnapf prasseln. »Ich muss so laut sein«, murmelte sie dabei. »Sie muss mich hören, und das Wasser muss ihr im Maul zusammenlaufen.«

»Wer?«, wollte Cleo wieder wissen. »Ein Igel?«

»Wilja«, sagte Lady Ashcroft, als wäre damit alles klar. Dann senkte sie die Stimme. »So, Cleo geht jetzt mit dem Napf zum Brunnen.« Sie wies auf ein verwunschenes Steinbecken mit ein paar Seerosen, das versteckt neben einem Gebüsch in der Nähe der Mauer stand. »Wir anderen bleiben hier und müssen ganz leise sein.«

Cleo nickte zaghaft. Aber sie blieb trotzdem unschlüssig bei uns stehen.

»Geh einfach rüber und setz dich auf den Brunnenrand«, flüsterte Lady Ashcroft.

»Wilja ist hoffentlich kein Bär«, gab Cleo wispernd zurück.

Lady Ashcroft schüttelte den Kopf, dann legte sie den Finger an die Lippen.

Jetzt gab Cleo sich einen Ruck, ging mit leisen Schritten zum Brunnen und setzte sich auf den Rand. Den gefüllten Napf behielt sie dabei auf ihrem Schoß. Sie wirkte unsicher und angespannt.

Niemand von uns anderen regte sich. Ich hielt Sams Hand, aber ich wagte es nicht mal, seine Finger zu drücken.

Erst passierte gar nichts. Dann raschelte es leise im Gebüsch. Und dann sah ich sie plötzlich. Wilja. Zentimeter für Zentimeter schob sich ihre lange rötliche Nase durch die Blätterwand neben dem Brunnen.

»Ein Fuchs!«, hauchte Amy und erntete dafür einen strengen Blick von Lady Ashcroft.

Zu recht. Die Nase war sofort wieder verschwunden.

Cleo hatte sie aber auch gesehen, und jetzt schüttelte sie ganz vorsichtig den Napf, sodass die Futterbröckchen darin leise klapperten. Prompt war die Nase wieder da. Diesmal schob sie sich immer weiter aus den Blättern heraus, bis ein sehr niedliches rötliches Fuchsgesicht mit weißen Wangen und spitzen Ohren sichtbar wurde. Als Cleo das Futter noch einmal klappern ließ, legte Wilja den Kopf schräg und sah sie an. Ihre großen, spitzen Fuchsohren zuckten erst nach hinten, dann zur Seite, dann nach vorn. Das sah aus, als würde sie nachdenken. Auf einmal schien ihr Entschluss festzustehen, und sie hinkte auf Cleo zu.

Ja, Wilja hinkte. Eins ihrer Vorderbeine war steif. Aber das schien die Füchsin nicht zu stören. Sie kam auf Cleo zu und sah sie auffordernd an. »Sit down, Wilja«, sagte Cleo ganz leise.

Lady Eliza lächelte.

Wilja legte wieder den Kopf schräg. Dann setzte sie sich vor Cleo ins Gras, genau wie ein kleiner gehorsamer Hund.

Jetzt beugte Cleo sich langsam vor. Sie stellte den Napf auf den Boden und richtete sich vorsichtig wieder auf.

»Wilja, go«, sagte Cleo dann.

Die Füchsin, die im ersten Moment ein Stück zurückgewichen war, beäugte erst neugierig den Napf, dann Cleo, bevor sie sie sich erhob, zum Futter hinkte und sich darüber hermachte. Beim Fressen wedelte sie mit ihrer buschigen, roten Rute wie ein kleiner Hund. Es war, als wären Cleo und sie beste Freunde.

Als der Napf leer war, blickte die Füchsin zu Cleo auf, sah ihr eine Weile ruhig in die Augen, als wolle sie sich bedanken, wandte sich dann ab und hinkte zurück ins Gebüsch.

»Ich füttere sie jetzt seit mehr als zehn Jahren jeden Tag«, sagte Lady Ashcroft leise. »So lange lebt sie nämlich schon hier in diesem Garten, und ich habe das immer übernommen, wenn Per nicht hier war. Aber sie lässt sich nie blicken, wenn ich sie füttere. Ich merke immer nur am leeren Napf, dass sie noch da ist. Die einzigen Menschen, zu denen sie je Vertrauen hatte, sind Per, der sie aufgezogen hat, als er sie als Welpe verletzt in einer Fuchsfalle fand. Und du, Cleo.« Sie sah Cleo nachdenklich an. »Schon damals, bei deinem ersten Besuch ist sie zu dir gekommen. Und du hast dich eben daran erinnert, nicht wahr? Sit down, das war der Befehl den Per ihr beigebracht hatte.« Sie lächelte. »Per hat immer gesagt, du seist ein Fuchsmädchen. Wärst du eine Indianerin, dann wäre der Fuchs dein Totemtier.«

»Lebt Wilja hier ganz allein?«, wollte ich wissen. »Und, kann sie auch raus aus dem Garten?«

»Sie könnte unter dem Tor durchschlüpfen, und vielleicht tut sie es sogar manchmal«, antwortete Eliza Ashcroft. »Aber meistens bekommt sie wohl eher Besuch. Einmal hatte sie sogar Nachwuchs. Da spielten hier unter den Bäumen einen Sommer lang zwei kleine Fuchsbabys.«

Cleo hatte bis eben schweigend auf dem Brunnenrand gesessen. Jetzt drehte sich langsam zu uns um. Ihr Blick wirkte, als wäre sie gedanklich ganz weit weg. »Ich erinnere mich wirklich«, sagte sie mit leiser Stimme. »Ich erinnere mich an

Wilja. An diesen Garten. Und an Onkel Per. Ich habe es wohl immer getan, aber ich habe das alles für einen Traum gehalten. Einen sehr schönen Traum.« Cleos blaue Augen wirkten plötzlich sehr groß und sehr rund. »Kann ich hier ein bisschen allein sein?«, fragte sie. »Ich muss … nachdenken.«

Ich sah, wie Sam schon den Mund öffnete, um zu widersprechen, doch Lady Ashcroft war schneller.

»Natürlich, Liebes.« Sie lächelte. »Solange du willst.«

# Kapitel 7

*Man kann sich nicht aussuchen, woher man kommt.*
*Aber wohin man geht.*

»Geh ruhig mit den anderen.« Sam verlangsamte seinen Schritt. »Ich komme gleich nach.«

Wir hatten eigentlich gerade alle beschlossen, unsere Koffer auszupacken, und Amy und die Jungs waren schon mit Lady Eliza vorausgegangen. Aber statt ihnen zu folgen, setzte Sam sich vor der Tür zum Fuchsgarten auf eine Bank, sein Gesicht wirkte ernst.

Ich ließ mich ebenfalls auf die weiße Holzbank fallen und sagte: »Nö.«

Sam zog eine Augenbraue hoch. »Nö?«, fragte er. »Einfach nur Nö?« Er riss einen Grashalm aus und zerteilte ihn mit dem Fingernagel in hauchdünne Streifen.

Ich zuckte mit den Schultern. »Ich will endlich wissen, was Doktor Psi geschrieben hat. Und ich will das nicht allein lesen.«

Sam warf den Grashalm weg und legte seinen Arm um meine Schultern. »Natürlich«, sagte er. »Hast recht. Entschuldige meine schlechte Laune. Ist nur wegen Cleo.«

Ich nickte. »Schon klar. Du passt wieder auf sie auf, oder?«

»Ja«, sagte er. Und sonst nichts. Aber das musste er auch nicht, den Rest konnte ich spüren. Sam fühlte sich für Cleo verantwortlich, auch wenn er das nicht war. Er konnte nicht anders, er war einfach so.

»Meinst du wirklich, dass hier Gefahren lauern?« Ich beobachtete eine Hummel, die sich nicht zwischen einer rosaroten und einer weißen Rosenblüte entscheiden konnte. Auf dem weißen Kiesweg hüpften Spatzen, und von ferne hörte ich einen Brunnen plätschern. Einen friedlicheren Ort konnte ich mir kaum vorstellen.

Sam zuckte mit den Schultern. »Keine Ahnung. Aber sicher ist sicher.«

Ich nickte und zog mein Smartphone aus der Tasche. »Wir bleiben hier sitzen, bewachen die Tür, und ich lese vor, was da steht«, schlug ich vor.

»Okay, guter Plan.« Er grinste.

»Oh, mein Akku ist fast leer, schnell. Also, pass auf: ›Hallo Isa!‹«, las ich vor. »›Herzlichen Glückwunsch zu deinem Punkte-Score bei unserem Test. Du hast die höchste Punktzahl erzielt, die jemals erreicht worden ist.‹« Ich verdrehte die Augen. »Als ob! Das schreiben die bestimmt bei jedem. Bei den paar Fragen, die sie gestellt haben, können sich die Punkte doch gar nicht so stark unterscheiden. Wetten, jetzt kommt gleich, dass ich was gewonnen habe und nur all meine Daten samt Bankverbindung angeben muss?«

»Nein.« Sam überflog die nächsten Zeilen. »Davon steht

da nichts. Die rechnen anscheinend sogar damit, dass du ihnen nicht glaubst.«

»Echt?« Ich las weiter vor: »›Du denkst jetzt sicher, dass wir dir nur ein paar nichtssagende Fragen gestellt haben, aus denen wir unmöglich Rückschlüsse auf deinen Score ziehen können. Aber was du bis jetzt nicht wissen konntest: Wir haben nicht nur deine Antworten ausgewertet, sondern auch deine Reaktionszeit, deine Wortwahl, sogar deine Tippfehler, denn die haben oft tief verborgen im Unterbewusstsein ihre Ursache. Wir haben außerdem alles festgehalten, was du erst geschrieben und dann gelöscht hast. Und unser Programm weiß grundsätzlich bei allen Besuchern, welche Seiten sie vor dem Besuch unserer Website angeklickt haben. All das ist daher in deinen Score eingeflossen. Die Zustimmung dazu hast du uns freundlicherweise gegeben, indem du unsere Datenschutzbestimmungen akzeptiert hast.‹«

Sam sah mich an. »Und? Hast du?«

Ich zuckte mit den Schultern. »Ich hab halt auf Okay geklickt, als da irgendwas von Datenschutzbestimmungen stand.«

»Aha«, sagte Sam. »Sollte man nie machen. Mach ich aber auch immer.«

»Irgendwie unheimlich«, überlegte ich laut. »Ich weiß gar nicht mehr, ob ich beim Antworten mal was hingeschrieben und gelöscht habe, und ich erinnere mich auch nicht, auf welchen Seiten ich vorher war. Aber die wissen das jetzt. Meinst du, die merken auch, ob ich geschwindelt habe? Braucht man vielleicht auffallend lang, wenn man sich eine Lüge ausdenkt.«

Sam runzelte die Stirn. »Schon möglich.«

Prompt fühlte ich mich ertappt. »Lies du weiter.« Ich reichte ihm das Handy.

Sam blickte nachdenklich aufs Display. »Es ist, als könnten sie vorhersagen, was du denkst«, murmelte er. »Hör mal, was da steht: ›Keine Sorge, Isa. Wir ziehen aus deinen Antworten keine Rückschlüsse auf deinen Charakter. Es geht hier nur um deine teleempathischen Fähigkeiten. Und deine Daten werden selbstverständlich absolut anonym und vertraulich behandelt. Hier nun die Auswertung deines Tests.‹«

Ich schluckte. Jetzt wurde es spannend.

»›Du hast 220 von insgesamt 250 Punkten erhalten‹«, las Sam weiter vor. »›Das bedeutet, dass du erwiesenermaßen eine sogenannte Déjà-vu-gekoppelte Hypersensibilitätsausprägung mit Emotionsübertragung zu mindestens einer Person hast. Und mit dieser Person stehst du in einer romantischen Beziehung. Allerdings gibt es dabei leider eine Kontinuitätsstörung ungeklärter Provenienz. Und die ist für den Punktabzug von dreißig auf deinem Teleempathie-Score verantwortlich.‹«

»Ähm, was hab ich?«, unterbrach ich Sam. »Ich versteh kein Wort. Irgendwie klingt das alles nach einer Krankheit.«

Sam überflog die nächsten Zeilen. »Warte, das wird hier noch genauer erklärt. Da ist wieder dieses Männchen im Arztkittel, das mir zuzwinkert. Und in seiner Sprechblase steht: ›War das jetzt Fachchinesisch für dich, Isa? Dann erkläre ich es noch einmal einfacher.‹«

»Mach das doch gleich«, knurrte ich.

»›Also, im Klartext‹«, las Sam weiter. »›Du und dein Freund, ihr könnt tatsächlich wechselseitig eure Gefühle spüren. Aber nicht immer. Wir haben festgestellt, dass es Störfaktoren gibt.‹«

»Oh, jetzt wird es spannend.« Ich merkte, wie ich nervös wurde.

Sam fuhr fort. »›Unser automatisches Testprogramm hat aus deinen Antworten zwei Grundprobleme herausgefiltert. Erstens: Du weißt nichts über deine Herkunft. Deswegen weißt du auch nicht, woher deine Fähigkeiten stammen und was sie bedeuten. Und zweitens: Deine Gabe macht dir unterbewusst Angst. Das könnte ein Grund für die Störungen sein, die wir gemessen haben.‹«

Sam blickte auf. »Passt das?«

»Hmmm. Ja«, gab ich zu. »Irgendwie schon. Aber was der nur immer mit meiner Herkunft hat. Sind Déjà-vus etwa erblich? Lies mal, ob dazu noch was kommt.«

»›Ganz tief durchatmen, Isa‹«, las Sam vor. »›Eine geheimnisvolle Verbindung zu einem anderen Menschen ist nichts, das einen kalt lässt. Das geht allen Betroffenen so, zumindest, bevor sie mehr darüber wissen. Denn wie soll man mit einer Eigenschaft leben, die man kein bisschen kennt?‹«

»Gute Frage«, murmelte ich leise.

»›Ich mache dir einen Vorschlag‹«, las Sam weiter vor. »›Wir hier am vom PSI-Institut Croydon (PSI) haben große Erfahrung im Bereich Ahnen- und Adoptionsforschung. Wir können gemeinsam mit dir mehr über deine Vergangenheit herausfinden. Mit jeder Information, die du erhältst, wird dein Unbehagen kleiner werden. Das ist immer so. Man muss verwurzelt sein, damit eigene Gaben und Talente Früchte tragen können. Aber wir wollen dich natürlich nicht drängen, unseren Vorschlag anzunehmen, das ist ganz allein deine Entscheidung. Schreib uns einfach, wenn du mehr wissen willst, oder, noch besser, mach einen Termin mit uns aus. Mit herzlichen Grüßen, dein PSI-Team.‹«

»War's das?«, fragte ich.

»Jep«, sagte Sam.

»Seltsam«, murmelte ich. »Sie haben mein Problem klar erkannt. Aber sie haben mir nichts gesagt, was ich nicht schon vorher wusste, obwohl sie angeblich viel über dieses Phänomen wissen. Sie reiten nur dauernd auf meiner Herkunft herum. Und dafür blenden sie etwas ganz Wichtiges total aus.«

»Und was?«, fragte Sam.

»Na, dich. Du kommst in der Auswertung gar nicht vor.«

Sam zuckte mit den Schultern. »Es war *dein* Test. Und das ist jetzt eben *deine* Auswertung.«

»Schon«, gab ich zu. »Aber wenn ich mehr über *meine* Herkunft wissen muss, um die Déjà-vus zu verstehen, dann heißt das doch, dass daran irgendwas erblich ist, oder?«

»Möglich«, gab Sam zu.

»Also hast du das auch geerbt. Du kannst es ja auch.«

»Vielleicht sollte ich den Test auch mal machen«, überlegte Sam laut.

»Hast du denn irgendwen in deiner Familie, von dem du das haben könntest?«

Sam dachte kurz nach. »Nein. Meinen Dad kennst du ja«, sagte er. »Und bei ihm würde ich das eigentlich ausschließen.«

Ich wusste sofort, was Sam meinte, als ich mir seinen ruhigen, sachlichen, analytischen Vater vor Augen rief. Gefühle waren nicht so sein Thema.

»Und deine Mutter?«, fragte ich. »Könntest du von ihr so was geerbt haben?«

Sams Augen verdunkelten sich. »Eher nicht«, sagte er, und wieder einmal spürte ich, dass er nicht gern über seine Mutter sprach. »Für ihre Empathie ist sie nicht gerade berühmt.«

Sams Mutter hatte ihn und seinen Dad verlassen, als Sam vier war. Sie lebte seitdem in den USA und hatte kaum Kontakt zu ihrem Sohn. Es waren Cleos Eltern gewesen, die sich damals um den kleinen Sam gekümmert hatten, wenn sein Dad nach Kindergartenschluss noch arbeiten musste. Wie Sam sich fühlte, wenn er an sie dachte, musste ich nicht fragen, das spürte ich: traurig und verlassen. Ich wusste eigentlich gar nichts über sie, nicht einmal wie sie aussah.

»Wie ist sie so?«, fragte ich vorsichtig.

»Was andere denken und fühlen, ist ihr egal«, war alles, was Sam dazu sagte. Dann wechselte er das Thema. »Also, wenn ich das hier mal zusammenfasse, heißt das doch: Mehr über unsere Verbindung erfahren wir nur, wenn wir mehr über unsere Herkunft wissen. In meinem Fall ist die relativ klar, deswegen müssen wir uns um deine kümmern.«

»Scheint so.« Ich seufzte. Und war genervt. Ich wollte mein Leben besser verstehen. Mein Leben jetzt, mit Sam.

Mich interessierte meine Zukunft und nicht meine Vergangenheit, stattdessen ging es jetzt um meinen Stammbaum. Andererseits konnte man das vielleicht auch nicht trennen. Die Sache mit den Wurzeln und den Früchten konnte ich sogar ein bisschen nachvollziehen, seitdem ich Cleo eben erlebt hatte. Ihr Onkel wurde gerade in ihren Gedanken lebendig, und sie wirkte darüber richtig erleichtert. »Ich kümmere mich drum«, versprach ich.

»Mit Hilfe der PSI-Leute?«, wollte Sam wissen.

Ich schüttelte den Kopf. »Nee. Das ist mir zu privat. Das mach ich nicht übers Internet. Ich trau denen nicht.«

Sam grinste. »Du könntest den Lord fragen, der ist doch Experte in Sachen Ahnen, und seine Familie lebt seit tausend Jahren hier in der Region. Vielleicht habt ihr sogar gemeinsame Vorfahren.«

»Glaubst du?«, fragte ich erschrocken, und strich mir nervös über die Augenbrauen. Zum Glück fühlten sie sich kein bisschen wie die von Sesamstraßen-Bert an.

Sam legte den Kopf schräg und betrachtete mich kritisch. »Nein, eher nicht«, gab auch er zu.

»Vielleicht fahr ich mal nach Dixon«, überlegte ich laut. »Das wollte ich ja sowieso.«

»Gut. Da könntest du …«, begann Sam, doch plötzlich unterbrach er sich und richtete sich auf. Seine Augen wurden ganz schmal. »Wer zum Teufel ist das?«

Ich folgte seinem Blick und bemerkte einen hell gekleideten Mann ein Stück von uns entfernt am Springbrunnen des Rosengartens. Nicht mehr ganz jung, aber auch noch nicht alt. Er trug eine beigefarbene Hose und ein weißes Hemd, also war das garantiert weder ein Butler noch der Gärtner. Er schlenderte mit den Händen in den Hosentaschen durch den Park.

»Einer dieser Touristen, von denen Lady Ashcroft, äh, Eliza, erzählt hat?«, fragte ich leise.

»Vielleicht.« Sam erhob sich. »Vielleicht aber auch nicht.« Er ließ seinen Blick rasch über den Garten wandern. »Du bewegst dich langsam und unauffällig Richtung Mauer«, sagte er. »Aber geh nicht zur Tür. Nur in die Nähe. Und falls Cleo rauskommt, halte sie zurück. Ich geh mal hin und frage ihn, wer er ist.«

»Sei vorsichtig«, bat ich.

»Immer«, sagte Sam knapp. Und wirklich, sein Blick wirkte plötzlich konzentriert und wachsam wie der einer Raubkatze.

Doch als der Mann uns jetzt bemerkte, wandte er sich ab und verschwand hinter dem Brunnen.

»Gehen wir ihm nach?«, fragte ich leise.

Sam schüttelte den Kopf. »Wir holen Cleo und verziehen uns ins Schloss«, bestimmte er.

Ich nickte und folgte ihm zu der Tür in der rosenüberwachsenen Mauer. Als Sam sie öffnete, zerriss ihr Knarren die idyllische Stille des Nachmittags.

»Cleo?«, rief er.

Keine Antwort.

Mit drei Schritten war Sam in dem kleinen Garten. »Verdammt«, hörte ich ihn fluchen. Dann kam er zu mir zurück. »Sie ist weg.«

Ich starrte ihn an. Ging das mit Cleo und ihren Stalkern schon wieder los?

»Nein«, sagte da eine Mädchenstimme hinter uns. »Ist sie nicht.« Cleo trat hinter einem blühenden Rosenstrauch hervor und grinste uns an.

Ich war unglaublich erleichtert, sie zu sehen.

Bis ich Sams Gefühle spürte. »Das. Ist. Nicht. Witzig«, stieß er hervor.

# Kapitel 8

*Ich wundere mich über Leute, die das Leben verstehen wollen. Ich versteh nicht mal mich.*

»Hast du eine Ahnung, wie das für mich ist, wenn du dich in Gefahr bringst?«, fuhr Sam Cleo an. »Glaubst du, dass mir das egal ist, oder was?«

Ich spürte am eigenen Leib deutlich, wie sauer er war.

Cleo allerdings fühlte sich völlig im Recht. »Gefahr? Ich war nicht in Gefahr!«, fauchte sie zurück. »Ich saß hinter einer Steinmauer in einem friedlichen Garten. Und dann hab ich auf der anderen Seite eine zweite Tür gefunden und es gewagt, einmal um diesen Garten herumzugehen.«

Auch wieder wahr.

»Cleo, das geht so nicht«, sagte Sam trotzdem, und ich merkte, wie er sich mit bewundernswerter Selbstbeherrschung zur Ruhe zwang, denn innerlich kochte er. »In diesem Park spazieren Leute herum, die nicht hierhergehören. Du musst wirklich vorsichtiger sein.«

Cleo lächelte spöttisch. »Ach, du meinst diesen älteren Herrn in der hellen Hose, der mich eben gefragt hat, ob man das Schloss auch besichtigen kann? Ja, der war wirklich bedrohlich. Hat mir was von Architektur und vom Tudorstil erzählt. Und man weiß ja: Trau keinem, der sich für Tudor interessiert. Das sind bekanntlich die ganz, ganz Bösen! Himmel, Sam, du nervst.«

Autsch, jetzt wurde ich selbst sauer. Sam gab sich Mühe, ruhig zu bleiben, und Cleo zickte ihn an.

Plötzlich sah Sam mich überrascht an, und ich wusste, er hatte meinen Ärger gespürt. Oh nein, jetzt durchflutete ihn eine ganze Welle von Wut. Passierte es wieder? Schaukelten wir uns gerade gegenseitig hoch?

»Ich nerve dich?«, fragte Sam gefährlich leise. Er brodelte innerlich. Wenn Cleo jetzt etwas Falsches sagte, würde er hochgehen, das spürte ich. Und mit meinem Mitfühlen machte ich es nicht besser.

»Stopp!« Kurz entschlossen trat ich zwischen Sam und Cleo. Ich legte Sam beide Hände auf die Schulter und sah ihm fest in die Augen. »Wir beide. Nachts. Auf dem Schiff. Die Sterne über uns. Das glitzernde Wasser. Weißt du noch?« Cleo blendete ich komplett aus. Stattdessen stellte ich mir den funkelnden Himmel über der *Galatea* vor, und als ich ihn vor mir sah, spürte ich, wie die Anspannung in Sams Körper nachließ.

»Die Sterne«, sagte er leise und lächelte. »Danke, Lou.«

Cleo blickte irritiert zwischen Sam und mir hin und her. Sie verstand kein Wort, aber das war jetzt nicht wichtig.

Ich hauchte ihm einen Kuss auf die Wange. »Ich geh dann mal besser meinen Koffer auspacken. Okay?« Nichts wie weg hier, das mit Cleo musste er ohne mich regeln.

Sam wartete, bis ich ein Stück entfernt war, dann hörte ich, wie er ganz ruhig zu Cleo sagte: »Lass uns noch mal von vorn anfangen. Ich hab mir echt Sorgen gemacht.« Die Spirale war eindeutig gestoppt.

Ich versuchte, meine Gedanken auf etwas anderes zu lenken, denn ich wollte den Streit nicht ungewollt neu anfachen. Hoffentlich hatten die beiden bis zum Dinner alles geklärt. Oh ja, das Dinner war gut, darauf konnte ich meine Gedanken konzentrieren. Ich würde jetzt auf mein Zimmer gehen, duschen und mir überlegen, was ich anziehen konnte.

Moment mal, das Dinner. Ich blieb jäh stehen. Wann war das noch mal? Lady Ashcroft hatte eine Uhrzeit erwähnt, aber ich hatte nicht richtig zugehört. Zum Glück sah ich ganz in der Nähe Amy und William über den Rasen schlendern. Sie steuerten auf das Labyrinth zu, allerdings waren sie so tief in ihr Gespräch versunken, dass sie mein Winken nicht bemerkten. Egal, ich konnte sie leicht einholen. Ich beschleunigte meinen Schritt und erreichte den dunkelgrünen Blättereingang kurz nachdem die beiden darin verschwunden waren. Doch was ich nun hörte, ließ mich stoppen, denn es war definitiv nicht für meine Ohren bestimmt.

»Amy!«, sagte William mit geradezu andächtiger Stimme. »Was ich dir schon lange sagen wollte: Wenn du ein Buch wärst, wärst du so was wie eine Jubiläumsausgabe von Shakespeare.«

»Äh. Was?«, fragte Amy.

»Das war ein Kompliment«, erklärte William liebenswürdig. »Ich flirte gerade mit dir.«

»Du … flirtest?«, fragte Amy. Ich brauchte keine magische Geheimverbindung zu ihr, um zu merken, wie irritiert sie war.

»In der Tat.« William klang immer noch selbstsicher. »Merkt man das nicht?«

»Nicht wirklich«, gab Amy zurück.

»Hmmm.« William räusperte sich und schwieg kurz. Dann holte er tief Luft und nahm einen neuen Anlauf. »Wusstest du, dass das Wort Flirt ursprünglich nicht aus dem Englischen kommt? Wir Briten haben es vermutlich von den Franzosen übernommen. Es könnte von dem Begriff ›conter fleurette‹ abgeleitet sein, was ungefähr so viel heißt wie Blümchen erzählen. Und das passt eigentlich ganz gut als Umschreibung für das, was man beim Flirten tut: Man überreicht jemandem im übertragenen Sinne Blümchen. Reden ist hierfür nicht unbedingt nötig, mit den Augen geht das auch. Aber da bin ich kein Naturtalent, deswegen habe ich mich für den Vergleich mit der Jubiläumsausgabe von Shakespeare entschieden. Und ich spreche natürlich von einer Gesamtausgabe aller Werke. Aber das ist ja eigentlich klar.«

»Wie bitte?«, fragte Amy fassungslos. »Ich bin wie lauter dicke, alte Bücher?«

Ich zog mich langsam zurück. Wow, William war auch verbal eindeutig kein Flirt-Talent. Und Amy? Die wollte ihn ganz eindeutig nicht verstehen. Puh, diese Schlosswoche war zwischenmenschlich komplizierter als erwartet.

Und wann war nun dieses verflixte Dinner? Das hatte ich immer noch nicht herausgefunden. Ich beschloss, auf mein Zimmer zu gehen und nach Mortimer zu klingeln. Der musste es ja wissen.

Als ich allerdings kurz darauf die kühle Eingangshalle von Moonrose Manor betrat, bemerkte ich Phil auf der Treppe. »Gut, dass ich dich treffe. Sag mal, um wie viel Uhr ist das Dinner?«

Phil lächelte mich mit seinen sommerblauen Augen an. »Um acht. Hast noch ein bisschen Zeit. Sag mal, hast du Arthur irgendwo gesehen?«

»Nein, nur William. Warum?«

»Mist. Er hat meinen Föhn eingepackt, und ich wollte vorm Dinner noch meine Frisur retten. Der Helm richtet da immer viel Schaden an.«

Ich unterdrückte ein Grinsen. Helm oder nicht Helm, ich kannte Phil nur mit zerzausten Haaren. »Kannst meinen haben«, bot ich ihm an. »Ich brauch ihn heute nicht.«

»Oh, super.«

Phil folgte mir in mein Zimmer und war begeistert von meinem Balkon. Er beugte sich über das Geländer und musterte das Efeu, das zu uns hochrankte. »Einbruchsicher ist der aber nicht.« Cleos Anwesenheit machte uns offenbar alle wachsam.

»Wenn ich weggehe oder schlafe, mache ich das andere Fenster auf«, versprach ich. Dann öffnete ich meinen Koffer und reichte ihm den Föhn.

Als Phil weg war, kickte ich die Schuhe von den Füßen

und ließ mich aufs Bett fallen. Weil ich mehr Zeit hatte als gedacht, nahm ich mein Handy und stellte eine Liste der Fakten zusammen, die ich über meine Herkunft kannte. Was schnell ging, weil es kaum welche gab.

Mutter: 24 Jahre alt.

Vater: 28 Jahre alt.

Mein Geburtsort: Dixon.

Zeitpunkt der Adoption: etwa vier Wochen nach meiner Geburt.

Tja, das war's.

Und Dixon hatte laut Wikipedia achtzehntausend Einwohner, da konnte ich mich nicht einfach durchfragen. Nur, wie sollte ich sonst herausfinden, ob dort vor fünfzehn Jahren ein junges Paar ums Leben gekommen war? Zumal ich nicht mal wusste, ob der Unfall in Dixon passiert war.

Ich wusste ja genau genommen nur, dass eine junge Frau am 27. August vor fünfzehn Jahren in Dixon ein Mädchen bekommen hatte und dann zusammen mit ihrem Mann in den kommenden Wochen gestorben war.

Und jetzt? Wie konnte ich damit weitermachen? Ich legte eine zweite Liste an, auf die ich alle Möglichkeiten schrieb, die mir einfielen. Auch eine kurze Liste, mehr als drei Punkte kamen auch hier nicht zusammen.

Möglichkeit Nummer eins versprach die heißeste Spur: die Klinik in Dixon. Wenn da am 27. August eine Louisa Charlotte zur Welt gekommen war, konnte ich in den Akten vielleicht ihren Nachnamen finden.

Nummer zwei: Gab es in Dixon vielleicht eine Adoptionsagentur oder irgendeine Behörde im Rathaus, bei der ich mehr über den Papierkram rund um meine Geburt und Adoption erfahren konnte?

Hmmm. Schwierig. Ich hatte keine Ahnung, wer sich in Großbritannien um so was kümmerte, aber vielleicht ließ sich das rauskriegen.

Möglichkeit Nummer drei war das Zeitungsarchiv, falls es eins gab. Vielleicht fand ich da eine Geburtsanzeige von mir oder einen Bericht über den Unfall. Oder eine Todesanzeige meiner Eltern.

Das klang alles nicht sehr Erfolg versprechend, aber auch nicht komplett aussichtslos.

Tja, leider ergab die Internetrecherche, dass es in Dixon keine Zeitungsredaktion gab. Und auch keine Geburtsklinik, die nächste war in Brighton, das aber definitiv nicht als Geburtsort in meinem Pass stand, also war ich da auch nicht zur Welt gekommen. Seltsam, wo denn dann, wenn nicht in einer Klinik? Zu Hause?

Beim Thema Adoptionsagentur kam ich auch nicht weiter, ich fand nämlich keine in Dixon. Also blieb nur das Einwohnermeldeamt im Rathaus. Aber ob die mir was sagen würden? Mensch, das war alles viel schwieriger als gedacht. Aber eigentlich war das zu erwarten gewesen. Wenn das Geheimnis um meine Geburt einfach zu lösen gewesen wäre, hätten Mum und Dad das ja in den vergangenen fünfzehn Jahren schon längst für mich herausgefunden.

Summend kündigte mein Handy eine Mail an. Ausgerechnet jetzt meldete sich erneut das PSI-Institut. *Hallo Isa*, stand da. *Solltest du selbst Nachforschungen über deine Familie anstellen wollen, bedenke, dass du in Großbritannien erst ab einem Alter von achtzehn Jahren Auskünfte von offiziellen Stellen erhalten kannst. Wir haben allerdings die Erfahrung gemacht, dass man auf inoffiziellen Wegen oft erstaunlich weit kommt. Deswegen hier noch einmal unser Angebot, das alles für dich zu übernehmen.«*

Ich fluchte leise. Was an dem Wort Nein hatten die eigentlich nicht verstanden? Verärgert las ich weiter: *Solltest du das nach wie vor nicht wollen, denke bei deinen eigenen Nachforschungen daran: Heutzutage sind Behörden vernetzt. Du kannst also überall nach deinen Geburtsdaten fragen, nicht nur in deinem Geburtsort. Wir persönlich haben die Erfahrung gemacht, dass man in einem kleinen Dorf leichter Kontakte knüpfen kann als in größeren Städten. Wenn man auf dem Lande erst mal mit jemandem nett ins Gespräch kommt, ist es nicht unüblich, dass er oder sie Informationen auf seinem Computerbildschirm aufruft und dann unter einem Vorwand kurz den Raum verlässt. Du verstehst, was wir meinen.*

*Viel Erfolg also bei deiner Suche! Und falls du Hilfe möchtest, kannst du dich jederzeit an uns wenden, das Angebot steht! Dein Doktor-PSI-Team*

Okay, das war jetzt wirklich unheimlich. Fast war es so, als hätten die mitbekommen, was ich gerade gegoogelt hatte. Was natürlich Quatsch war, wahrscheinlich reagierte ich einfach unglaublich vorhersehbar. Trotzdem, der Tipp war gut. Vielleicht sollte ich einfach mal im Rathaus von Chickwick nachfragen statt in Dixon. Ich stellte mir vor, wie ich dort auf eine nette ältere Angestellte in Bluse und Faltenrock treffen würde, die mir zublinzeln und sagen würde: Du wohnst also bei Lord Ashcroft, den ich sehr schätze, und bist eine Freundin von Cleo Birkenstedt, der hier das ganze Dorf gehört. Na, dann schauen wir doch einfach mal. Woraufhin sie im Computer nachsehen würde, ob da was über mich stand. Und dann würde sie, wie in der PSI-Mail beschrieben, rausgehen, um sich ganz kurz die Hände zu waschen.

Energisch schrieb ich *Chickwick* auf meine Liste und markierte das Wort fett.

Als mein Blick auf mein Handydisplay fiel, zuckte ich erschrocken zusammen. Nur noch eine halbe Stunde bis zum Dinner. Oje, was sollte ich anziehen? Und wie benahm man sich eigentlich, wenn man mit einem echten Lord dinierte?

Ich tippte auf das Profilbild meiner besten Freundin und schrieb ihr eine Nachricht. Die Shakespeare-Gesamtausgabe musste sich jetzt schleunigst in Amy zurückverwandeln.

# Kapitel 9

*Wenn du fliegen willst,*
*musst du loslassen, was dich runterzieht.*

Vier Stunden später lag ich wieder in meinem Bett. Ich hatte die Nachttischlampe längst ausgeknipst, fand aber keinen Schlaf. Der Abend war warm, alle Fenster waren weit geöffnet, und von meinem Bett aus konnte ich über der efeuüberwucherten Balkonbrüstung den Mond sehen. Er kam mir heute vor wie ein Punkt unter einem riesigen Fragezeichen.

Der erste Tag auf Moonrose Manor war wunderschön gewesen, aber er hatte auch viele Fragen aufgeworfen und keine einzige davon beantwortet. Und die hielten mich jetzt wach. Einzig die Frage, was wir zum Dinner anziehen sollten, hatten Amy und ich schnell geklärt. Unsere Cocktailkleider vom Vorabend waren eindeutig zu kurz für diesen Anlass, doch wir hatten zum Glück auch ein festliches Outfit dabei, sicherheitshalber, um für Theateraufführungen oder Konzerte in London gewappnet zu sein. Beim Packen waren wir ja davon ausgegangen, die Woche dort zu verbringen. Ich hatte ein langes, dunkelrotes Sommerkleid mit Spaghettiträgern im Gepäck, Amy einen schmal geschnittenen, dunkelblauen

Rock und ein cremefarbenes Seidentop. Das musste jetzt einfach gehen.

Komplizierter waren die Frisuren, mit denen wir eigentlich ein bisschen Glamour in unseren Look bringen wollten. Wir versuchten eine Aufsteckfrisur wie die von Lady Eliza, scheiterten aber daran und entschieden uns aus Zeitnot mal wieder für einen Messy Bun.

»Meghan Markle hat auch immer einen, und die speist dauernd mit Lords«, sagte Amy. Und da war was dran. Wir zauberten uns dann mit der Wimpernzange und ganz viel Tusche auch noch Augen wie Meghan Markle und waren mit dem Ergebnis ganz zufrieden.

Danach hatten wir noch ein paar Minuten, die wir nutzten, um unsere Fingernägel zu feilen, denn Amy behauptete, eine echte Dame erkenne man an ihren Händen. Und dabei erzählte ich ihr dann endlich von dem Internet-Test und von meinem Plan, mehr über meine ersten Eltern zu erfahren.

Sie sah mich nachdenklich an. »Das war für dich noch nie ein Thema. Du hast immer gesagt, dass dir nichts fehlt«, stellte sie fest.

Ich nickte. »Bis jetzt war das auch so.«

Sie warf mir einen raschen Blick zu. »Und jetzt? Machst du das nur wegen des Tests? Oder ist da noch mehr?«

Gute Frage. »Bisher waren Mum und Dad meine Wurzeln. Sie haben mir alles beigebracht, was ich wissen musste. Sie sind meine richtigen, echten Eltern. Aber seit der Sache mit Sam frage ich mich schon, na ja, was ich irgendwie von Natur aus bin, also, was ich geerbt habe. Verstehst du?«

»Ja«, sagte Amy. »Versteh ich. Gut sogar. Geht mir mit meinem Dad auch so. Wie muss es dir erst gehen.«

Und dann feilten wir weiter und schwiegen. Aber wir mussten auch nichts mehr weiter sagen, denn gute Freundinnen hören ja nicht nur, was man sagt, sondern auch, was man nicht sagt. Ich wusste, dass Amy ihren Dad einerseits furchtbar vermisste und andererseits auch richtig wütend auf ihn war, weil er sich ihrer Mum gegenüber so mies verhalten hatte. Natürlich kannte sie das Gefühl, sich zu fragen, ob in einem etwas schlummerte, das man geerbt hatte und gegen das man nicht ankam. Beziehungsunfähigkeit in ihrem Fall. Merkwürdige Déjà-vus in meinem.

Als wir wenig später nebeneinander vorm Spiegel unsere Nasen puderten, fragte ich ganz beiläufig: »Ich hab dich eben draußen mit William gesehen. Wart ihr spazieren?«

»Ja«, meinte Amy, »es war ganz nett.« Sie hielt eine Tube Lipgloss hoch. »Findest du den zu rosa?«, wechselte sie das Thema.

»Nein, der ist gut.«

»Okay.« Amy presste die Lippen zusammen, um sie mit einem Hauch Lipgloss zu betupfen.

Okay, manchmal müssen gute Freundinnen auch mal was überhören. Sachen wie *ganz nett* zum Beispiel.

Als es kurz darauf an meiner Tür klopfte, waren wir gerade in unsere Sandaletten geschlüpft und bereit für das Dinner.

»Hereinspaziert!«, schmetterte ich fröhlich, in der Annahme, Sam stünde vor der Tür. Doch es war Phil, der mein

Zimmer betrat, den Föhn in der Hand. »Ich wollte nur kurz … wow!« Er blieb wie angewurzelt stehen. »Ihr seht toll aus!«

»Du aber auch«, gab Amy das Kompliment zurück. Und das stimmte. Phil trug wieder den dunklen Designeranzug vom Vorabend, und diesmal hatte er es tatsächlich geschafft, seine Haare zu bändigen. Man sah jetzt sogar, wie der Friseur seinen Haarschnitt ursprünglich gemeint hatte.

»Störe ich?« Hinter Phil tauchte nun Sam an der Tür auf, auch er sah absolut wow aus. In seinem weißen Hemd und dem nachtschwarzen Blazer wirkte er noch braun gebrannter als sonst, und in seinen Augen lag etwas, das meine Knie ganz wackelig werden ließ. »Seid ihr fertig?«, fragte er und warf Phil einen frostigen Blick zu.

»Wir kommen.« Ich gab ihm einen Kuss, und jetzt lächelte er. »Du siehst hübsch aus«, sagte er und tastete nach meiner Hand.

An der Treppe wartete Mortimer, um uns zum Speisesaal zu begleiten. Unterwegs erteilte er uns noch rasch einen Schnellkurs in gutem Benehmen.

»Lord Ashcroft ist ein Mann alter Schule, und bei einem offiziellen Dinner im Speisesaal gelten hier noch dieselben Regeln wie vor hundertfünfzig Jahren. Man setzt sich erst zu Tisch, wenn Lady Ashcroft sitzt. Vorher bleiben alle hinter ihren Stühlen stehen. Wenn Sie dann Platz genommen haben, müssen Sie sehr, sehr gerade sitzen. Aber, ganz wichtig, Ihr Rücken sollte niemals, wirklich niemals die Stuhllehne berühren. Sie werden rechts und links zwei Tischherren haben. Bei der Vorspeise sprechen Sie zunächst mit dem Herrn zu ihrer Linken. Bis zum nächsten Gang. Erst wenn der fertig serviert ist, wechseln Sie zu dem Herrn auf Ihrer rechten Seite. Und dann wieder nach links. Immer so weiter. Turning the Table heißt diese Sitte.«

»Wird das hier echt noch so gemacht?«, fragte Phil. »Ich bin ja öfter bei Adelsfamilien eingeladen, und das finde ich schon echt old school.«

»Wenn die Familie Ashcroft im Speisezimmer isst, hält man es hier traditionell so«, sagte Mortimer. »Das war schon immer so und wird immer so sein.«

»Und wenn ich mich mit jemandem auf der anderen Seite des Tischs unterhalten will?«, fragte Amy.

»Dann unterdrücken Sie diesen Impuls bis nach dem Essen«, antwortete Mortimer würdevoll. »Sie unterhalten sich niemals über den Tisch hinweg.«

»Und worüber spricht man?«, wollte Sam wissen. »Gibt es da Regeln?«

»Viele«, sagte Mortimer. »Am schnellsten geht es wohl, wenn ich aufzähle, worüber man niemals spricht. Sie sollten keinerlei Kommentare zum Essen abgeben, denn das wurde nicht von der Hausherrin, sondern von der Köchin zubereitet, und die ist natürlich nicht anwesend. Tabu sind auch die Kleidung und die Einrichtung Ihrer Gastgeber. All dies ist selbstverständlich erlesen und über jeden Kommentar erhaben. Sprechen Sie außerdem niemals bei Tisch über Geld, Arbeit, Sex, Gesundheit, Politik, Familienangelegenheiten oder Religion.«

»Da bleibt ja nur das Wetter«, brummte Amy.

»Wenn Sie es schaffen, intelligent und witzig darüber zu plaudern, ist das tatsächlich eine Option«, sagte Mortimer. »Ach, und noch etwas. Halten Sie sich besser bei den Getränken zurück. So ein Dinner besteht aus sieben Gängen und dauert oft länger als zwei Stunden. Es gilt als Fauxpas, sich währenddessen auf die Toilette zurückzuziehen.«

»Uff«, war mein einziger Kommentar. Aber heimlich dachte ich: War das jetzt jeden Abend so? Hoffentlich nicht!

Mortimer schien mir meinen Gedanken angesehen zu haben. »Sie speisen nur heute zur Begrüßung mit dem Lord im Speisesaal«, sagte er lächelnd. »Ab morgen werde ich Ihnen das Dinner in Lady Elizas grünem Salon servieren, und da geht es sehr viel zwangloser zu. Tagsüber sind Lord und Lady Ashcroft übrigens immer sehr beschäftigt, Sie werden die beiden kaum zu Gesicht bekommen und können auf Moonrose tun und lassen, was Sie möchten.« Er blinzelte mir zu.

Gut. Dann waren das hier doch Ferien und kein Prinzessinnen-Bootcamp.

Als Mortimer jetzt die Tür des Speisesaals für uns öffnete, betraten wir allerdings schon eine Art Prinzessinnenwelt, und ich wünschte fast, vorher so ein Bootcamp besucht zu haben. Obwohl draußen noch immer die Abendsonne schien, sorgten schwere weinrote Samtvorhänge im Speisesaal von Moonrose Manor für gedämpftes Licht. Der Tisch war mit rosenverziertem Porzellan und schimmerndem Tafelsilber gedeckt. Dunkelrote Rosen in silbernen Vasen dienten als

Tischschmuck, und ich stellte fest, dass ich mit meinem Kleid farblich richtig gut hierher passte.

Lord Ashcroft stand an einem der Fenster und nippte an einem Likörglas. Zu seinen Füßen lag wieder Otis, der alte Jagdhund, und wedelte freundlich mit dem Schwanz, als wir hereinkamen.

Der Lord reichte Mortimer sein Glas und wollte uns gerade begrüßen, als Lady Ashcroft in den Raum wehte. Ja, tatsächlich, sie wehte: Ihr hellgraues, weit geschnittenes Kleid war aus so feinem Stoff, dass es bei jedem Lufthauch und jeder Bewegung mitschwang. »Wie schön, dass ihr schon da seid«, begrüßte sie uns. »Ich möchte euch einen weiteren Gast vorstellen: Meine Großnichte Sophie ist eben hier eingetroffen. Sie hat übrigens eine weitere Überraschung für euch parat. Altersmäßig passt ihr jungen Leute ganz wunderbar zusammen, und Sophie hat einen wirklich sehr hübschen Plan.«

Hinter Eliza Ashcroft erschien ein Mädchen in unserem Alter, schwarzhaarig, zierlich, hellhäutig, in einem grünen Kleid. Sie hatte die gleichen lebhaften grünen Augen wie ihre Großtante und ein ähnlich breites Lächeln. Die Selbstverständlichkeit, mit der Sophie den Lord auf beide Wangen küsste, uns alle mit einem Händedruck begrüßte und Otis den Kopf tätschelte, ließ darauf schließen, dass sie oft und gern hier zu Gast war.

Leider hatte sie mit dem Kopftätscheln Lady Ashcrofts Aufmerksamkeit auf den Hund gelenkt. »Otis!«, rief Eliza empört. »Was machst du denn hier? Kein Hund im Speisezimmer, wie oft hab ich dir das schon gesagt? Raus mit dir!«

Der Hund senkte den Kopf und folgte Mortimer wie ein gescholtenes Kind aus dem Raum. Ganz offensichtlich hörte er das nicht zum ersten Mal.

»Tante Eliza hat mir erzählt, dass ihr hier seid, und ich wollte euch unbedingt kennenlernen«, sagte Sophie auf Deutsch. »Ich möchte später in Berlin studieren und unbedingt mehr über euer Land wissen. Wenn ihr wollt, zeige ich euch dafür die schönsten Ecken von East Sussex.«

»Das wäre toll!« Amy strahlte Sophie mit echter Begeisterung an, und auch ich fühlte mich plötzlich viel wohler in dem festlichen Speisesaal.

»Also abgemacht«, sagte Sophie zufrieden.

»Hey, ich glaube, wir kennen uns.« Phil musterte das schwarzhaarige Mädchen aufmerksam. »Wir waren neulich auf derselben Party in London.«

»Ja, stimmt.« Sophie dachte nach. »Warte, das war ... bei Claire Belgrave, nicht wahr?«

Phil nickte. »Sie ist in meiner Klasse.«

Sophie runzelte die Stirn. »Moment, warst du da nicht im Dreierpack unterwegs?«

»Das bin ich auch jetzt.« Phil grinste. »Die anderen beiden brauchen immer etwas länger, das war schon bei unserer Geburt so.«

Sophie lachte, und sie sah dabei richtig hübsch aus.

Wenig später begleitete Mortimer Cleo, Arthur und William in den Raum, und das Dinner konnte beginnen.

Als Mortimer uns die Plätze zuwies, stellte ich mit Entsetzen fest, dass ich neben Lord Ashcroft saß, der am Kopf der

Tafel thronte. Cleo mir gegenüber hatte dasselbe Schicksal, wir rahmten den Lord quasi ein, und ihr erschrockener Blick zeigte, dass sie sich dem genauso wenig gewachsen fühlte wie ich. Zu meiner Linken saß Phil, und neben ihm Amy. Sam war mir schräg gegenüber zwischen Cleo und Sophie platziert worden.

Am anderen Ende der Tafel thronte Lady Eliza zwischen William und Arthur. Sie und Sophie wirkten als Einzige am Tisch wirklich entspannt.

Sophie blickte in die Runde. »Alle sind da. Darf ich es jetzt erzählen, Tante Eliza?«

Lady Ashcroft nickte freundlich. »Nur zu.«

»Ich habe eine Überraschung für euch. Wir planen einen Ball!« Sophie klatschte vor Freude in die Hände. »Am Freitag. Da werde ich sechzehn, und es wird ein richtiger Sommerball wie im Film, mit Abendkleidern und Musik und Tanz. Tante Eliza ist einverstanden. Ist das nicht wundervoll?«

»Wow«, sagte Amy. »Ein Ball auf Moonrose Manor. Klingt ja märchenhaft.«

»Finde ich auch.« Sophie lächelte verträumt. »Wir lassen die Möbel aus dem großen Salon räumen, dann haben wir einen Tanzsaal mit Zugang zu der riesigen Terrasse. Von dort hat man einen zauberhaften Blick über den Park bis zum Teich und kann auf der Treppe richtig elegant herabschweben, wenn man ein bisschen frische Luft braucht. Auf dem Rasen platzieren wir Stehtische rund um den Pavillon, den wir mit glitzernden Lichterketten schmücken. Und am Steg befestigen wir Boote mit lauter Teelichtern, auf denen wir bei Mondschein romantisch über das dunkle Wasser gleiten können, mit leiser Musik aus der Ferne. Das wird himmlisch. Danke, Tante Eliza.« Sie sprang auf, lief um den Tisch herum und drückte Lady Ashcroft einen gar nicht ladyliken Kuss auf die Wange. Sofort erhoben sich alle Jungs und Lord Ashcroft.

Sophie bemerkte das gar nicht, oder sie war so sehr daran gewöhnt, dass sie sich darüber nicht wunderte. Sie ging zu ihrem Platz zurück und ließ sich auf den samtbezogenen roten Stuhl fallen, woraufhin sich auch die Jungs und der Lord wieder setzten.

»Das klingt wirklich cool«, sagte Amy. »Aber ich hab gar nichts, was ich anziehen könnte.«

»Kein Problem.« Sophie wechselte einen raschen Blick mit Lady Ashcroft, und die nickte. »Tante Eliza stellt uns ihre Sammlung zur Verfügung. Und ich kann euch sagen, sie hat die größte Sammlung an Abendkleidern, die ich je gesehen habe.«

»Eine Sammlung von Abendkleidern?« Amy schien das kaum glauben zu können.

»Sophie übertreibt.« Eliza Ashcroft lächelte verlegen. »Das klingt viel spektakulärer, als es ist. Ich gehe seit meinem zwanzigsten Lebensjahr jedes Jahr im Mai auf den Royal Caledonian Ball in London. Das ist bei uns Tradition, seit ich dort damals meinen Mann kennengelernt habe. Und ich habe jedes Kleid aufgehoben, das ich dort getragen habe. Also sind mittlerweile fünfundvierzig zusammengekommen, in den verschiedensten modischen Stilen, von retro bis stylish. Jede von euch kann sich einfach eins aussuchen. Wir bringen die Roben dann zu meiner Schneiderin nach Dixon, sie ist eine wahre Künstlerin und kann die Kleider bestimmt mit ein paar Stichen so ändern, dass sie euch passen.«

Lord Ashcroft räusperte sich, als steckte ihm etwas im Hals, dabei hatte das Dinner noch nicht angefangen.

»Das allererste Kleid, in dem ich Algernon damals kennengelernt habe, wird natürlich nicht geändert«, ergänzte Lady Ashcroft rasch. »Das ist ein Erinnerungsstück.«

Der Lord entspannte sich wieder.

Krass. Fünfundvierzig Ballkleider aus fünfundvierzig Jahren. Und wir vier durften uns jeweils eins aussuchen. Also, falls das hier doch so eine Art Prinzessinnen-Bootcamp war, machte es so langsam Spaß.

»Und ihr Jungs?«, wandte sich Cleo an Sam. »Was zieht ihr an?«

Sophie musterte die vier. »Die Jungs haben es modisch mal wieder leichter. Sie können die Anzüge tragen, die sie heute anhaben. Ich denke, das passt.«

»Also heute ausnahmsweise mal nicht kleckern, Jungs«, befahl Arthur seinen Brüdern.

Hey, auf einmal fiel mir auf, dass alle sich quer über den Tisch unterhielten. Doch das schien niemanden zu stören. Vermutlich, weil der offizielle Teil des Essens noch nicht begonnen hatte.

Doch jetzt betrat ein Diener den Raum, er trug ein Tablett mit einer Suppenterrine, ein würziger Duft zog durch den Raum. Es ging also los, und ich rekapitulierte rasch, was Mortimer uns zum Thema Gesprächsführung beigebracht hatte.

Erst nach links, dann nach rechts. Ich hatte demnach bei der Suppe noch eine Gnadenfrist, während der ich mit Phil reden konnte, aber beim zweiten Gang wurde es dann ernst und ich musste amüsant mit Lord Ashcroft plaudern. Puh. Hilfesuchend sah ich auf und bemerkte Sams Blick, der wie gestern auf mir ruhte. Aber in seinen Augen las ich heute etwas anderes. Immer noch Verliebtheit, das war geblieben, aber gleichzeitig eine merkwürdige dunkle Traurigkeit. Ich versuchte, zu spüren, was los war, aber ich konnte keinen Draht zu ihm aufbauen. Verflixt, warum waren diese Déjà-vus nie da, wenn man sie brauchte?

Sam schien meine Sorgen zu bemerken, denn er zwang sich zu einem Lächeln, und ich lächelte zurück. Dann wandte er sich an Cleo, seine Tischdame in dieser Runde, um vorschriftsmäßig mit ihr zu plaudern.

Ich löste meinen Blick von ihm, wandte mich Phil zu und während wir mit kerzengeradem Rücken Suppe aßen, erzählte er mir von der Party, auf der er Sophie kennengelernt hatte. Sie hatte auf einer Dachterrasse in London stattgefunden und für die Musik hatte eine Liveband gesorgt. Klang auch ziemlich filmreif. Es waren eindeutig ziemlich feine Kreise, in denen sich Sophie und die Drillinge sonst bewegten. Vielleicht wirkte Phil deswegen inzwischen ganz locker und unverkrampft, anders als ich. Allerdings saß er auch nicht neben dem Lord, und je weniger Suppe ich in der Tasse hatte, desto nervöser wurde ich.

Jetzt war es so weit. Der Diener räumte die Suppentassen ab und ein zweiter servierte den nächsten Gang, Salat mit Putenstreifen oder so was Ähnlichem, keine Ahnung. Turning the Table, Lord Ashcroft wandte sein Gesicht in meine Richtung, seine schwarzen, geraden Augenbrauen wanderten in die Höhe. »Gefällt es dir auf Moonrose Manor, mein Kind?«, leitete er das Gespräch ein.

Ich nickte. »Sehr.« Was hatte Mortimer noch mal gesagt? Nicht das Haus und die Einrichtung loben. Der Park war vermutlich auch tabu. Also blieb nur eins. »Das Wetter«, begann ich und stockte dann, »also, das Wetter ist herrlich heute.«

»In der Tat«, antwortete der Lord, und damit hatten wir eigentlich alles über dieses Thema gesagt. Leider hatte ich erst ein Salatblatt geschafft, vom nächsten Gang trennten mich noch viele quälende Gesprächsminuten. Hilfe!

Schnell schob ich wieder ein Blatt in den Mund, um ein bisschen Bedenkzeit zu erhalten, und Lord Ashcroft folgte meinem Beispiel. Als ich aufsah, bemerkte ich wieder Sams Blick, der nachdenklich und ein bisschen traurig auf mir ruhte. Am liebsten hätte ich ihn gefragt, was ihn so bedrückte, doch das war leider nicht möglich.

Als ich mich wieder dem Lord zuwandte, fiel mir auf, dass er Mortimer einen Wink gab, der neben der Tür stand und von dort aus den Ablauf des Dinners überwachte. Mortimer schien sofort zu verstehen, was der Lord wollte, er nickte und öffnete die Tür zum Flur unauffällig einen Spalt breit. Sofort erschien in der Öffnung eine braune Hundenase. Der Lord tat, als hätte er es nicht bemerkt, aber er lächelte.

»Wir haben zu Hause auch einen Hund«, sagte ich leise.

»Oh, tatsächlich?« Lord Ashcroft sah auf.

»Einen Mischling. Ein Mädchen. Mittelgroß, braun, noch sehr jung. Sie heißt Muffin und ist sehr klug.«

»Otis ist auch ein Mischling«, teilte der Lord mir mit. »Besonders klug ist er wohl eher nicht, soweit ich das beurteilen kann. Eher ein wenig tollpatschig. Aber trotzdem oder gerade deswegen verfügt er über eine einzigartige Hundepersönlichkeit. Durch und durch freundlich und treu wie Gold.«

Als Otis seinen Namen hörte, schlich er auf leisen Pfoten auf sein Herrchen zu, aber Lord Ashcroft tat weiterhin, als würde er ihn nicht bemerken. Er rückte nur unauffällig ein bisschen zur Seite, damit der Hund neben ihm unter den Tisch kriechen konnte.

»Erzählen Sie mir mehr von Otis«, bat ich und erfuhr, dass der niedliche Hundesenior ein ehemaliger Straßenhund war, den der Lord als Welpe auf einer Spanienreise aus einer Mülltonne befreit hatte, und der ihm seitdem auf Schritt und Tritt folgte. Die Liebe des Lords zu dem Tier war in jedem Wort unüberhörbar. Und wenn man genau hinblickte, war sie auch unübersehbar. Fassungslos beobachtete ich, wie der Lord immer mal wieder ein Fleischstückchen von seinem Teller auf den Boden gleiten ließ, das Otis unter dem Tisch liegend ohne Schmatzen verschlang, und man sah deutlich, dass die beiden das nicht zum ersten Mal taten.

Als der Lord jetzt mehr über Muffin wissen wollte, unterhielten wir uns unbefangen, und ich fand es richtig schade, dass der nächste Gang schon bald aufgetragen wurde.

»Geht es dir gut?« Phil lächelte mich an.

Ich nickte. »Sehr.«

»Das sieht man.« Phils Blick ruhte etwas länger auf mir als ich es gewohnt war. »Das Kleid steht dir übrigens toll.«

»Danke.« Ich zupfte meine Serviette zurecht und versuchte, nicht rot zu werden. »Ich hab es gekauft, weil Amy meinte, ich sähe darin rätselhaft und geheimnisvoll aus«, sagte ich, um meine Verlegenheit zu überspielen. »Und ich dachte, es könnte nicht schaden, zur Abwechslung auch mal ein bisschen mysteriös zu wirken. Weil ich das ja sonst nie tue.«

»Tust du nicht?« Phil zog fragend eine Augenbraue hoch.

Ich schüttelte den Kopf. »Leider bin ich so durchschaubar wie ein offenes Buch. Mum sagt immer, dass sie mir sogar ansehen kann, ob ich gerade an Grün oder an Blau denke.«

Phil lächelte. »Denk mal an eins von beiden.«

Ich sah ihm fest in die Augen. »Und?«, fragte ich einen Augenblick später.

»Blau«, sagte Phil.

Ich seufzte. »Na bitte. Absolut durchschaubar.«

»Reiner Zufall.« Phil grinste breit. »Und ich hatte gute Trefferchancen, Blau ist nämlich die beliebteste Farbe der Welt. Aber ich habe keine Ahnung, was du genau gedacht hast: Dunkelblau? Hellblau? Meerblau? Himmelblau. Und ich persönlich finde dich sogar ausgesprochen mysteriös.«

»Gut«, sagte ich und war wirklich erleichtert. Ich hatte nämlich an seine blauen Augen gedacht. Sie hatten einen dunkelblauen Rand, der in ein warmes, leuchtendes Lapislazuli überging, und um die Pupille war eine helle, sternförmige Linie erkennbar. »Ich finde dich übrigens auch mysteriös«, rutschte es mir heraus.

Phil sah mich überrascht an. »Mich? Wieso das denn?«

Ich dachte kurz nach. Sollte ich wirklich sagen, was mir durch den Kopf ging? Aber warum eigentlich nicht? »William und Arthur haben gesagt, dass du das Motorrad brauchst, weil du immer jederzeit überall wegkönnen willst. Sonst fühlst du dich eingesperrt, haben sie gesagt. Aber du wirkst auf mich nie wie auf der Flucht. Du kommst mir im Gegenteil immer auffallend relaxed vor.«

Phil lächelte. »Die beiden haben das falsch verstanden. Ich will nicht jederzeit überall wegkönnen. Ich mag es nur, immer überall hinzukommen. Ich bin einfach neugierig, ich will gern wissen, was hinter der nächsten Ecke ist.«

»Jetzt auch?«, fragte ich.

Phils Lächeln vertiefte sich. »Im Moment finde ich es hier so interessant, dass mich die Umgebung kein bisschen interessiert.« Und so, wie er mich ansah, war klar, wie er das meinte.

»Vermutlich wartest du mit Spannung auf den nächsten Gang«, wich ich aus. Irgendwie machte die Unterhaltung Spaß.

»Nein. Ich bin gespannt, was du als Nächstes sagst«, antwortete Phil.

»Tja«, sagte ich. »Da muss ich dich enttäuschen. Ich werde mich gleich wieder nach rechts wenden und mit dem Lord über Hunde plaudern.«

»Wirklich schade.« Phil sah mich lange an, und rasch senkte ich den Blick. Nicht, dass er noch merkte, woran ich gerade dachte. An Vergissmeinnichtblau nämlich. So schimmerten seine Augen im Kerzenlicht.

Als ich wieder aufsah, fing ich erneut Sams Blick auf, und diesmal erschrak ich. Seine Augen funkelten granitgrau vor Wut. Hey, war er eifersüchtig?

Ich sah ihn fragend an, aber jetzt war Sams Blick plötzlich wieder ruhig und gelassen, und während des gesamten Dinners fiel mir nichts Ungewöhnliches mehr an ihm auf. Hatte ich mich getäuscht?

Der Abend verlief dann noch sehr nett, und die Gespräche mit Lord Ashcroft waren überhaupt nicht mehr schwierig. Ich hatte ihn inzwischen richtig gern. Es war nach elf Uhr, bis wir auch den letzten Gang bezwungen hatten, die Gesellschaft sich auflöste, und wir uns in unsere Zimmer zurückzogen.

Als ich jetzt in meinem Bett lag, dachte ich noch einmal über Sams Blick nach und fragte mich, ob er Grund zur Eifersucht gehabt hatte. Klar, wenn an Williams Lexikon-Definition etwas dran war, hatten Phil und ich geflirtet, seine Augen hatten mir definitiv Blümchen überreicht, und ich hatte sie lächelnd angenommen. Aber so was gehörte an einem solchen Abend doch zum Tischgespräch, es war bestimmt üblich, dass man seiner Tischdame bei einem feinen Dinner Komplimente machte. Und meine Gefühle konnte Sam ja oft spüren, er wusste doch eindeutig, wem mein Herz gehörte. Aber was war es dann gewesen, das ihn kurz so wütend gemacht hatte?

Tja, wieder eine Frage mehr, die mich vom Schlafen abhielt. So hatte das keinen Sinn. Ich erhob mich, ging zur Balkontür und trat hinaus.

# Kapitel 10

*In der Dunkelheit werden alle Gedanken lauter.*

Die Nachtluft war frisch, die Bäume im Park rauschten leise, ein Käuzchen schrie, etwas raschelte im Gebüsch. Ich trat ans Geländer und betrachtete den nachtschwarzen Park. Wie dunkel er war, trotz des Vollmonds, einfach, weil es hier weit und breit keine Straßenlaternen gab, nicht mal eine Stadt in der Nähe, die den Nachthimmel beleuchtete. Plötzlich bemerkte ich hinten am Labyrinth einen Schatten, der sich über den Rasen bewegte. Ein Reh? Ich trat an die Balkonbrüstung und versuchte, mehr zu erkennen, doch jetzt verschmolz der Schatten mit der hohen Hecke des Labyrinths.

Ein Klopfen an meiner Zimmertür ließ mich zusammenzucken. Doch noch bevor ich »Herein« sagen konnte, öffnete sich meine Zimmertür, und ich hörte Sams Stimme.

»Lou?«, fragte er leise.

»Hier draußen!«, rief ich mit gedämpfter Stimme. Fröstelnd zog ich die Schultern hoch. Mein dünnes Nachthemd war eigentlich zu kühl für diese Nacht.

Vorsichtig tastete Sam sich in meine Richtung. Im Mondlicht konnte ich nur seinen Umriss erkennen.

»Kannst du nicht schlafen?« Er trat hinter mich und legte seine Arme um mich.

Ich legte meinen Kopf an seine Brust, schloss die Augen und spürte seine Wärme. »Nein. Aber du wohl auch nicht.«

»Mein Kopf ist so voll«, sagte er. »Sieh mal, da oben, das ist Kassiopeia, das Himmels-W.« Er zeigte auf fünf helle Sterne über uns, die tatsächlich w-förmig angeordnet waren. »Sie geht nie unter. Man kann sie das ganze Jahr sehen.«

»Sterne, die immer da sind«, sagte ich versonnen. »Irgendwie schön. Und weißt du, was auch schön ist?«

»Sag es mir«, sagte er, strich vorsichtig meine Haare zur Seite und küsste meinen Nacken.

»Dass über uns so oft Sterne sind, wenn wir über was Wichtiges reden. Deswegen konnte ich dich heute auch mit dem Gedanken an den Nachthimmel von dem Streit mit Cleo ablenken.«

Ich spürte, wie er nickte. Seine Arme, die mich hielten, waren angenehm warm. »Ich fühle mich so klein, wenn ich sie sehe«, sagte Sam. »Aber ich mag das. Fast alle Sterne sind in Wahrheit sonnenähnliche Objekte, sie erscheinen uns nur als Punkte, weil sie so weit weg sind. Wenn man sich das mal klarmacht, begreift man, dass unsere winzige Erde nicht mal ein Fliegendreck im Weltall ist.«

»Den Gedanken magst du?«, fragte ich und schmiegte mich enger an ihn.

»Ja«, sagte er. »Alle Sorgen kommen mir dabei kleiner vor.«

»Hast du denn welche?«, fragte ich. Im Moment spürte ich nichts davon, er war ruhig und entspannt.

Sam lachte leise. »Wer hat die nicht?« Er zog mich noch näher an sich. Aber plötzlich straffte sich sein Körper. »Sag mal, bewegt sich da was?« Er wies vor uns in den nachtschwarzen Park.

»Da drüben am Labyrinth? Das hab ich eben auch gedacht. Vielleicht ein Reh.«

Sam starrte in die Dunkelheit. »Möglich. Aber irgendwie fühle ich mich beobachtet.«

Das ging mir auf einmal auch so. Und ich hatte außerdem den Eindruck, fixiert zu werden. Irgendwie unheimlich. »Vielleicht kann es uns wittern und hat Angst«, versuchte ich uns zu beruhigen.

Und – wusch. In diesem Moment war es plötzlich wieder da, dieses seltsame Déjà-vu-Schweben. Allerdings anders als je zuvor. Es fühlte sich nicht so diffus schwindelig und schwebend an wie sonst, sondern sauste wie ein Lichtstrahl pfeilartig und zielgerichtet durch mich hindurch. Aber es war eindeutig ein Déjà-vu, denn alles andere stimmte: Ich hatte das Gefühl, schon einmal auf diesem Balkon gestanden und in die Dunkelheit gestarrt zu haben. Außerdem spürte ich wie damals im Potter-Shop, dass jemand ganz in der Nähe war, der irgendwie von Bedeutung war. Aber diesmal war es nicht Sam. Jemand anders war hier. Und ich wusste auf einmal auch, was gleich passieren würde. Jemand würde etwas zu mir sagen.

»Geh weg!«, dröhnte es plötzlich in meinem Kopf.

»Was? Hallo? Wer ist da?«, fuhr ich auf.

»Lou?«, fragte Sam.

»Hast du das auch gehört?« Ich wand mich aus seiner Umarmung und beugte mich übers Geländer. Da unten musste doch irgendwer sein.

»Hey, Lou, ganz ruhig, da war nichts.« Sam legte die Hand auf meine Schulter.

»Geh weg!«, hörte ich da wieder diese Stimme. Aber hörte ich sie wirklich? Ich hätte sie nicht beschreiben können, ich wusste nicht mal, ob es die Stimme eines Mannes oder einer Frau war. Und jetzt wurde mir auch langsam klar, was an der Stimme merkwürdig war. Was sie sagte, kam nicht von außen in meinen Ohren an, es war direkt in meinem Kopf. Ich legte die Handflächen an die Schläfen und atmete tief durch. Ich durfte nicht verrückt werden. Bitte nicht! »Sam, jemand sendet mir irgendwas«, sagte ich total verzweifelt. »Mit einem Déjà-vu. Ähnlich wie du manchmal, nur … anders.«

»Ruhig«, sagte Sam. »Bleib ganz ruhig. Was ist es denn, was du empfängst. Ein Gefühl?«

Ich schüttelte den Kopf. »Wörter. ›Geh weg.‹ Das höre ich in meinem Kopf. Immer wieder.«

»Dann machen wir das jetzt einfach mal«, sagte Sam betont ruhig. »Du gehst jetzt hier weg.« Er nahm mich bei den Schultern und schob mich in mein Zimmer. Dann schloss er die Balkontür und knipste eine Stehlampe an.

Puh. Schon besser. Das Lichtstrahl-Gefühl verblasste, als die Dunkelheit vor dem echten Licht wich. Ich atmete tief durch und verlor nun zum Glück auch das Schwebegefühl ganz. »Jetzt hältst du mich für bekloppt, oder? Aber da war wirklich was. Ich hab es gespürt.«

»Natürlich halte ich dich nicht für bekloppt«, sagte Sam.

»Wenn du sagst, da hat jemand was gesendet, dann war das auch so. Hörst du es noch?«

Ich schüttelte den Kopf. »Jetzt ist alles vorbei.« Weil mir kalt war, kroch ich in mein Bett.

Sam setzte sich auf die Bettkante. »Also hat die Stimme vielleicht deshalb aufgehört, weil du getan hast, was sie wollte. Hattest du den Eindruck, dass diese Nachricht feindlich war? Also, hast du so was wie Hass gespürt?«

Ich schüttelte den Kopf. »Nein, gar nicht. Es war sehr viel Power dahinter, das schon. Aber vom Gefühl her war es keine Drohung. Eher eine Warnung.«

»Und Déjà-vu-Gefühle täuschen sich nie«, sagte Sam. »Also bist du nicht in Gefahr.«

Ich zuckte mit den Schultern. »Keine Ahnung. Ich lass die Balkontür ab jetzt auf jeden Fall zu. Und das Licht mache ich lieber auch nicht aus. Und den Finger lege ich schon mal an Mortimers Klingel.«

Doch, ja, ich war ein bisschen nervös.

»Lou, ganz ruhig. Dass du jemanden gespürt hast, heißt nicht, dass er oder sie auch hier war. Vielleicht war das ein Fern-Déjà-vu. Und vielleicht war es gar nicht für dich bestimmt. Vielleicht bist du aus Versehen in einen fremden Déjà-vu-Austausch geraten.«

»So wie man manchmal plötzlich fremde Stimmen im Hintergrund hört, wenn man telefoniert?«

Sam nickte. »Genau.«

»Wäre möglich. Aber da draußen war doch …«

»Vermutlich ein Reh«, sagte Sam. »Denn wenn da jemand

gewesen wäre, der dich warnen wollte, warum ist er dann nicht einfach näher gekommen, um mit dir zu reden?«

Hmmm, keine Ahnung. Aber Reh oder nicht Reh, unheimlich war das Ganze schon.

»Wir müssen das mit den Déjà-vus in den Griff kriegen«, sagte Sam. »So geht das nicht weiter. Vielleicht sollten wir doch diese PSI-Leute um Hilfe bitten.«

Er war schon wieder ganz sachlich, ich allerdings flatterte immer noch vor Schreck. Aber es tat gut, die Sache nüchtern zu betrachten, deswegen zwang ich mich auch dazu.

»Ja, vielleicht«, gab ich ihm recht. »Sie haben mir übrigens noch mal geschrieben und ihre Hilfe angeboten.« Ich erzählte ihm vom Inhalt der Mail und von meinem Chickwick-Plan.

Sam dachte kurz nach. »Pass auf, ich hab eine Idee. Ich fahr morgen nach Croydon und schau mir das Institut mal aus der Nähe an. Ich verschaff mir einfach vor Ort einen Eindruck, ob das ein echtes Forschungsinstitut ist und seriös aussieht oder nicht. Danach entscheiden wir, ob wir noch mal Kontakt aufnehmen. Und du gehst morgen nach Chickwick. Nach Dixon gehst du ja sowieso, zu dieser Schneiderin. Vielleicht siehst du dich da einfach mal um.«

»Okay. Aber wie willst du nach Croydon kommen?«

Sam zuckte mit den Schultern. »Wir sind da heute durchgefahren. Mit dem Zug dauert das etwa vierzig Minuten. Ich kann das locker an einem Vormittag schaffen. Du müsstest nur inzwischen …« Er stockte.

»Was?«, fragte ich.

»Ein Auge auf Cleo haben. Zumindest, wenn Mortimer nicht dabei ist.«

»Sam«, sagte ich mit leisem Tadel in der Stimme. »Sie kann auf sich selbst aufpassen. In der Schule muss sie das ja auch.«

»Versprich es einfach, okay?« Seine Stimme klang rau. »Es geht nicht darum, dass du irgendwas tust. Nur darum, dass immer jemand weiß, wo sie ist.«

»Okay. Ich behalte sie im Blick«, lenkte ich ein.

»Wie geht's dir jetzt?«, fragte Sam. »Alles wieder okay?«

Ich nickte. »Du hast recht. Was auch immer das war, eine Drohung war es auf jeden Fall nicht.«

Sam küsste mich, dann stand er auf. »Du siehst total müde aus«, sagte er. »Das war ein langer Tag. Ich geh dann mal besser.« Erschrocken richtete ich mich auf. »Bleib hier«, bat ich ihn. »Das merkt doch keiner. Alle schlafen schon längst.«

Doch Sam schüttelte langsam den Kopf. »Du weißt nicht, wie gern ich das täte«, sagte er. »Aber wir könnten dasselbe träumen, wenn wir nebeneinander liegen. Und ich will mir nicht ausmalen, was passiert, wenn wir einen Echo-Albtraum haben.«

»Das kann uns auch treffen, wenn du ein paar Zimmer weiter weg schläfst«, sagte ich trotzig.

Sam nickte. »Und deswegen müssen wir dafür sorgen, dass wir im Schlaf weder dasselbe hören noch sehen noch fühlen. Pass auf, du lässt dein Fenster zu, ich mach meins auf. Dein Licht bleibt an, meins nicht. Du trägst ein Nachthemd, ich schlafe oben ohne. Und dann werde ich mich noch so mit meinem Aftershave einnebeln, dass wir beide nicht annähernd dasselbe riechen. Ich denke, so wird es gehen.«

Ich seufzte. Es war zwar äußerst unwahrscheinlich, dass so etwas passieren würde, aber Sam hatte recht, es würde furchtbar sein, wenn es geschah. Trotzdem wollte ich gerade irgendwie nicht allein sein, und Sam spürte das.

»Ich bleibe, bis du eingeschlafen bist.« Er setzte sich wieder auf mein Bett.

»Dann schlafe ich einfach nicht ein.«

Er nahm mein Gesicht in beide Hände und küsste mich zart auf die Lippen. »Doch, tust du. Du bist so was von müde, das merke ich doch. Hey, du bist ja ganz kalt. Komm, ich wärme dich.«

Er hatte recht, ich fröstelte, und als er sich jetzt neben mich legte, schmiegte ich mich dankbar an ihn. Sein Herz schlug ruhig, mit jedem Schlag wurden meine Augenlider schwerer.

»Sam?«, flüsterte ich.

»Hmmm.«

»Geh noch nicht weg.«

»Nein. Ich bin hier.« Er atmete tief und gleichmäßig. Dann legte er seine warme Hand an meine Wange, und wenig später war ich tief und fest eingeschlafen.

# Kapitel 11

*Das Leben mischt die Karten,
aber spielen musst du selbst.*

Als ich erwachte, war es draußen schon hell. Ich tastete die Matratze neben mir ab, aber Sam war nicht mehr da.

Ich stand auf und trat ans Fenster, der Schlosspark lag ruhig und friedlich im Morgenlicht. Das Labyrinth sah genauso aus wie gestern, nichts und niemand lauerte im Schatten der Hecke auf mich, und mein nächtliches Erlebnis kam mir plötzlich vor wie ein Traum.

Ich blickte auf mein Handy und stellte fest, dass es erst sieben war. Frühstück gab es um zehn. Doch ich fühlte mich ausgeschlafen, und der Morgen sah aus wie frisch gewaschen. Daher wusch ich mich ebenfalls und beschloss, einen Morgenspaziergang zu machen.

Im Haus war es noch still, alle anderen schliefen tief und fest. Auch Sam, wie ich vor seiner Zimmertür deutlich spürte. Auf Zehenspitzen schlich ich weiter.

Als ich wenig später die graue Außentreppe des Herrenhauses herabsprang, war ich allerdings kein bisschen neidisch auf die ganzen Murmeltiere im Haus. Die klare

Morgenluft fühlte sich auf der Haut an wie Pfefferminz, es duftete nach frisch geschnittenem Gras und nach Rosen, Vögel zwitscherten, ein Brunnen plätscherte, und mir war auf einmal federleicht zumute. Von Weitem sah ich Lady Eliza, die auf einem Pferd den Weg entlangtrabte. Sie hob den Arm zum Gruß.

»Entschuldigung!«, sagte plötzlich jemand hinter mir.

Ich fuhr herum. Ein fremder Mann stand hinter mir. Er war groß, hager, schon ziemlich alt und wirkte sehr gepflegt. »Kann man das Gutshaus besichtigen?«

Mein Herz raste von dem Schreck, und ich musste erst mal tief durchatmen. »Nicht offiziell jedenfalls«, sagte ich, als ich mich wieder beruhigt hatte. »Es ist in Privatbesitz. Ich bin hier nur Gast.«

»Ich würde es nur allzu gern mal von innen sehen«, sagte der Mann. Er starrte mich merkwürdig an, und ich fand ihn spontan unsympathisch. Ob das derselbe Typ war, der gestern schon Cleo angequatscht hatte?

Ich zuckte mit den Schultern. »Da kann ich Ihnen leider nicht weiterhelfen. Aber da drüben reitet Lady Ashcroft, sie ist die Besitzerin. Vielleicht wenden Sie sich an sie.«

Irgendwie hatte ich plötzlich das Bedürfnis, zu erwähnen, dass ich hier nicht allein war.

Der Mann schirmte seine Augen mit der Hand gegen die Morgensonne ab und blickte Lady Eliza nach. »Ich werde ihr ein paar Zeilen schreiben.«

»Gute Idee. Der Park ist übrigens auch privat.«

»Oh, sorry.« Er hob die Hand zum Gruß und wandte sich

ab. Ich folgte ihm mit den Blicken, bis er das schmiedeeiserne Tor am Ende des Kieswegs erreicht hatte. Lord Ashcroft sollte es wirklich besser abschließen. Ich würde Mortimer darauf ansprechen.

Kurz überlegte ich, ob ich den Fuchs besuchen sollte, wollte ihn dann aber lieber nicht stören und stieg stattdessen den Hügel hinauf, auf dem wir gestern schon gewesen waren. Von hier oben konnte ich sehen, wie Chickwick langsam zum Leben erwachte. Ein rotes Postauto fuhr durch die Straßen und stoppte vor jedem Haus. An einer Haltestelle wartete ein Bus. Ein Traktor verließ tuckernd das Dorf, und nicht weit davon entfernt trieb jemand rufend und winkend eine Herde Schafe vor sich her. Zwei schwarze Hunde halfen bellend dabei, sie in die richtige Richtung zu dirigieren.

Ob die Ortsverwaltung wohl schon geöffnet war? Wahrscheinlich nicht, aber einen Versuch war es wert.

Wenig später schlenderte ich die Hauptstraße des kleinen Dörfchens entlang. Hinter einem weißen Lattenzaun pickten ein paar Hühner, eine geringelte Katze überquerte die Straße. Menschen waren nirgends zu sehen. Oder doch. An einem kleinen Platz saßen zwei Mädchen auf Kissen am Straßenrand. Sie waren vielleicht fünf, trugen geringelte Kleidchen, und zwischen sich hatten sie ein Handtuch ausgebreitet, auf dem ein paar Steine lagen.

»Hallo«, sagten die beiden im Chor und blickten mir erwartungsvoll entgegen.

»Hallo.« Ich blieb stehen.

»Brauchst du vielleicht Mäuse?«, fragte die Kleinere von den beiden.

»Mäuse?« Ich beugte mich vor und sah, dass die Steine Augen aus aufgeklebten schwarzen Beeren hatten, außerdem Ohren aus runden, grünen Blättern, Schnurrbarthaare aus Gras und einen Schwanz aus einem Stück Paketschnur.

»Ja«, sagte ich mit fester Stimme. »Ich brauche dringend eine Maus.«

Die Große atmete ganz schwer vor lauter Glück. Sie wollte mir eine der Steinmäuse reichen, aber die Kleinere war geschäftstüchtiger. »Hast du denn Geld?«, fragte sie. »Weil, das hier ist ein Mäuseladen, und da muss man bezahlen.«

»Ein bisschen«, sagte ich. »Was kostet denn eine?«

»Ein bisschen Geld«, sagte die Kleine.

»Dann passt das ja.« Ich gab ihr fünfzig Pence und durfte mir dafür eine Maus aussuchen, die ich vorsichtig in meine Jackentasche schob.

»Du bist die Erste, die eine gekauft hat«, sagte das größere Mädchen und lächelte mich an. Sie hatte vorn eine niedliche Zahnlücke.

»Es ist noch sehr früh«, sagte ich.

Jetzt erschienen nachdenkliche Dackelfalten auf der Stirn des kleineren Mädchens. »Läden sind immer früh offen«, antwortete sie.

»Stimmt. Sagt mal, wisst ihr vielleicht, wo hier das Rathaus ist?«

»Natürlich wissen wir das«, sagte das ältere Mädchen würdevoll und zeigte auf ein Haus, das ein bisschen größer als die anderen war.

»Brauchst du vielleicht noch eine Maus?«, wollte das größere Mädchen wissen.

»Nein, sonst reicht es nicht für alle«, sagte ich, und da gab sie mir recht.

Ich verabschiedete mich von den Kindern und steuerte das Rathaus an. Allerdings stand auf einem Schild, dass die Verwaltung erst nachmittags ab halb drei geöffnet war. So was Blödes!

Als ich das Gebäude umrundete, sah ich, dass im Erdgeschoss seitlich ein Fenster geöffnet war. An einem Computer saß eine Frau in einem weiten, sonnengelben Kleid. Sie hatte hennagefärbte rötliche Haare, die sie achtlos mit zwei Bleistiften zu einem Dutt aufgesteckt hatte.

»Guten Morgen!«, rief ich ihr zu. »Sorry, dass ich störe. Ich hätte mal eine Frage.«

»Natürlich, Liebes«, sagte die Frau, die sich auf ihrem Stuhl in meine Richtung gedreht hatte. Nun sah ich, dass sie barfuß war. Nach einer Verwaltungsangestellten sah sie eigentlich nicht aus. Das war sie aber anscheinend, denn jetzt fragte sie: »Wie kann ich dir helfen?«

»Ja, also …«, begann ich, und auf einmal kam mir meine Frage ziemlich seltsam vor. Man geht doch nicht irgendwo an ein Fenster und fragt eine wildfremde Frau, ob sie einem sagen kann, wie man seine Eltern findet. Aber genau das musste ich jetzt tun, also atmete ich tief durch. Was hatte ich denn zu verlieren? »Ich wollte, also, ich heiße Louisa

Waldgraf und wohne auf Moonrose Manor bei Lord Ashcroft, und ich hab ein vermutlich ziemlich seltenes Problem.« Ich räusperte mich. »Meine Eltern sind nämlich gestorben. Also, nicht jetzt, das ist schon lange her. Ich bin adoptiert.«

Hmmm, irgendwie hatte ich mich verhaspelt. Die Frau sah mich erstaunt an, vermutlich fragte sie sich völlig zu Recht, warum ich ihr das alles erzählte. Ich sollte dringend zum Punkt kommen. »Leider kenne ich die Namen meine leiblichen Eltern nicht, und ich dachte, vielleicht können Sie mir weiterhelfen.« Puh, was für ein Gestammel, aber jetzt war es raus.

Die Frau erhob sich und strich ihr zerknittertes Kleid glatt. Sie lächelte mich mütterlich an. »Komm doch erst mal rein«, sagte sie durchs Fenster. »Moment, warte kurz.« Dann verließ sie den Raum. Das lief ja erstaunlich gut. Vielleicht waren wir schon kurz vor der Sache mit dem Händewaschen …

Wenig später hörte ich, wie sich in einer Seitentür hinter mir ein Schlüssel drehte. Als ich mich umwandte, stand dort die Frau im gelben Kleid und hielt mir einladend die Tür auf. »Ich bin Mary«, sagte sie, als ich eintrat. »Wenn du magst, kannst du mir erst mal in Ruhe genauer erzählen, worum es geht.«

Und das tat ich. Allerdings berichtete ich nur alles rund um meine Adoption, das mit Sam, den Déjà-vus und Doktor Psi ließ ich natürlich weg, darum ging es hier ja nicht.

»Hmmm, schwierig«, sagte Mary, nachdem ich geendet hatte. »Du kannst Auskünfte über deine Adoption in England leider erst ab achtzehn erhalten.«

»Hab ich befürchtet«, gab ich zurück. »Aber vielleicht könnte ich ja trotzdem kurz inoffiziell meine Geburtsurkunde sehen, also, äh, falls Sie hier vernetzt sind, nur ganz kurz, wegen der Namen …« Himmel, ich wusste wirklich nicht, wie man so was einleitete. Deutlicher fragen konnte ich ja wohl kaum. In Filmen schoben die Leute in solchen Situationen ein Bündel Bargeld über den Tisch, aber ich hatte kaum noch einen Cent, meine Barschaften waren durch den Mäusekauf fast aufgebraucht. Leider wirkte Mary auch nicht so, als würde sie gleich meine Daten aufrufen und sich dann kurz die Hände waschen. Da war die PSI-Mail doch sehr optimistisch gewesen.

Jetzt sah Mary mich nachdenklich an. »Dir ist vielleicht nicht klar, dass das ein ganz sensibles Thema ist. Du willst mehr über deine Herkunft wissen, das ist verständlich und dein gutes Recht. Aber bei deiner Geburtsurkunde geht es um sehr viel mehr als nur um den Tag deiner Geburt. Dahinter steckt eine ganze Geschichte, nein, viele Geschichten. Die deiner Mutter, die deines Vaters, möglicherweise auch die deiner Großeltern, Onkel und Tanten, denn alle hätten dich nach dem Tod deiner Mutter aufnehmen können, doch niemand hat es getan.« Sie warf mir einen prüfenden Blick zu, dann fuhr sie fort. »Vermutlich weißt du nichts über deine Herkunft, weil deine Verwandten es so wollten. Aber wer weiß, wahrscheinlich hatten sie wichtige Gründe dafür. Und du verstehst sicher, dass ihre Daten geschützt werden müssen. Das ist wiederum ihr gutes Recht. Sie haben sich die Situation ja nicht ausgesucht.«

»Ich weiß das alles«, sagte ich. »Aber ich muss doch auch Rechte haben. Es geht doch schließlich um mein Leben.«

Mary sah mich mitfühlend an. »Natürlich, Liebes. Und mit achtzehn kannst du mehr erfahren.«

Als Mary mein enttäuschtes Gesicht sah, tätschelte sie meinen Arm. »Weißt du, es kommt dir vielleicht jetzt im Moment so vor, als würdest du deine Wurzeln nicht kennen und deswegen ohne festen Halt in der Welt stehen. Aber so ist es nicht.« Sie lächelte, ihre Gesichtszüge wurden ganz weich, ihre Stimme sanft. »Wenn du tief in dich hineinhorchst, kannst du deine Wurzeln fühlen, selbst wenn du sie nicht kennst. Du musst es nur wollen. Setz dich einfach in die Natur. Meditiere. Finde deine Mitte. Bitte das Universum um Hilfe, und sie wird dir gewährt werden.«

Okay, das war's dann wohl mit den inoffiziellen Wegen im ländlichen Raum. Mary war ja nett, aber das mit dem Universum war eher nicht so mein Weg. Und wenn ich tief in mich hineinhorchte, spürte ich in meiner Mitte gerade nur Enttäuschung und einen knurrenden Magen. Ich bedankte und verabschiedete mich.

Die beiden kleinen Mädchen waren weg, als ich kurz darauf tief in Gedanken versunken die Straße entlangschlenderte. Mary hatte gesagt, meine Verwandten hätten sich die Situation nicht ausgesucht. Ja, und ich? Aber das interessierte offenbar keinen. Ich war ziemlich ratlos, was ich als Nächstes machen sollte. All meine Ideen, wie ich in dieser Frage weiterkommen konnte, hatten sich als Sackgassen entpuppt. Was kostete es eigentlich, einen Detektiv zu beauftragen?

Ich hatte das Dorf gerade verlassen, als ein lautes Blöken mich aus meinen Gedanken riss. Vor mir tauchte plötzlich eine Herde Schafe auf, und die Tiere trabten wie eine wabernde, wollige Woge auf mich zu. Ausweichen ging nicht: Die schmale, gepflasterte Straße war links dicht mit blühenden Heckenrosen bewachsen, und rechts war eine steinerne Mauer. Also musste ich da jetzt durch, im wahrsten Sinne des Wortes. Zum Glück hatten die Tiere genauso viel Respekt vor mir wie ich vor ihnen. Der Strom der blökenden Leiber teilte sich, und die Tiere trabten mit größtmöglichem Sicherheitsabstand um mich herum. Selbst die beiden schwarzen Border Collies, die die Herde flankierten, blieben auf Abstand. Erleichtert atmete ich auf.

»Guten Morgen!«, rief der Schäfer, der der Herde folgte.

Er hatte ein gutmütiges, faltenzerfurchtes Gesicht und hellblaue Augen. Genau wie der Schafhirte in unserer Weihnachtskrippe trug er einen zerdrückten Hut auf dem Kopf.

»Haben wir dich erschreckt?«, fragte er freundlich.

Ich grinste. »Nur im ersten Moment. Was für wohlerzogene Tiere.«

Zweifelnd betrachtete er den Pflasterweg vor uns, der von Schafskötteln übersät war. »Wohlerzogen? Wie man's nimmt.«

Ich zuckte mit den Schultern. »Ein Schaf muss tun, was ein Schaf eben tun muss.«

Die Lachfältchen um seine Augen wurden tiefer. »Wo ich dich gerade treffe, darf ich dich vielleicht um einen Gefallen bitten?«

Ich zuckte mit den Schultern. »Klar, worum geht's?«

»Ich könnte gut jemanden brauchen, der die Schafe mit mir da hinten durchs Gatter treibt.«

»Was muss man dafür denn können?«

»Schafe verfolgen und laut Hohoho rufen.«

»Okay. Das bekomme ich hin.«

Der Mann grinste. »Ich bin übrigens Callum.«

»Und ich bin Lou.«

Ich folgte Callum und den Schafen um die nächste Wegbiegung und entdeckte erst jetzt, dass ich eben offenbar an einer Abzweigung vorbeigelaufen war, einem Grasweg, den die Schafe gerade entlanghoppelten. Sie schienen sich hier bestens auszukennen. Der Weg endete auf einer großen Wiese an einem Fluss, dort stand ein Schäferwagen, und seitlich davon sah ich das Gatter einer Schafweide, die sich hinter dem Wagen am Flussufer entlangzog. Das Gatter stand offen, aber obwohl die Hunde sich alle Mühe gaben, den Pulk auf die Weide zu treiben, brachen rechts und links des Tors einige Tiere aus und versuchten, sich zu verdrücken. Ein paar versteckten sich sogar hinter dem Schäferwagen. Mit Rufen und Winken trieben Callum und ich die Ausreißer zu ihrer Herde zurück.

Als endlich alle Schafe auf der Weide waren, schloss Callum das Gatter und grinste mich an. »Gute Arbeit. Möchtest du vielleicht einen Kakao zur Stärkung?«

»Ja, gern.« Mein Magen knurrte so langsam, und das Frühstück war noch weit.

»Dann such dir schon mal ein Plätzchen aus.« Callum wies auf ein paar große Steine, die vor dem Schäferwagen im Kreis um eine Feuerstelle lagen.

Wenig später knisterten dort Flammen. An einem dreibeinigen Gestell hing ein Kessel, in dem Schafmilch brodelte.

Ich war erst skeptisch, aber der daraus zubereitete Kakao schmeckte wirklich gut, gar nicht nach Schaf, nur sahnig und schokoladig.

»Du bist nicht aus dem Dorf«, stellte Callum fest, der ebenfalls an einem dampfenden Becher nippte.

Ich schüttelte den Kopf. »Ich bin zu Besuch auf Moonrose Manor.«

Er hob eine Augenbraue. »Bist du etwa Cleo Birkenstedt?«

Dass Cleo hier war, hatte sich offenbar rumgesprochen.

Ich schüttelte den Kopf. »Sie ist eine Freundin von mir.«

Versonnen sah Callum vor sich hin. »Schade um ihren Onkel. Netter Kerl. War oft hier.« Er steckte einen Grashalm in den Mund und kaute darauf herum.

»Das werde ich ihr erzählen«, sagte ich. »Dann kommt sie bestimmt, um Fragen zu stellen. Sie weiß kaum etwas über ihn, und je mehr sie erfährt, desto besser geht es ihr.«

Callum nickte. »So ist das immer. Man muss die Vergangenheit kennen, um sich in der Gegenwart wohlfühlen zu können.«

Und genau so war es. Man musste wissen, wer man war und woher man kam, auch wenn es vielleicht erst mal wehtat. Schon möglich, dass es manchmal half, in sich hineinzuhorchen, wie Mary es mir geraten hatte. Aber wichtiger waren Fakten.

»Alles okay?« Callum musterte mich aufmerksam.

»Ja, wieso?«, gab ich zurück.

Er ließ seinen Blick nachdenklich auf mir ruhen. »Falls du jemanden zum Reden brauchst, ich hab Zeit.«

Und da sprudelte es plötzlich aus mir heraus, ich erzählte ihm alles. Vom Tod meiner Eltern, von meiner Adoption, sogar von meinem Besuch bei Mary.

»Mary Wollwood?«, wollte er wissen. »Im Rathaus?«

Ich nickte. »Ja, warum?«

Er schmunzelte. »Ach, normalerweise arbeitet die gute Mary nicht mehr als notwendig, ihre Zeit verbringt sie lieber mit Meditieren. Konnte sie dir weiterhelfen?«

Ich zuckte mit den Schultern. »Keine Ahnung, ob sie gekonnt hätte. Aber sie wollte nicht. Datenschutz und so.«

Nachdenklich ruhte Callums Blick eine Weile auf mir.

»Ich hatte mal einen Kumpel in einer ähnlichen Situation«, sagte er irgendwann nachdenklich. »Er hat dann irgendwann den Friedhof in seiner Geburtsstadt besucht und den Grabstein seiner Eltern gefunden. Er sagte, es sei gut gewesen, dort zu stehen, die Namen zu lesen und zu sehen, dass jemand Rosen auf ihren Gräbern gepflanzt hatte. Es war wie ein Schlusspunkt unter etwas, das bis zu diesem Moment nicht abgeschlossen war, verstehst du?«

Und ob. »Gräber?«, fragte ich leise. »Das ist eine Idee. Ich kenn ja so ungefähr das Todesdatum.«

»In Dixon gibt es zwei Friedhöfe«, sagte Callum. »Den in der Stadt, und dann noch einen in Norwood Gap.«

»Okay«, sagte ich und richtete mich auf. »Friedhöfe also.«

So langsam fand ich meine Suche interessant. Sie war fast wie eine Schnitzeljagd, nur, dass das hier kein Spiel war, sondern mein Leben.

# Kapitel 12

Vergiss die To-do's,
mehr Zeit für Tadaas!

Nach dem gemeinsamen Frühstück hatten sich die Jungs verabschiedet. Die Drillinge machten eine Radtour, und Sam war unter dem Vorwand, einen Termin beim Zahnarzt zu haben, nach Croydon gefahren.

Cleo, Amy, Sophie und ich folgten Eliza Ashcroft in ihr Heiligtum. Die Abendkleider der Lady waren in einem großen Raum im Dachgeschoss von Moonrose Manor untergebracht. Wie wichtig der feinen alten Dame ihre Ballerinnerungen waren, konnte man den vier wunderschönen alten Schränken, die hier standen, schon von außen ansehen.

Sie waren auf Hochglanz poliert, und als wir die Türen des ersten öffneten, knarrten sie kein bisschen. Lavendelduft strömte uns entgegen.

»Wahnsinn«, seufzte Amy beim Anblick der Kleider. Die Stoffe schimmerten uns in allen Farben des Regenbogens entgegen.

Sophie lächelte. »Na, hab ich euch zu viel versprochen?«

Hatte sie definitiv nicht.

Geradezu andächtig zog Lady Eliza das Kleid heraus, in dem sie einst ihren Lord kennengelernt hatte. Es war zartrosa, bodenlang, ärmellos, hatte einen weiten, runden Ausschnitt, einen schwingenden Rock und war am Oberteil mit Perlen besetzt, die wie Tautropfen schimmerten.

»Wunderschön«, sagte Cleo.

Lady Eliza hielt sich das Kleid an, machte ein paar Walzerschritte, und plötzlich konnte ich mir vorstellen, wie atemberaubend hübsch sie darin vor fünfundvierzig Jahren ausgesehen haben musste. Jetzt blieb sie stehen, hielt das Kleid von sich und ließ den Blick eine Weile darauf ruhen, dann hängte sie es wieder in den Schrank. »Ich lasse euch jetzt alleine anprobieren. Meldet euch, wenn ihr irgendetwas braucht.«

Wir nickten und musterten die Kleider. Hier hingen Roben aus Seide, Satin, Chiffon, welche mit Spitze, andere mit Tüll, mit Bordüren, manche mit Ärmeln, andere ohne Ärmel, schulterfrei, trägerfrei, rückenfrei.

Obwohl Mode sonst nicht so mein Ding war, freute ich mich richtig aufs Anprobieren. Ein bisschen fühlte sich das gerade wie früher an, als ich als Kind heimlich die feinen Kleider meiner Mum angezogen hatte.

»Wollen wir uns farblich irgendwie abstimmen?«, fragte Sophie.

»Unbedingt«, meinte Amy.

»Pastelltöne oder Kontrastfarben?«, wollte ich wissen.

»Lieber Pastell«, sagte Amy. »Da gibt es die größte Auswahl. Knallige Farben scheinen nicht so Lady Elizas Style zu entsprechen. Wie wäre es mit Creme, Rosé, Brombeer und Veilchen?«

»Ich wäre gern ein Veilchen«, sagte Cleo und ließ ihre Finger über den seidigen Stoff eines zartlila Kleides gleiten, das gut zu ihren silberblonden Haaren passte. Irgendwie war sie heute ungewohnt still, und ich war richtig froh, dass sie mal was sagte.

»Rosa«, bat die goldblonde Amy.

Sophie, der Schneewittchentyp, entschied sich für Brombeer, was wirklich gut zu ihr passte. Also blieb für mich Creme in allen Nuancen von Nude bis Vanille, und das war okay, das passte bestimmt zu meinem dunkleren Teint.

Gerade als wir mit unserer kleinen, privaten Modeschau begannen, kündigte mein Handy summend eine Nachricht von Sam an.

»Bin im Zug. Wie geht's dir?«, wollte er wissen.

»Super«, schrieb ich zurück. »Gerade stehe ich vor der Entscheidung: Neckholder, Carmen oder Wasserfall?«

»Was immer du entscheidest, tu nichts, was ich nicht auch tun würde«, kam Sams Antwort, der sichtlich keine Ahnung hatte, wovon ich sprach.

»Nicht ganz leicht in diesem Fall, aber ich versuch's«, tippte ich grinsend ein und stellte mir Sam in einem Kleid mit Wasserfallausschnitt vor. »Wie geht's dir?«, schrieb ich dann, wieder ganz ernst.

»Frag nicht«, schrieb Sam zurück. »Der Typ neben mir nervt. Ich muss seine Musik mithören, obwohl er Kopfhörer aufhat. Aber noch schlimmer ist der Typ hinter mir. Er pfeift mit der Nase. Pfiii. Hiii. Pfiii. Hiii. So klingt das seit einer halben Stunde. Ich könnte …« Ein sich grün übergebendes Smiley erläuterte, was er meinte.

»Halte durch«, ermunterte ich ihn.

»Du auch«, war die Antwort.

»Mach ich!«, versicherte ich und hatte ein bisschen ein schlechtes Gewissen, weil ich mich gerade in einem feenhaften cremeweißen Flatterkleid vorm Spiegel drehte und damit heute eindeutig den besseren Part erwischt hatte.

Eine Stunde später stand unsere Kleiderwahl fest. Amy hatte sich für ein pastellrosa Kleid mit weitem U-Boot-Ausschnitt entschieden, das die Schultern fast frei ließ. Cleos veilchenblaues Kleid war aus fließendem Chiffon und hatte hauchdünne Träger. Sophie hatte ein brombeerfarbenes Corsagenkleid aus Satin entdeckt, ganz ohne Träger, das ihr fantastisch gut stand. Und ich hatte mich für ein schlichtes, rückenfreies Seidenkleid mit Neckholder entschieden, das eine extrem schmale Taille machte. Es war ein bisschen zu lang, aber das würde für die Schneiderin sicher kein Problem sein. Wir stellten uns in den Kleidern nebeneinander vor den Standspiegel und fanden, dass wir zu viert aussahen wie ein Pastellgemälde.

»Ich brauch noch Schuhe«, stellte Cleo fest und wackelte mit den Zehen.

Amy nickte. »Ich auch.«

»Die kaufen wir nachher in Dixon«, beschloss Sophie.

»Ich hab welche, die passen«, warf ich ein. Meine feinen Sandaletten waren silbern und passten tatsächlich zu allem.

Wie gut, das würde mir Chance geben, mich in Dixon allein umzusehen. »Ich brauch dafür was zu lesen, und das besorge ich mir, wenn ihr die Schuhe kauft«, behauptete ich.

Sorgfältig verpackten wir die Kleider in durchsichtige Hüllen und brachten sie zu Lady Eliza in den grünen Salon.

»Oh«, sagte sie, als sie mein Kleid sah. »Wie schön, dass du dich dafür entschieden hast. Als ich es trug, war ich sehr glücklich.« Sie lächelte und warf Lord Ashcroft einen verliebten Blick zu. Schade nur, dass der davon nichts bemerkte, weil er in seinem Lehnsessel eingenickt war.

Dixon war eine kleine, quirlige, ausgesprochen bunte Stadt, in der kein Haus dem anderen glich. Es gab große und kleine, prunkvolle und ärmliche, weiße, rosa, blaue, gelbe, grüne und sogar pinkfarbene Häuser. Viele kleine Läden lockten mit Souvenirs, das Meer war hier ja schon ganz nah, und grüne Schiefertafeln am Straßenrand lockten Touristen in Cafés und Pubs.

Mortimer hatte uns mit dem Wagen des Lords nach Dixon gefahren und direkt vor dem Haus der Schneiderin abgesetzt. Mrs Coxley erwartete uns bereits. Sie war klein, schmal und wieselflink und vermaß uns in kürzester Zeit von Kopf bis Zeh. Anschließend bewunderte sie die Kleider und versicherte uns, dass es gar kein Problem wäre, sie bis zum Ball in vier Tagen umzuarbeiten.

Beim Verlassen der Schneiderei summte mein Handy, endlich wieder eine Nachricht von Sam. »Ich steh vor dem Institut«, stand da. Und dann erschien auf meinem Display ein

Foto eines imposanten Altbaus aus rotem Backstein mit weißen Fensterumrandungen. Auf dem glänzenden Schild neben dem Eingang stand *Psychological Science Institut (PSI)*, darunter war eine Art dreiarmiger Kerzenleuchter abgebildet.

»Und jetzt?«, fragte ich zurück.

»Ich seh mich mal um«, antwortete Sam.

»Ich auch«, war meine Antwort. »Viel Glück!«

Und das tat ich. Sobald Amy, Cleo und Sophie das erste Schuhgeschäft ansteuerten, klinkte ich mich aus.

Amy wusste Bescheid, ich hatte sie vor der Fahrt in die Stadt in meine Pläne eingeweiht. Sie hatte mich drei Mal gefragt, ob ich wollte, dass sie mitkam, aber es war mir lieber gewesen, dass sie bei Cleo blieb. Aufmunternd lächelte sie mich jetzt an. »Hoffentlich findest du was Brauchbares!«

Nur wir beide wussten, dass sie nicht von Büchern sprach.

Den Friedhof in Dixon fand ich schnell, aber er war leider überraschend groß. Rund um eine behäbige, graue Kirche reihte sich Grab an Grab. Es würde schwierig sein, hier ein bestimmtes Grab zu finden, und fast aussichtslos, wenn man nicht mal wusste, nach welchen Namen man suchen musste. Aber ich hatte immerhin ein ungefähres Todesdatum und kannte das damalige Alter meiner Eltern, vielleicht half mir das weiter.

Als ich die Kirche umrundete, fand ich einen Übersichtsplan und stellte fest, dass ich bestimmte Bereiche bei meiner Suche von Vornherein ausklammern konnte. Das denkmalgeschützte historische Gräberfeld zum Beispiel mit den verwitterten moosigen Steinen direkt vor mir. Wer hier begraben war, lag schon mehr als zwei Jahrhunderte tot unter der Erde. Die Kriegsgräber mit dem Gedenkstein weiter hinten konnte ich auch ausblenden, genau wie die Kindergräber in einem Bereich, der sich Garten der Erinnerung nannte. Vermutlich auch den jüdischen Friedhof, denn wenn meine Eltern Juden gewesen wären, hätte die Adoptionsbehörde sicherlich darauf geachtet, dass ich auch jüdische Adoptiveltern bekam.

Was übrig blieb, war immer noch ein großes Feld, aber da die Gräber nah an der Kirche fast fünfzig Jahre alt waren und nach außen immer neuer wurden, konnte ich meine Suche auf ein Quadrat seitlich der Kirche in der Nähe der Friedhofsmauer begrenzen.

Die Anlage erinnerte hier an einen gepflegten Ziergarten, die Grabsteine waren modern und glatt poliert, die Gräber mit frischen Blumen geschmückt. An einem Wasserhahn standen lauter grüne Gießkannen in Reih und Glied. Die Erinnerung an diese Verstorbenen war nach rund fünfzehn Jahren noch immer lebendig.

Ich schritt Reihe um Reihe ab, auf der Suche nach Menschen, die in meinem Geburtsjahr ungefähr Mitte zwanzig gewesen waren, aber um es kurz zu machen: Ich fand kein einziges Grab, das infrage kam. Sicherheitshalber durchwanderte ich noch ältere Bereiche des Friedhofs, vielleicht waren meine Eltern ja in einem Familiengrab aus früherer Zeit beerdigt worden, aber auch dort blieb die Suche ergebnislos.

Ich war gerade entmutigt auf eine schattige Bank gesunken, als mein Handy summte und mir statt einer Nachricht von Amy die Bilder von hübschen pastellfarbenen Tanzschuhen zeigte. Drei Paar. Gut, dass wenigstens diese Suche Erfolg gehabt hatte.

»Jetzt ein Eis?«, stand darunter.

»Es gibt noch einen zweiten Friedhof, ich weiß nur noch nicht, wie ich hinkomme«, schrieb ich zurück.

»Oh, da hab ich eine Idee«, antwortete sie. »Wo bist du genau?«

Ich schickte ihr den Screenshot einer Karte mit einer Markierung meines Standortes.

»Warte draußen vorm Friedhof«, schrieb Amy zurück.

Ich hatte keine Ahnung, was sie vorhatte.

# Kapitel 13

Keine Wahrheit kann dich so erschrecken
wie eine zufällig entdeckte Lüge.

Wenig später fiel das schmiedeeiserne Tor des stillen Friedhofs klappernd hinter mir ins Schloss, und ich war froh, wieder ins Leben eintauchen zu können.

Von Mortimer und der großen, silbernen Limousine der Ashcrofts war allerdings nirgends auch nur eine Spur zu sehen. Ein Kind radelte auf einem Fahrrad an mir vorbei, und eine Möwe trippelte den Gehweg entlang. Ansonsten nichts. Bis ein schwarzes Motorrad neben mir abbremste.

Moment. Ein schwarzes Motorrad? Ich drehte mich um, und als der Fahrer jetzt das Visier hochschob, blickte ich in kornblumenblaue Augen, die ich gut kannte.

»Phil! Was machst du denn hier?«

Er nahm den Helm ab. »Hey, Lou, Amy schreibt, du brauchst 'nen Chauffeur!«, rief er mir über den Lärm seiner Maschine zu. Seine Haare standen wieder mal in alle Richtungen ab.

Amy? Hatte ihm was erzählt? Aber doch hoffentlich nicht alles. »Was genau hat sie denn geschrieben?«, fragte ich.

Phil stellte den Motor aus. »Nur, dass du irgendwo hinwillst«, sagte er. »Ich war sowieso gerade unterwegs, um mich umzusehen, ich fahr dich gern.«

»Ich müsste nach Norwood Gap. Das sind Klippen am Meer. Drei oder vier Kilometer von hier. Also, falls du 'nen zweiten Helm dabei hast …«

»Kein Problem.« Er stellte das Motorrad ab, schloss eine Box auf, die auf dem Gepäckträger befestigt war, und reichte mir einen schwarzen Helm. Während ich ihn aufsetzte, suchte Phil im Navi den Weg raus.

Kurz darauf schwang ich mich hinter ihm in den Sattel. »Festhalten«, kommandierte er, dann startete er den Motor und gab Gas.

Ich hatte nicht damit gerechnet, dass das Moped so schnell beschleunigen würde und wäre nach hinten gekippt, wenn ich mich nicht an Phils Schultern festgehalten hätte.

»Fass lieber um den Bauch!«, rief Phil mir über den röhrenden Motor hinweg zu. »Es ist in den Kurven sicherer, wenn du dich an mich lehnst.«

Okay. Ich legte meine Arme um ihn. Es war zwar im ersten Moment ungewohnt, Phil so nah zu sein, aber so saß man wirklich fester im Sattel. Also lehnte ich mich an ihn, Phil gab erneut Gas, und wir legten uns schwungvoll in die nächste Kurve.

Die Fahrt führte uns aus der Stadt und durch eine hügelige Wiesenlandschaft. Rechts der Straße sah ich vereinzelt Häuser, links eine Steinmauer. Und dann lag da, mitten auf der Straße, auf einmal einen Felsbrocken. »Danger«, verkündete ein rotes Schild daran. Und das nicht ohne Grund, denn dahinter endete die Straße plötzlich. Aber so was von plötzlich, und sowas von Ende. Zack, weg war das Land. Dahinter kam einfach nur noch Nichts, und dann, viel weiter unten, blaugraues Meer.

»Mind the Gap«, sagte Phil. Und er hatte recht. Dieser Satz, der Passagiere an allen Londoner U-Bahnstationen vor Abstürzen an der Bahnkante warnte, bekam hier eine ganz besondere Bedeutung. Von diesen Klippen wollte man echt nicht stürzen.

Seitlich neben dem Felsbrocken fiel mir ein Trampelpfad auf, der an einer Metalltreppe endete. Und diese führte an den weißen Kalkklippen herab zum Meer. Jetzt allerdings war keine Zeit für eine Besichtigungstour.

Wo wohl dieser Friedhof lag? Bestimmt hinter der halb von Büschen verdeckten Mauer.

»Ich muss da rüber.« Ich zeigte auf die grauen, grob behauenen Steine. »Zu dem Friedhof. Ich suche ein Grab.«

»Okay.« Phil setzte den Helm ab und fuhr sich durch die Strubbelhaare. »Allein?«

Ich grinste verlegen. »Ist ein bisschen einsam hier. Kannst du vielleicht mitkommen?«

»Klar«, sagte Phil. Sonst nichts. Wofür ich ihn noch lieber mochte, als ich es ohnehin schon getan hatte.

Der Friedhof von Norwood Gap war zum Glück nicht groß. Die moosbedeckten Grabsteine gruppierten sich um eine kleine, graue Kapelle. Bäume mit riesigen Kronen schützten die Besucher vor Sonne und Wind. Ein friedlicher Ort.

Es gab keinen Lageplan, aber wenn wir die Reihen systematisch abschritten, würde uns kein Grab entgehen.

Als wir die Kapelle umrundeten, stellte ich fest, dass das hier allerdings keine Gräber waren, sondern Gedenkstätten. *Lost at Sea Memorial* stand auf einer Tafel neben der Kapellentür, und weiter war dort zu lesen, dass all diese Steine an Menschen erinnerten, die irgendwo an der Südküste Englands im Meer ertrunken und nie gefunden worden waren. Lauter Unfallopfer also. Sollten meine Eltern auf dem Meer verunglückt sein, *musste* ich hier eine Erinnerung an sie finden.

Phil sah sich um. »Wen suchen wir denn?«, wollte er wissen.

»Meine Eltern«, begann ich. Und stockte. Mensch, war das kompliziert. »Mum und Dad, die du in London kennengelernt hast, sind meine Adoptiveltern. Meine leiblichen Eltern sind kurz nach meiner Geburt bei einem Unfall gestorben. Vielleicht war es ja ein Schiffsunglück.«

»Verstehe«, sagte Phil.

Okay, so kompliziert war das gar nicht gewesen.

»Ich kenne ihre Namen nicht, aber sie müssen im Jahr 2003 gestorben sein, und sie waren zum Zeitpunkt ihres Todes ungefähr Mitte zwanzig.«

»Alles klar.« Phil nickte. »Wir fangen beide hier bei der Kapelle an und folgen einem Pfad Richtung Mauer. Da wendest du dich nach links, ich nach rechts, und wir gehen den nächstgelegenen Pfad zurück. Und immer so weiter. Bis wir uns auf der anderen Seite wieder treffen.«

Ich nickte und machte mich auf den Weg. Die Grabsteine waren teilweise sehr moosig, und die Schrift schlecht lesbar.

Aber ich merkte bald, dass das nur bei den älteren Steinen der Fall war. Bei denen der letzten zwanzig Jahre hatte sich noch kaum Moos gebildet. Viele Gedenkstätten waren allerdings von Grünzeug überwuchert, und ich musste häufiger mal Ranken beiseiteschieben, um Namen und Zahlen lesen zu können. Die meisten Verschollenen waren männlich und sehr viel älter als meine Eltern. Oft waren Schiffe oder Anker und Steuerräder auf den Steinen eingraviert. Vermutlich waren das alles Seeleute.

»Lou?«, rief Phil mir plötzlich von seinem Pfad zu. »War dein Dad, Moment, achtundzwanzig, und deine Mutter vierundzwanzig?«

Ich fuhr herum. »Ja! Was? Woher …?«

»Das könnten sie sein.« Phil wies auf einen Stein, nur ein paar Meter von mir entfernt. Ich schlängelte mich zwischen zwei Steinen durch und betrachtete den unbehauenen, grauen Findling, der ganz nah an einer knorrigen Eiche stand. Sattgrüner Efeu kroch an dem Baumstamm empor, und einige Ausläufer überwucherten auch den Stein. Trotzdem war die Schrift gut erkennbar. Isabella und Charles Maxwell. Sie war 1980 geboren, er 1976. Darunter stand noch etwas, das vom Efeu verborgen war.

»Du hast recht, das müssen sie sein«, murmelte ich und trat näher. »Ich trage ihre Namen. Ich heiß nämlich Louisa Charlotte Isabella. Vorsichtig zog ich die Efeuzweige beiseite, die an dem Stein hochrankten, aber sie hatten sich wie mit winzigen Saugnäpfen daran geheftet und widersetzten sich, bis ich sie schließlich ungeduldig abriss.

»Shit«, flüsterte ich, und hätte fast das Gleichgewicht verloren, als ich sah, was ich freigelegt hatte.

Unter den beiden Namen meiner Eltern stand ein dritter, den ich verflixt gut kannte.

*Louisa Charlotte Isabella, geboren* 2003.

Mein Herz raste, das Blut rauschte in meinen Ohren. Hilfe, das war ich. Da war kein Zweifel möglich. Und unter meinem Namen stand noch etwas: Ich sah eingravierte Spitzen weiterer Zahlen oder Buchstaben. Hastig ließ ich mich auf die Knie fallen und legte mit zitternden Fingern den Rest der Inschrift frei. Ein Todesdatum. Mir stockte das Blut in den Adern. Meine Eltern und ich, wir waren alle drei am selben Tag gestorben. Und zwar eine Woche VOR meiner Geburt.

Ich saß auf dem feuchten Boden und starrte meinen eigenen Grabstein an. *Falschfalschfalsch* hämmerte es trommelwirbelartig in meinem Kopf. Alles war falsch. Man stirbt nicht vor seiner Geburt. Und egal, wann man stirbt, man ist hinterher nicht so lebendig wie ich es ganz eindeutig war. Aber obwohl alles falsch war, war das garantiert der richtige Stein. Entweder *ich* war verrückt oder sonst irgendjemand. Nur wer?

»Lou?«, fragte Phil.

Ich schloss die Augen und holte tief Luft. »Geht gleich wieder.«

»Okay.« Mehr sagte Phil nicht, und er fragte auch nichts. Er wartete einfach ab, und nach ein paar Atemzügen hatte ich mich wieder so weit im Griff, dass ich ihm eine Erklärung geben konnte. »Bis jetzt wusste ich nichts über meine biologischen Eltern. Ich wusste nur, dass ich in Dixon auf die Welt gekommen bin, und dass mein Vater und meine Mutter kurz danach bei einem Unfall ums Leben gekommen sind. Aber das hier, das sind sie.« Ich wies auf die Namen auf dem Stein. »Da ist kein Zweifel möglich. Und das darunter bin ich.« Ich zeigte auf den Schriftzug. »Louisa Charlotte Isabella, das sind meine drei Vornamen, sie stehen genau so in meinem Pass.«

»Das versteh ich nicht«, sagte Phil.

Ich sah ihn hilflos an. »Ich auch nicht. Und das Todesdatum stimmt auch nicht. Ich kann doch nicht vor meiner Geburt gestorben sein.«

»Uff«, sagte Phil. »Wann hast du denn Geburtstag?«

»Genau eine Woche später. Mensch, was ist denn da nur passiert?« Ich starrte den Stein an und versuchte, meine Gedanken zu ordnen.

In diesem Moment verhielt Phil sich wie der beste Kumpel der Welt. Er sagte nichts, er stand einfach nur neben mir wie ein großer, ruhiger Beschützer. Und das war jetzt genau das, was ich brauchte.

Andere allerdings waren nicht so taktvoll wie Phil. »Kann ich euch irgendwie helfen?«, schnarrte plötzlich eine Männerstimme hinter uns.

Phil und ich fuhren herum. Aus dem Schatten eines Baumes trat ein kahlköpfiger, alter Mann hervor. Er trug ein schwarzes Priestergewand. Keine Ahnung, wie lange er da schon gestanden hatte. Sein Körper war mager und sein Gesicht so faltig, als hätte der raue Küstenwind das kleine, krumme Männlein über Jahrzehnte hinweg ausgedörrt. Hinkend kam er auf uns zu und starrte uns mit flinken, listigen Augen an. Unwillkürlich wich ich einen Schritt zurück.

Phil warf mir einen raschen Blick zu, dann machte er einen Schritt nach vorn und schob sich zwischen mich und den Mann. »Ja, vielleicht können Sie uns wirklich weiterhelfen«, sagte er freundlich. Und dann verwickelte er das Männlein in ein Gespräch über das Baujahr der kleinen, grauen Kapelle hinter uns.

Fieberhaft überlegte ich, was ich tun sollte. Der Mann war alt, er war irgendwas Kirchliches von Beruf und vielleicht zuständig für diese Gedenkstätte. Vielleicht wusste er mehr über die Steine und die Menschen, an die sie erinnerten. Vielleicht konnte er mir sogar etwas über meine Eltern erzählen. Bei näherer Betrachtung sah er auch gar nicht mehr so gruselig aus, wie ich erst gedacht hatte. Kurz entschlossen gab ich mir einen Ruck und trat neben Phil.

»Entschuldigung«, begann ich. »Sie kennen sich hier so gut aus. Wissen Sie vielleicht auch etwas über die Leute, denen die Gedenksteine gewidmet sind?«

Das Männlein ließ den Blick seiner wässrigen, alten Augen über mich gleiten. »Das Meer gibt, das Meer nimmt. All diese Menschen hier hat es genommen«, sagte es mit seiner schnarrenden Krähenstimme. »Um wen geht es denn?«

Ich wies auf den Stein meiner Eltern, der gruseligerweise

auch mein Stein war. »Die Maxwells.« Es war seltsam, den Namen zum ersten Mal auszusprechen.

»So jung gestorben«, sagte der Mann und nickte bedächtig mit dem Kopf. »So jung. Waren Touristen. Ein Segelunfall. Ich kannte sie nicht.«

»Ein Segelunfall?«, hakte ich nach. »Was ist passiert? Und sind dabei noch mehr Leute umgekommen?«

Er schüttelte den Kopf. »So jung, so dumm. Es war ihr eigenes Boot. Viel zu alt war es. Und viel zu weit draußen. Und dann das Kind. So klein. Zu klein. Leichtsinnig. So leichtsinnig.«

Ja, das wäre es wirklich gewesen, wenn das Kind dabei gewesen wäre. War es aber nicht. Was ich allerdings nicht laut sagte. Die Situation überforderte mich sowieso schon, und ich wollte jetzt nicht auch noch irgendetwas erklären müssen.

»Und sie wurden nie … gefunden?« Fast hätte ich angeschwemmt gesagt, aber das war zu bildhaft, das brachte ich nicht über die Lippen.

Er nickte. »So wie alle hier. Sonst hieße es ja nicht *Lost at Sea*. Das Meer gibt, das Meer nimmt. Genau wie der Herr.« Er faltete die Hände zu einem stummen Gebet und wandte den Blick fromm nach oben. Mehr war von ihm eindeutig nicht zu erfahren.

»Danke.« Ich wollte mich gerade verabschieden, da fiel mir noch etwas ein. »Wer hat eigentlich den Gedenkstein für die Maxwells beauftragt? Wissen Sie das vielleicht?«

Er schüttelte den Kopf. »Irgendeiner gedenkt immer. Keiner geht wirklich verloren. So, wie die Wassertropfen im Meer und die Schäfchen des Herrn auch niemals ganz verloren gehen.«

Ja, ja, ja. Aber Gedenksteine bekamen die eindeutig nicht. Und ganz viel ging eben doch verloren. Meine Geduld zum Beispiel gerade, und meine Chance, hier noch mehr über meine Eltern herauszufinden.

Der alte Mann starrte mich plötzlich neugierig an. Vermutlich merkte er, wie aufgewühlt ich war.

»Lass uns gehen«, sagte ich zu Phil, denn ich war nicht sicher, wie lange ich noch die Fassung bewahren konnte.

Der reagierte sofort. »Hast recht, wir müssen los, wir werden in Moonrose bestimmt schon erwartet.«

»Ist das nicht verrückt?«, fragte ich, als wir zu Phils Motorrad zurückgingen.

»Ist es«, sagte er.

Ich schüttelte ungläubig den Kopf. »Ich fass es nicht. Ich mach ganz normal Urlaub und entdecke fast aus Versehen, dass irgendwo an der englischen Südküste ein Gedenkstein steht, der behauptet, dass ich tot bin.«

Ich starrte aufs Meer, der Wind brannte in meinen Augen. Mein Blick fiel auf den Trampelpfad, der zur Klippentreppe führte, und einem plötzlichen Impuls folgend, fragte ich Phil: »Hast du noch ein bisschen Zeit? Wollen wir da kurz runtergehen?«

»Klar hab ich Zeit«, sagte Phil, doch statt sich in Bewegung zu setzen, ließ er sich auf der Friedhofsmauer nieder. »Ich warte hier auf dich.«

Überrascht blickte ich ihn an. »Du kommst nicht mit?«

Er lächelte. »Ich weiß, wie jemand aussieht, der mal eben allein sein muss.«

Dankbar legte ich ihm kurz die Hand auf die Schulter.

Als ich die abschüssigen Metallstufen zum Strand herabstieg, musste ich mich am Geländer festkrallen, um nicht abzurutschen. Meine Haare flatterten im salzigen Wind, Möwen kreisten über den Klippen.

Und dann stand ich am Strand. Wild und grün donnerten die Wellen gegen das Land und verebbten in dem Kies vor meinen Füßen.

Irgendwo da draußen waren sie ertrunken. Meine Eltern. Isabella und Charles. Wenn sie wirklich tot waren, und nicht genauso lebendig wie ich.

Plötzlich spürte ich, dass ich sie vermisste. Immer vermisst hatte. Immer vermissen würde. Und das, obwohl wirklich stimmte, was ich stets gesagt hatte: Mir ging es gut, bei Mum und Dad fehlte mir nichts, ich hatte die besten Eltern der Welt. Das war kein Widerspruch. Das Vermissen war einfach ein Teil von mir, immer schon und für immer.

Hier unten am Meer spürte ich auch, wie gut es war, dass ich den Gedenkstein gefunden hatte. Ein Schlusspunkt, wie von Callum prophezeit, war das zwar nicht. Aber ein Anfang.

Ich stand mit wehenden Haaren und brennenden Augen an den Klippen von Norwood Gap. Spürte, wie aufgewühlt ich war. Wie lebendig. Und wie viele Fragen ich hatte. Die wichtigsten waren: Lebten meine Eltern? Oder waren sie tot? Und warum stand mein Name auf einem Grabstein?

Und da schwor ich mir: Ich würde die Wahrheit herausfinden. Nicht wegen der Sache mit den Déjà-vus oder Doktor Psi.

Einfach nur wegen Isabella, Charles und Louisa.

# Kapitel 14

*Manchmal verliert man etwas aus den Augen, aber niemals aus dem Herzen.*

Mortimer stand in der lichtdurchfluteten Eingangshalle von Moonrose Manor und blickte uns entgegen. Kein Stäubchen verunzierte seinen makellos schwarzen Frack, seine Handschuhe waren blütenweiß. »Wo darf ich Ihnen den Nachmittagstee servieren?«, fragte er nach der Begrüßung.

»Ich möchte keinen«, sagte ich, immer noch ganz durcheinander von dem, was ich gerade auf dem Friedhof erlebt hatte. »Trotzdem danke.«

Auch Phil lehnte ab, er wollte erst seine Brüder suchen.

Als ich Mortimer sah, fiel mir auf einmal wieder ein, dass ich Sam versprochen hatte, ein Auge auf Cleo zu haben. Oje! »Wissen Sie vielleicht, wo Cleo ist?«, wandte ich mich an den Butler.

Mortimer nickte. »Miss Cleo weilt zu Studienzwecken in der Bibliothek.«

»Zu Studienzwecken?« Ich wechselte einen irritierten Blick mit Phil, der mit den Schultern zuckte. Irgendwie klang das gar nicht nach Cleo.

Mortimer allerdings nickte. »Ganz sicher. Deswegen stehe ich hier. Niemand kann unbemerkt hinein oder heraus.«

Davon war ich überzeugt.

Phil und ich gingen zusammen nach oben. Vor seiner Zimmertür blieb ich stehen. »Phil?«, begann ich zögernd.

»Ja?« Er sah mich fragend an.

»Danke.«

Um seine blauen Augen erschienen feine Lachfältchen. »Schon okay.« Er nahm mich in die Arme und drückte mich kurz, dann ließ er mich wieder los. »Jederzeit wieder, du wirklich kein bisschen geheimnisvolle, überhaupt nicht rätselhafte Lou.«

Ich lachte laut auf, dann stellte ich mich auf die Zehenspitzen und gab ihm einen Kuss auf die Wange. »Der ist dafür, dass du immer im richtigen Moment schweigst.«

Phil grinste. Und schwieg.

Kurz darauf klopfte ich an Sams Tür. Ich spürte seine Anwesenheit zwar nicht, aber irgendwer pfiff in dem Zimmer vergnügt vor sich hin.

Ich klopfte noch einmal, und das Pfeifen verstummte. »Herein«, sagte Sam. Und dann, als er mich sah: »Oh, Lou! Ich hab gar nicht gespürt, dass du es bist.«

Er stand an der Tür seines Badezimmers und trocknete seine Haare mit einem Handtuch. Bekleidet war er nur mit einer Jeans. Auf seinem nackten Brustkorb glitzerten Wassertropfen. Er sah umwerfend aus, und ich schmolz bei seinem Anblick förmlich dahin. »Wen außer mir bittest du sonst so fröhlich herein, wenn du oben ohne bist?«, neckte ich ihn, tippte mit dem Finger auf einen der Wassertropfen und malte damit ein Herz an die Stelle, an der seins gerade für mich schlug.

Grinsend warf Sam das Handtuch über einen Sessel. »Ich dachte, es wäre Cleo. Und die ist komplett immun gegen meinen männlichen Charme.«

Er nahm mein Gesicht in seine Hände, küsste mich, und ich merkte, dass ich persönlich definitiv nicht immun gegen Sam war. Weder gegen seinen Charme noch gegen den kühlen Duft, der von seiner frisch geduschten Haut ausging.

Trotzdem löste ich mich widerwillig aus unserem Kuss. »Ich muss dir unbedingt was erzählen«, sagte ich. »Es ist wichtig. Nein, mehr als das. Es ist megawichtig.«

Sam sah mich prüfend an, dann zog er sich ein weißes T-Shirt über und ließ sich auf einen altmodischen Ohrensessel aus blauem Samt fallen. Einladend zeigte er auf den zweiten ihm gegenüber. »Leg los.«

Ich ließ mich in den Sessel sinken. Nur unsere nackten Füße berührten sich, als wir sie auf den Fußhocker zwischen uns schwangen. Schon diese winzige Berührung machte es schwer, nicht an noch mehr Küsse zu denken, aber das musste jetzt einfach warten.

»Also, ich bin gespannt.« Sam nickte mir aufmunternd zu. »Was hast du in Dixon erreicht?«

Ich erzählte ihm von meiner anfangs erfolglosen Suche, von Phil, der im richtigen Moment vor dem Friedhof gestanden hatte, von Norwood Gap, dem Gedenkstein, den drei Namen, den falschen Daten und dem gruseligen alten Mann.

Je weiter ich in meinem Bericht kam, desto aufgeregter wurde Sam. Ich fühlte es nicht, aber ich sah es ihm an.

»Was für eine unglaubliche Geschichte«, sagte er völlig fassungslos, als ich fertig war. »Das war bestimmt ein krasser Schock.«

»Ja«, sagte ich. »Und wie. Aber so langsam geht's wieder. Es muss einfach eine logische Begründung für das alles geben. Inzwischen denke ich, das mit dem Grabstein war ein Behördenfehler.«

Sam runzelte die Stirn. »Gut möglich. Aber was es auch war, wir müssen unbedingt herausfinden, was deinen Eltern passiert ist. Und wir werden dafür sorgen, dass dein Name von diesem Stein verschwindet.«

Ich seufzte. »Das möchte ich auch. Nur wie?«

»Ich könnte meinen Dad anrufen«, schlug Sam vor. »Als Bodyguard hat er vielleicht Kontakt zu Leuten, die ihm inoffiziell Auskünfte geben, an die man sonst nicht so leicht rankommt. Vielleicht kann er was über ihren Tod oder deine Geburt herausfinden.«

Ich beugte mich vor und zwickte Sam in einen seiner Zehen. »Hey, und das sagst du erst jetzt?«

»Aua«, protestierte er und zog seinen Fuß weg. »Das klingt erst mal besser, als es ist. Erstens weiß ich nicht, ob es klappt, und zweitens muss ich meinem Dad dann natürlich sagen, warum ich das frage. Willst du das wirklich?«

»Ähm, nein«, sagte ich erschrocken, denn das konnte ich nicht wollen. »Dann spricht er mit Mum und Dad darüber. Wenn die sich um mich Sorgen machen, sind sie sofort hier.

Und ein Grabstein mit meinem Namen drauf wäre für sie definitiv ein Grund, sich Sorgen zu machen.«

»Hmmm. Hast recht. Aber hast du einen Plan B?«

Ich zuckte mit den Schultern. »Vielleicht doch das PSI-Institut? Die Leute da würden mir ja auch helfen. Was hast du eigentlich über sie herausgefunden?«

»Ich war drin …«

»Im Institut?«

»Jep.«

»Wow! Und?«

»Ziemlich cool!«

»Oh Mann, Sam! Wenn du was erzählst, sieht man es richtig bildhaft vor sich!« Ich verdrehte die Augen. Warum musste ich ihm alles aus der Nase ziehen?

»Echt?« Sam zog erstaunt eine Augenbraue hoch.

»Das war Ironie!«, knurrte ich.

Sam lachte. »Ach nee!«

»Samuel Elias Anthony, entweder du erzählst mir jetzt, was du herausgefunden hast, oder ich zwirbele dir einen Zeh ab.«

Ich formte die Hände zu Klauen und holte zum Angriff aus.

Sam zog erschrocken beide Füße an. »Wehe! Also: Ich wollte mir das Institut erst nur von außen ansehen, aber als ich davorstand, kam ein Mädchen raus und hat gefragt, ob sie mir helfen könne. Fiona. Sie war sehr nett.«

»Sie kam raus, weil sie dich gesehen hatte?«

»Nein, sie sollte Kaffee fürs Team holen, und dabei hat

sie mich dann bemerkt. Sie ist Psychologiestudentin und hat einen Ferienjob an dem Institut. Ich hab behauptet, dass ich so was nach der Schulzeit auch mal machen will, hab sie zum Coffeeshop begleitet und ihr unterwegs Fragen gestellt. Nach ihrem Studienfach, Berufsaussichten, solchen Sachen, als hätte ich echt Interesse an Psychologie. Dann hab ich ihr den Kaffee getragen, und als wir wieder vorm Institut standen, hat sie gefragt, ob sie mir mal die Räume zeigen soll.«

»Cool!«, sagte ich.

Sam beschrieb schick eingerichtete Arbeitszimmer, Seminarräume- und Behandlungszimmer. »Überall Antiquitäten und Kunst. Richtig edel.«

»Und was behandeln die da?«, wollte ich wissen.

»Psychische Sachen. Angsterkrankungen. Wahnvorstellungen. So was in der Art«, sagte er. »Sie haben auch eine Klinik, aber die liegt irgendwo außerhalb im Grünen.«

»Hast du Patienten gesehen?«

»Nein. Nur ein paar Mitarbeiter und andere Studenten.

Fiona hat dann den Kaffee in verschiedene Büros verteilt, und ich bin ihr gefolgt. Keiner hat sich groß dafür interessiert, wer ich war. Alle haben nur freundlich gegrüßt. Als wir dann damit fertig waren, hat sie mich gefragt, welche Schwerpunkte mich an dem Fach am meisten interessieren, und ich hab natürlich Teleempatie gesagt.«

»War sie überrascht?«

»Überhaupt nicht. Sie hat gesagt, dass wir uns dann garantiert irgendwann wiedersehen würden, sie würde nämlich auch in dem Bereich arbeiten, und das Institut sei führend auf diesem Gebiet. Und dann hat sie mir einen Flyer mitgegeben. Zur Info.«

Sam angelte nach seinem Rucksack, nahm ein zusammengefaltetes Papier heraus und reichte es mir. Ich klappte den bunten Flyer auf, und schon die Überschrift elektrisierte mich. Sie lautete *Alles beginnt mit einem Déjà-vu.*

»Sam!«, sagte ich. »Klingt, als wäre das genau das, wonach wir wochenlang gesucht haben.« Und als ich weiterlas, merkte ich, dass das tatsächlich stimmte.

*Wenn man das Phänomen Teleempathie verstehen will, muss man bei einem anderen, sehr bekannten Phänomen beginnen,* stand da nämlich. *Am Anfang stehen die sogenannten Déjà-vus. Mit diesem französischen Fachbegriff bezeichnet man das plötzliche Gefühl, eine beliebige Situation exakt so schon einmal erlebt zu haben, obwohl das eigentlich nicht sein kann. Viele Menschen kennen solche Momente. Wer so eine Situation erlebt, empfindet sie als geheimnisvoll, magisch, man kommt sich fast vor, wie aus der Zeit gefallen. Und besonders verwirrend daran ist eine seltsame Begleiterscheinung: Man weiß in diesem Moment genau, was in den nächsten Sekundenbruchteilen passieren wird. Oder zumindest kommt es einem so vor.*

*Früher glaubte man, dass dieses Gefühl auf einer Gehirntäuschung beruht. Nach unseren Forschungsergebnissen sind wir allerdings zu einem anderen Schluss gekommen. Tatsächlich handelt es sich hier um etwas, das in alten Legenden »Whisper of Hearts« genannt wird. Wie ein Herzflüstern, so fühlt es sich tatsächlich für die Betroffenen an. Und dieses Phänomen ist keine Täuschung. Das Gefühl, das man in diesem Moment spürt, wurde wirklich schon einmal erlebt. Und zwar gerade eben erst, vor Bruchteilen von Sekunden, von einem anderen Menschen. Einem Seelenzwilling. Es ist, als würden sich diese beiden Herzen Gefühle zufunken. Je näher sich zwei Seelenmenschen kommen, desto mehr wird von Herz zu Herz übertragen.*

»Wow«, sagte ich ergriffen und sah Sam an. »Das trifft genau, was wir erleben.«

Und dann wurde es noch interessanter. Das mit dem Herzflüstern war anscheinend eine uralte Begabung, die manche Menschen von Geburt an hatten. Mit Magie hatte sie nichts zu tun. Es handelte sich eher um eine Art emotionale Hochbegabung, die in manchen Familien weitervererbt wurde. Quasi wie Hochintelligenz oder extrem hohe Musikalität. Leute, die so was beherrschten, konnten also einfach eine bestimmte Sache auffallend gut. Und: Teleempathie oder Herzflüstern war etwas, das man trainieren konnte. Ja, sogar trainieren musste. *Anfangs verlaufen die teleempathischen Momente unkontrolliert,* stand da, *sie kommen und gehen, und manchmal verlaufen sie sogar unangenehm. Je öfter man aber übt, desto mehr stärkt sich das unsichtbare Band. Irgendwann treten keine unkontrollierbaren Déjà-vus mehr auf, an ihre Stelle tritt dann die Gefühlsübertragung.*

Ich sah auf. »Hey, das ist genau wie bei uns! Ich hab auch fast keine Déjà-vus mehr.«

Sam nickte. »Lies mal weiter, da kommt noch was.«

*Wir vom PSI-Institut bieten in unseren Institutsräumen regelmäßig Tests und Trainingseinheiten an. In den Tests ermitteln wir gemeinsam mit Ihnen und Ihrem Partner den Stand Ihres teleempathischen Könnens. Während der Übungseinheiten erhalten Sie dann die Gelegenheit, zusammen mit unserem kompetenten Team schneller Fortschritte zu machen als allein. Dieses Angebot ist kostenlos, sämtliche Daten werden absolut vertraulich behandelt.*

Das klang gut. Aber ich wusste noch nicht wirklich, worauf Sam hinauswollte. »Du meinst, wir sollen da hin? Aber das geht nicht, wir sind nur noch ein paar Tage hier.«

Er schüttelte den Kopf. »Nee, klar. Aber wenn es stimmt, was da steht, sind unsere Probleme erstens ganz normal, und zweitens können wir sie mit Training in den Griff bekommen.«

»Rums«, sagte ich und gab ihm den Flyer zurück.

Sam runzelte verständnislos die Stirn. »Wie bitte?«

»Das war der Stein, der mir vom Herzen gefallen ist. Hey, genau das machen wir. Üben. Ich schätze, dass wir eine Menge unserer Probleme in den Griff bekommen, sobald wir den Herzfunk ein bisschen steuern können. Es gibt nur eins, was ich nicht verstehe ...«

»Was?«

»Warum haben die mir damals nicht einfach diesen Flyer geschickt, statt dauernd nach meiner Herkunft zu fragen? Damit hätte ich echt mehr anfangen können.«

Sam betrachtete das Faltblatt mit gerunzelter Stirn.

»Keine Ahnung. Guck mal, da ist Doktor Psi. Also, der echte.« Er zeigte auf ein winziges Bild neben der Kontaktadresse des Instituts.

»Zeig mal!« Er gab mir den Zettel, und ich betrachtete das Foto. Der Mann auf dem Foto sah dem Internet-Männchen kein bisschen ähnlich, und er erinnerte auch nicht an Einstein. Ich sah einen mittelalten Mann mit grauen Schläfen, dessen Gesichtszüge bei der Bildgröße kaum zu erkennen waren. Neben dem Porträt stand der Name des Mannes. Doktor Steven Psikowski, Leiter und Begründer des PSI-Instituts.

Auf einmal gab Sams Magen ein leises Knurren von sich. Ich sah auf. »Hast du Hunger?«

»Und wie«, sagte Sam. »Ich hab seit dem Frühstück nichts mehr gegessen.«

Und da fiel mir etwas auf. »Verflixt, warum spür ich gerade eigentlich gar nichts von dir? Hätte ich gewusst, dass du kurz davor bist, zu verhungern, hätte ich bestimmt nicht so ewig geredet.«

Die Muskeln an Sams Kiefer traten plötzlich deutlich hervor, er biss eindeutig die Zähne zusammen.

»Was ist los?«, fragte ich überrascht. »Hab ich was Falsches gesagt?«

Sam atmete tief durch. »Du hast es immer noch nicht gemerkt, oder?«

»Was denn?«, fragte ich leicht gereizt. Wenn ich irgendwas übersehen hatte, konnte er es doch einfach sagen, ohne dass ich schon wieder mühsam nachhaken musste.

»Mensch, Lou, es liegt an Phil.« Sam sah mich eindringlich an. »Wenn er da ist, spüren wir uns nicht. Und anscheinend ist das sogar so, wenn er in deinen Gedanken ist.«

»Was?« Ich starrte ihn an.

»Die Déjà-vus. Unser Herzflüstern«, sagte Sam. »Das hat von Anfang an immer nur geklappt, wenn Phil nicht in der Nähe war. Ich habe es erst nicht gemerkt, aber schon auf dem Schiff hatte ich mal den Verdacht. Und seit wir hier sind, hab ich die ganze Zeit darauf geachtet. Glaub mir, es stimmt. Sobald Phil auftaucht, ist unsere Verbindung weg. Manchmal muss ich ihn sogar nur erwähnen, und wir haben keinen Draht mehr zueinander. Und wenn du so intensiv an ihn denkst wie offenbar eben, als du mir alles erzählt hast, passiert das anscheinend auch.«

»Das kann nicht sein«, sagte ich. »Das ist doch völlig unlogisch. Wieso Phil? Wieso nicht Arthur oder William? Oder irgendwer sonst auf der Welt?«

Ich war echt empört, aber ich fühlte mich gleichzeitig auch ein bisschen ertappt. Das zwischen Phil und mir war natürlich ganz anders als meine Freundschaft zu Arthur oder William oder irgendwem sonst auf der Welt. Seit heute sogar noch mehr als früher. Phil war einfach besonders, und deswegen fühlte sich das zwischen uns auch besonders an. Aber das war alles rein freundschaftlich, das wusste ich genau. Und deswegen hatte es auch nichts mit mir und Sam zu tun. Überhaupt gar nichts. Warum also jetzt darüber reden?

Sam sah mich mit seinen dunklen Augen an. »Lou, ich glaub dir ja, was du sagst. Aber ich weiß einfach nicht, ob das mit Phil wirklich harmlos ist. Denn irgendwas ist da mit ihm und unseren Déjà-vus, das spüre ich deutlich. Und ich versteh es nicht. Vielleicht liegt es ja an mir.« Er zögerte, als würde er darüber nachdenken, was er falsch gemacht hatte, und jetzt fühlte ich mich wirklich schlecht. Denn wenn Sam mit dem Verdacht recht hatte, dass Phil unsere Verbindung unterbrach, und wenn es überhaupt einen Grund dafür gab, dann musste der bei mir liegen. *Ich* war ja diejenige, die gerade nicht alles sagte, was sie dachte. Aber das konnte ich nicht, es ging einfach nicht, ich war gerade komplett überfordert. Hey, ich hatte eben am Grabstein meiner Eltern gestanden und meinen

Namen darauf gelesen. Das war ganz schön heftig gewesen. Und Phil, na ja, er hatte diese verfahrene Situation irgendwie ein bisschen einfacher gemacht. Zwischen Sam und mir hingegen machte das Herzflüstern immer alles so unendlich kompliziert. Deswegen war ich momentan sogar ganz froh über die Funkstille zwischen unseren Herzen. Aber das konnte ich jetzt doch nicht sagen. Sam hätte es garantiert falsch verstanden. Und das war momentan auch gar nicht unser wichtigstes Problem, fand ich. »Ich weiß einfach nicht mehr, wo mir der Kopf steht«, sagte ich völlig verzweifelt.

Sams Miene wurde auf einmal ganz weich. Auch ohne Herzfunk schien er mir anzusehen, wie schlecht es mir ging. Er erhob sich von seinem Sessel, kam zu mir und zog mich in seine Arme. »Mach dir keine Sorgen, Lou, wir wissen bestimmt bald schon mehr«, murmelte er in mein Ohr.

Ich schob ihn behutsam auf Abstand. »Warum? Was meinst du?«

»Ich hab auf der Rückfahrt im Zug diesen Internettest gemacht«, sagte Sam. »Denselben wie du. Und wenn wir das Ergebnis haben, wissen wir vielleicht genug über uns, um diesen echten Doktor Psi einfach mal anzurufen. Wir haben so viele Fragen, wir brauchen echt langsam Antworten. Vielleicht kann er sie uns geben.«

»Du hast also deine Testergebnisse auch nicht sofort bekommen?«, hakte ich nach.

Sam schüttelte den Kopf und grinste. »Nein. Mir wurde gesagt, dass mein Teleempathiescore so hoch sei, dass sich ein Mitarbeiter persönlich bei mir melden wird.«

Ich lächelte matt. »Kommt mir irgendwie bekannt vor. Also müssen wir wieder warten. Und jetzt?« Ratlos sah ich Sam an.

»Jetzt lösen wir erst mal ein paar unserer Probleme, statt neue herbeizureden.« Sams Gesicht war auf einmal ganz nah.

»Das fängt schon mal gut an«, murmelte ich, als ich seine Lippen an meinen spürte. Und dann sagte ich gar nichts mehr, denn einige Probleme lösten sich wirklich in Luft auf, als wir uns küssten. Plötzlich war die Verbindung zwischen uns nämlich wieder da, und wir fühlten, wie sehr wir uns liebten. Und zwar beide. Unsere Herzen schlugen im selben Takt.

# Kapitel 15

*Wer neue Ufer erreichen will, muss alte verlassen.*

Üben, üben, üben, so lautete jetzt unser Motto. Einerseits war das auf Moonrose Manor nicht ganz einfach, denn wir waren hier zu Gast und konnten uns nicht einfach aus allem ausklinken. Zumal ja niemand was von unserer Gabe wissen durfte (außer Amy natürlich, der ich auch die aktuelle Entwicklung erzählt hatte). Andererseits war es aber gerade in diesen Tagen auf Moonrose einfacher als sonst, Geheimnisse zu haben. Alle waren nämlich mit den Ballvorbereitungen beschäftigt, und das Herrenhaus summte und brummte vor Geschäftigkeit wie ein Bienenstock.

Sophie hatte Einladungen an all ihre Freunde verschickt, und beim Frühstück servierte Mortimer ihr auf einem silbernen Tablett einen Stapel Zu- und Absagen. Sie steckten in schweren Umschlägen aus Büttenpapier, und viele waren mit Ehrfurcht einflößenden roten, schwarzen und silbernen Siegeln verschlossen.

Fast jeder Brief versetzte Sophie in helle Aufregung. »Himmel, Davina Pankbottom kommt. Wer hätte das gedacht. Ich war so sicher, dass sie *nicht* kommen würde. Mensch, sie und ihre Eltern sind doch sonst immer den ganzen Sommer über auf ihrem Weingut in Italien. Warum müssen sie dieses Jahr eine Ausnahme machen?«

»Was ist denn so schrecklich an ihr, außer dem Namen?«, wollte Amy wissen. »Und warum lädst du sie überhaupt ein, wenn du sie nicht magst?«

Sophie seufzte. »Sie ist eine Cousine von mir, ich muss sie einladen, es wird erwartet. Und so schrecklich ist sie eigentlich gar nicht. Außer auf Partys. Da will sie nämlich immer singen. Sie hält sich für eine personifizierte Nachtigall. Wenn ein Orchester da ist, steht sie spätestens um zehn auf der Bühne und hat ein Mikro in der Hand. Und krieg sie da mal wieder runter, das ist fast unmöglich. Unnötig zu erwähnen, dass sie keinesfalls die Nachtigall ist, für die sie sich hält. Sie klingt eher wie ein Truthahn. Oh nein!« Sophie hatte den nächsten Umschlag geöffnet.

»Was ist?«, fragte ich.

»Estelle Fitzwalter hat sich ein Bein gebrochen. Ich muss sie sofort anrufen. Sie muss trotzdem kommen, und wenn wir sie reintragen.«

»Wer ist Estelle?«

»Eine Freundin aus meiner Klasse. Sie ist unglaublich witzig. Wenn Estelle da ist, wird es nie langweilig. Sie ist übrigens die Einzige, die es schafft, Davina von der Bühne zu bekommen.«

»Wie denn?«, wollte ich wissen.

Sophie zuckte mit den Schultern. »Sie schleicht sich immer zum Mischpult, dreht ein paar Knöpfe, und schon gibt

Davinas Mikrofon schrille Pfeiftöne von sich. Oh nein!« Wieder hatte Sophie nebenher einen Umschlag geöffnet und ein paar Zeilen überflogen.

»Was?«

»Christopher kommt nicht. Das ist aber schade.« Ich musste nicht fragen, warum Sophie das bedauerte, ihr Gesicht sprach Bände.

Ähnliche Wechselbäder der Gefühle durchlebte auch Mortimer während dieser Tage. Lady Eliza hatte ihn nämlich beauftragt, den großen Salon von Moonrose Manor zum Ballsaal umzufunktionieren. Das war der Raum, in dem Lord Ashcroft uns nach unserer Ankunft begrüßt hatte, der schönste im ganzen Haus, mit seiner hellgrünen Blumentapete, den vielen Fenstertüren zur Terrasse, den Palmwedeln, tropischen Blüten und dem Springbrunnen in der Mitte. Eine verantwortungsvolle Aufgabe, der Mortimer mit so großem Ernst nachging, als wäre er wirklich Butler auf Moonrose Manor.

In diesem Raum stand Mortimer, als wir am späten Vormittag auf einen Vorschlag von Lady Eliza hin alle zusammen den Fortschritt der Arbeiten inspizierten.

»Sind Sie zufrieden mit den Vorbereitungen?«, fragte Lady Eliza.

»Nun ja«, gab Mortimer gedehnt zurück.

»Stimmt etwas nicht?«, hakte Eliza Ashcroft nach.

Mortimer rieb sich verlegen das Kinn. »Ich weiß nicht, wie ich es sagen soll …«

»Einfach ganz offen«, forderte die Lady ihn auf. »Worum geht es?« Sie hakte Lord Ashcroft unter und trat näher.

Sichtlich am Ende mit seinen Nerven erklärte Mortimer uns sein Problem. Die Möbel mussten raus, damit wir tanzen konnten, so viel war klar. Aber der Brunnen war fest installiert, er musste also bleiben, und das schien für Mortimer eine echte Katastrophe zu sein. »Mit Verlaub, es ist nicht klug, einen Springbrunnen mitten auf der Tanzfläche zu platzieren, da sind Unfälle vorprogrammiert.« Er rang verzweifelt die Hände.

»Wir haben ihn nicht dort platziert, er steht da eben«, sagte Lord Ashcroft würdevoll. »Und wir tanzen auf Moonrose seit hundert Jahren um diesen Brunnen herum, ohne dass je etwas passiert ist.«

»Darling, das stimmt nicht«, mischte sich Lady Eliza ein. »Wir tanzen seit gefühlt hundert Jahren auf Moonrose gar nicht mehr. Und zwar, *weil* dieser Brunnen genau hier steht, an dem sich Christobel Beaufort, wie du sehr gut weißt, bei einer Kollision im Walzerschritt schon einmal fast die Rippen gebrochen hat. Im Übrigen beweisen Baupläne, dass der Brunnen ursprünglich in der Eingangshalle stand. Wo er meiner Meinung nach auch wieder hingehört.«

»Hmpf«, sagte der Lord. »Schon wieder diese Diskussion.« Anscheinend hatte dieser Brunnen also doch schon zu manch einem Zwischenfall geführt.

Lady Ashcroft wechselte einen raschen Blick mit Mortimer. Dann blinzelte sie ihm zu. Oder hatte ich mich getäuscht? War ihr nur ein Staubkorn ins Auge geraten? Jetzt war ihr Blick auf einmal wieder ganz ruhig, nichts schien ihre Sicht zu trüben. Und Mortimer ließ sich auch nichts anmerken, er nahm ein

Staubtuch und wienerte hochkonzentriert an der Brunnenfigur herum, einer Nymphe, die in einer Muschel planschte. Die Aufgabe schien ihn voll und ganz in Beschlag zu nehmen. »Man könnte den Brunnen ganz einfach versetzen«, sagte er beiläufig, als würde er laut nachdenken. »Er ist wunderschön, aber hier kommt er ohnehin nicht richtig zur Geltung.«

»Dann ist hier aber ein Loch im Parkett«, sagte der Lord ruppig.

»Da könnte man mit wenig Aufwand eine Rosette einpassen. Sternförmig. Intarsien aus mehrfarbigem Holz in Goldtönen. Das sähe wunderbar aus«, schlug Mortimer vor. Er trat einen Schritt zurück und betrachtete die Nymphe mit prüfendem Blick, schien aber mit dem Ergebnis seiner Arbeit noch nicht zufrieden und polierte noch einmal die Nase der Dame.

Misstrauisch musterte Lord Ashcroft seine Frau. »Das hab ich doch schon mal gehört. Steckst du etwa dahinter?«

Eliza sah ihren Mann mit der unschuldigsten Miene der Welt an. »Nein. Aber ich vermute, du wirst es noch öfter hören, denn jeder, der diesen Raum betritt, sagt es üblicherweise. Und wir erwarten am Freitag eine Menge Gäste.«

Lord Ashcroft wandte sich an seine Nichte. »Sophie, was meinst du denn dazu?«

»Ich mochte den Brunnen hier noch nie«, sagte Sophie ganz direkt. »Ich finde, er müffelt.«

»Er müffelt?«, echote Lord Ashcroft entsetzt.

Sophie nickte. »Er riecht modrig und fischig.«

Mortimer nickte. »Brunnen in Wohnräumen entwickeln oft einen merkwürdigen Eigengeruch. In der gut durchlüfteten Eingangshalle mit ihrem Marmorboden und der enormen Deckenhöhe würde das nicht passieren.«

Ich schnupperte unauffällig. Also, ich persönlich roch nichts.

Jetzt wandte der Lord sich an mich. »Louisa, was meinst du?«

Als ich erschrocken aufblickte, fiel mein Blick auf Mortimer. Er hob die Hand und legte unauffällig den Finger an die Lippen.

»Ich, äh, habe Schnupfen«, sagte ich.

Lord Ashcroft blickte von Mortimer zu Sophie und zuletzt zu seiner Frau. Er seufzte abgrundtief. »Würden wir den Umbau denn noch rechtzeitig vorm Ball schaffen?«

»Oh, das wäre kein Umbau«, sagte Lady Ashcroft. »Nur eine kleine Renovierungsarbeit.«

»Mit Verlaub.« Mortimer deutete eine kleine Verbeugung an. »Ich habe Kontakt zu sehr guten Handwerkern und könnte das organisieren.«

Lord Ashcroft warf seiner Frau noch mal einen langen Blick zu, dann seufzte er und nickte. »Also gut, veranlassen Sie alles.« Mit einem weiteren, wirklich abgrundtiefen Seufzer verließ er den Salon. Als er an mir vorbeiging, sah ich kurz ein Lächeln über seine Lippen huschen. Am Boden zerstört war der Lord ganz eindeutig nicht.

Kaum war er weg, hoben Lady Eliza und Sophie die Hände und klatschten sich ab. »Tschakka!«, sagte Sophie.

Lady Eliza wandte sich strahlend an den Butler. »Mortimer, Sie sind ein Genie.«

Der wieder durch und durch gelassene Mortimer streifte ein Stäubchen von seinem Ärmel, um seine Lippen spielten ein feines Lächeln. »Es war mir eine Ehre«, sagte er mit einer knappen Verbeugung.

Bis auf diesen kleinen Zwischenfall waren wir Gäste allerdings nicht in die Ballvorbereitungen einbezogen. Wir bemühten uns also, nicht zu sehr im Weg zu stehen, und jeder machte das, worauf er gerade Lust hatte.

Cleo zum Beispiel saß immer noch stundenlang in der Bibliothek. Sie las dort anscheinend die Unterlagen, die der Lord über Jahre hinweg bei der Verwaltung ihrer Häuser in Chickwick zusammengetragen hatte. Um sich fortzubilden, wie sie sagte. »Ich hab das alles nun mal geerbt, da muss ich auch darüber Bescheid wissen. Und es ist interessanter, als ich dachte.«

Die Drillinge hatten angeboten, die drei Boote wieder flottzumachen, die Sophie während des Balls am Teichsteg befestigen wollte. Der Gärtner hatte sie erst nach langer Suche in desolatem Zustand in einem der Schuppen entdeckt. Nun wollten die Jungs sie abschleifen, neu lackieren und außerdem auch noch taufen, was sofort zu einem Wettstreit ausartete. Jeder schnappte sich eins der Boote und verkündete wortreich, es zu einem Prachtkahn zu machen, während die peinlichen Pötte der beiden anderen beim Ball wohl leider mit Mann und Maus untergehen würden.

»Wusstet ihr«, begann William, und alle grinsten, denn so fing er immer an, wenn er seine Weisheiten verbreitete.

»Wusstet ihr, dass man auf See auch dann ›Mann über Bord‹ ruft, wenn eine Frau ins Wasser fällt?«

»Nein, wussten wir nicht«, sagte Arthur. »Aber wusstest du, dass neunzig Prozent aller Fälle von Mann über Bord tatsächlich Männer betreffen? Und zwar solche, die betrunken vom Deck pinkeln wollten und abgestürzt sind?«

Das hatte nun wiederum William nicht gewusst.

»Es ist immer so bildend, mit euch Zeit zu verbringen«, meinte Amy. Sie bot an, die drei bei ihrer Arbeit an den Booten zu unterstützen, was mit großer Begeisterung angenommen wurde. Und vermutlich die Chancen der Boote erhöhte, am Balltag auch wirklich wassertauglich zu sein.

Sam und ich fanden also reichlich Gelegenheit, uns unbemerkt zu verdrücken, und vermutlich ließen die anderen uns ziehen, weil sie dachten, wir wollten uns nur ungestört küssen.

Dabei war das gar nicht der Grund. Na gut, nicht NUR. Wir übten auch stundenlang, unsere Herzen flüstern zu lassen. Was gar nicht so leicht war. Und diesmal lag das nicht an Phil, den wir seit unserem gestrigen Gespräch beide in einer Art stillen Übereinkunft nicht mehr erwähnt hatten. Denn Sam hatte recht, bevor wir neue Probleme in Angriff nahmen, brauchten wir zuerst ein paar Lösungen für die alten.

Konkret sah unser Training so aus, dass wir eine lange Radtour machten. Dabei wollten wir alle zehn Minuten anhalten und notieren, wann wir uns gegenseitig spürten und wann nicht. Nach zwei Stunden hatte die Liste erst drei Einträge.

»Picknick?«, fragte Sam und bremste am Rande einer Wiese voller Bäume.

Ich folgte seinem Beispiel. »Jep. Machen wir Pause. So bringt das sowieso nichts. Ich hab den Eindruck, je mehr wir uns darauf konzentrieren, uns zu spüren, desto weniger tun wir es.«

Sam lehnte sein Rad an einen knorrigen Baum und nahm den Korb vom Gepäckträger. »Aber damals auf dem Schiff haben wir auch Übungen gemacht, und da hat es geklappt. Wir saßen Rücken an Rücken auf dem Deck und haben Fotos angesehen. Und wir wussten immer, ob der andere ein lustiges oder ein trauriges Bild vor sich hatte.«

»Da waren wir lockerer«, sagte ich. »Vielleicht liegt es daran.«

Und tatsächlich, als wir zusammen auf der karierten Decke saßen und die von der Köchin liebevoll zubereiteten Sandwichs aßen, war der Draht wieder da. Aber nur so lange, bis wir die Uhrzeit und seine Intensität notierten. Sofort war er wieder weg.

»Wir müssen insgesamt wieder lockerer werden«, sagte ich. »Du darfst nicht denken: Hey, ich will jetzt Lous Gefühle spüren, verflixt noch mal. Du musst einfach deine eigenen ausblenden. Und stell dich mal innerlich nicht auf Senden. Geh eher auf Empfang.«

»Okay.« Sam legte sich zurück und blickte in den Himmel. Ich tat dasselbe. Und pling. Da war sie, unsere Verbindung.

»Hey, genial«, flüsterte Sam.

»Ich glaub, du musst gar nicht flüstern«, flüsterte ich zurück. »Es ist allein der Unterschied zwischen Wollen und Wünschen.«

»Wie meinst du das?«

»Stell dir vor, es wäre Weihnachten. Und da gäbe es etwas, das du gern hättest. Jetzt denk mal: Ich WILL das. Unbedingt. Das ist hart und klar und zielgerichtet. Denkst du aber, ich WÜNSCHE es mir, dann bleibt alles weich und abwartend und in der Schwebe. Trotzdem ist es nicht weniger eindringlich. Und diese Schwebe, die brauchen wir auch beim Herzflüstern.«

Tja, genau das war der Punkt. Als wir aufhörten, uns spüren zu *wollen*, es uns aber stattdessen hoffnungsvoll *wünschten*, klappte alles wieder wie früher. Nach dem Picknick radelten wir weiter, streichelten Kühe und Pferde, wateten durch Bäche. Und immer, wenn wir eine Verbindung spürten, machten wir weitere Tests. Wir probierten zum Beispiel, wie weit wir auseinander gehen konnten, bevor sie abriss (ziemlich weit) und was sie sonst noch unterbrechen konnte, wenn sie endlich mal stand. (Schwer zu sagen. Manchmal reichte ein Niesen, und manchmal war sie quasi untrennbar.) Und besonders leicht begannen unsere Herzen zu flüstern, wenn sie ohnehin schneller schlugen als sonst. Wenn wir aufgeregt waren (zum Beispiel, als eine Kuh auf uns zu trabte) oder sauer (als sie Sam in die Hand biss). Glücklich (als ich Sam zum Trost küsste) oder ängstlich (als wir merkten, dass die Kuh ein Stier war). Sogar als unser Puls nur deswegen stieg, weil wir bergauf radelten, spürten wir sofort gegenseitig unsere Gefühle. (Was eigentlich nicht hätte sein müssen. Ich hätte meine schlechte Kondition gern überspielt.) Zusammenfassend konnte man wohl sagen: Wir nahmen uns immer dann besonders gut wahr, wenn wir gerade das Leben besonders intensiv spürten.

Sobald wir aber auch nur an Phil dachten, war alles weg. Denn auch an dieses Thema hatten wir uns nach den ersten Erfolgen vorsichtig herangewagt.

»Ich hatte also recht«, sagte Sam. Wir waren nach Moonrose zurückgeradelt, saßen am Teichufer und fütterten mit den Resten unseres Picknicks die Enten, die vor uns im dichten Schilf herumpaddelten. Niemand wusste, dass wir schon zurück waren, das Schilf verbarg uns vor den Blicken der anderen, die immer noch am gegenüberliegenden Ufer an den drei Kähnen arbeiteten. Aber wir wussten, dass Phil da drüben war, und schon das reichte aus, um den Draht zwischen Sam und mir komplett zu cutten.

»Es spricht wirklich einiges dafür, dass du recht hast«, gab ich widerwillig zu. »Aber es passiert bestimmt nur, weil du so fest daran glaubst. Und mich hast du auch damit angesteckt. Wir verkrampfen, wenn wir nur daran denken, dass Phil unsere Verbindung beendet.« Aber ich sah auch die positive Seite dieses Phänomens. »Eigentlich ist das ja sogar ganz praktisch. Wenn wir wieder mal so ein ekliges Echo-Dings haben, das uns nur Probleme macht, denken wir einfach an Phil, und schon ist es vorbei.«

»Hallo?«, hörten wir da Phils Stimme, der plötzlich vor uns mit seinem Boot durch das Schilf brach. »Was macht ihr denn hier? Und was ist mit mir?«

»Ich sagte: Gerade denkt man an dich, und schon kommst du vorbei«, wich ich aus.

»Ja, so kann ich sein«, meinte Phil vergnügt. Dann benutzte er das Ruder wie ein venezianischer Gondoliere als Stange und stocherte laut *O Sole Mio* singend durchs Schilf zu seinen Brüdern zurück.

Irgendwie fühlte ich mich plötzlich ein bisschen schlecht.

Phil störte unsere Verbindung, ohne etwas dafür zu können oder auch nur davon zu wissen. Als würde er unbewusst über irgendeine zerstörerische Kraft verfügen. Aber er war der freundlichste und warmherzigste Mensch, den man sich nur denken konnte, und es wäre extrem ungerecht, ihm so etwas auch nur ansatzweise zu unterstellen. Es lag bestimmt nicht an ihm, sondern allein an uns, das schien mir nach diesem Tag sicher. Wir mussten einfach wieder lernen, uns zu entspannen, selbst wenn er da war, und alles war gut. Es wäre so schade, wenn auf unserer Freundschaft irgendein Schatten läge.

Die Drillinge und Amy hatten die Boote inzwischen repariert. Sie sahen zwar nicht gerade wie neu aus, aber sie waren sauber und wasserdicht. Getauft wurden sie mit Teichwasser, und zwar auf die Namen Niña, Pinta und Santa Maria, nach den drei Segelschiffen von Kolumbus. Das fand ich angesichts der baufälligen Boote zwar eine Schuhnummer zu groß, aber okay, da spielte wohl auch so was wie Vaterstolz bei den Jungs mit. Und wie William betonte, war die Santa Maria schmachvoll gesunken. Vielleicht passten die Namen also doch.

Die Taufe, die besinnlich mit Lobreden der drei Kapitäne auf sich selbst begonnen hatte, artete schließlich zu einer Seeschlacht aus.

»Alles klar zum Entern«, trötete Phil.

»Wohl eher zum Kentern«, behauptete Arthur, benutzte sein Ruder als Schaufel und schippte Phil einen ordentlichen Schwung Wasser ins Boot und ins Gesicht.

»Weiche von uns, Unhold, und nimm dies!«, dröhnte William dazwischen und gab Arthurs Boot mit seinem Ruder einen ordentlichen Schubs. Danach gab es kein Halten mehr. »Es werden keine Gefangenen gemacht!«, verkündete Phil, packte Arthurs Boot am Rand und brachte es gefährlich zum Schwanken, bevor es Arthur doch noch gelang, abzudrehen.

Weil die drei Kapitäne fest entschlossen waren, ihre Schiffe jeweils als Letzter zu verlassen (sie waren die Einzigen an Bord), kämpften sie, bis alle patschnass waren.

Erst dann legten sie schwer atmend an und reichten sich die Hände wie Sportler nach einem Match.

»Ihr dürft unseren flotten Dreier ruhig auch mal ausprobieren«, sagte Arthur und rieb sich das Wasser aus dem Gesicht. »Äh, unsere Dreierflotte natürlich.«

»Jetzt aber flott, sonst werdet ihr noch krank.« Amy scheuchte die tröpfelnden Drillinge energisch vor sich her. Kopfschüttelnd sahen wir der giggelnden Bande nach, als genau in diesem Moment zeitgleich unsere Handys summten.

Nachricht von Doktor Psi. Aber nicht dieselbe. Bei Sam stand *Auswertung* im Betreff, und bei mir *Wichtige Info*.

»Erst du«, sagte ich.

»Hallo Dark Knight«, las Sam vor.

»Hallo was?«, fragte ich ungläubig.

Sam zuckte verlegen grinsend mit den Schultern. »Man

musste irgendeinen Usernamen angeben, und der war noch frei.«

Ich unterdrückte ein Grinsen. »Okay, Batman, dann leg mal los.«

»Hallo Dark Knight«, wiederholte Sam mit fester Stimme und warf mir einen kurzen, aber strengen Blick zu, woraufhin ich mir mit höchster Willenskraft schnell den letzten Rest meines Grinsens aus dem Gesicht wischte.

»Die Auswertung deiner Testergebnisse gestaltet sich leider langwieriger als gedacht. Wir haben derzeit nämlich ein Computerproblem. Wir bitten dich daher noch um ein bisschen Geduld. Dein Doktor PSI-Team.«

»Aha«, sagte ich. Was sollte man dazu auch sonst sagen? »Na, immerhin nett, dass sie dich informieren.«

»Was steht bei dir?«, wollte Sam wissen.

Ich überflog die Zeilen der Mail. »Hallo Isa! Hattest du inzwischen Erfolg mit der Suche nach deinen Eltern? Kannst du deine Testdaten aktualisieren? Falls ja, solltest du das tun, dann berechnen wir deinen Punktescore neu. Falls nicht, haben wir noch einen Tipp für dich: Da deine Eltern vor deiner Geburt bei einem Unfall ums Leben gekommen sind, würde es sich vielleicht lohnen, einmal nach den genaueren Unfallumständen zu fragen. Und zwar jemanden, der es wissen muss. So würden zumindest wir in diesem Fall vorgehen. Aber natürlich respektieren wir deinen Wunsch, auf unsere Hilfe zu verzichten. Mit herzlichen Grüßen, dein Doktor PSI-Team.«

»Woher wissen die das?« Ich starrte Sam entsetzt an.

»Was?«

»Na, das mit dem Unfall meiner Eltern.«

»Du hast es vermutlich bei deinem Test angegeben.«

Ich schüttelte den Kopf. »Hab ich nicht.« Ich war mir ganz sicher.

»Aber es gab doch diese Frage zur Familie …«

»Die ich nicht beantwortet habe.«

»Na ja, aber wenn beide tot sind, ist ein Unfall naheliegend.«

»Sie hätten auch krank sein können.«

»Ja, du hast recht, das ist definitiv seltsam. Nur …«

»Was?«

»Blöd ist die Idee trotzdem nicht«, sagte Sam. »Ein Unfall auf See muss doch bestimmt irgendwo Hinweise hinterlassen haben.«

»Aber findest du nicht, dass das hier wie eine Art Schnitzeljagd ist? Irgendwie unheimlich! Die geben mir immer Tipps, wie in einem Spiel, und dann finde ich die nächste Station.«

Sam runzelte die Stirn. »Stimmt schon, den Eindruck könnte man haben. Aber es könnte auch Zufall sein.«

»Mir ist das langsam ein bisschen zu viel Zufall. Die schicken mich nach Chickwick. Prompt treffe ich Callum. Er erwähnt Norwood Gap. Und schwupp, da ist dieser Grabstein. Und jetzt geben sie mir wieder einen Tipp. Mal sehen, was ich diesmal finde.«

»Du meinst, die vom PSI-Institut ermitteln im Hintergrund mit? Parallel zu uns?«, fragte Sam. »Obwohl du sie nicht darum gebeten hast? Und greifen sogar hin und wieder ein?«

»Wäre das möglich?«, überlegte ich laut.

Sam schüttelte den Kopf. »Schwer zu glauben«, sagte er. »Sie wissen ja gar nicht, wo du bist.«

»Und wenn doch? Die haben doch mal geschrieben, dass sie bei dem Test auch sehen konnten, welche Internetseiten ich vorher besucht hatte. Und als ich den Test damals auf der Hotelterrasse beim zweiten Anlauf fertig gemacht habe, hatte ich vorher auch mal Moonrose Manor gegoogelt. Vielleicht haben sie das mitbekommen.«

Sam nickte nachdenklich. »Stimmt. So könnte es sein. Und wer weiß, was du noch gegoogelt hast. Vielleicht auch so was wie Dixon und Unfall oder so. Vermutlich bist du mit deinem Score wissenschaftlich betrachtet ein extrem interessanter Fall. Deswegen wollen sie dich mit genau auf dich abgestimmten Werbemails ködern, doch noch mit ihnen zusammenzuarbeiten.«

»Ja, vielleicht«, räumte ich ein. »Legal ist das aber bestimmt nicht.«

Sam nickte. »Aber vielleicht auch nicht so schlimm. Immerhin helfen dir die Tipps ja wirklich. Und du bist schließlich nicht mehr lange hier. Die wirst du schon wieder los.«

Gedankenverloren starrte ich die drei kleinen Boote an, die vor uns im Wasser dümpelten und die Namen der berühmtesten Segelboote der Welt trugen.

»Boote«, sagte ich plötzlich. »Sam, das ist es: Wir werden Erkundigungen über das Segelboot anstellen, mit dem meine Eltern verunglückt sind.«

# Kapitel 16

*Manchmal muss man die Wahrheit nicht suchen.*
*Manchmal muss man einfach aufhören, sie zu übersehen.*

Der Hafen von Dixon war objektiv betrachtet ziemlich hässlich. »Den Architekten, der die Häuser geplant hat, müsste man eigentlich mal zwingen, zur Strafe ein paar Monate selbst in einem zu wohnen«, sagte Sam. Ich spürte seine Abneigung gegen die Dinger, als wir daran vorbeiradelten. Und er hatte recht, ich hatte gerade etwas Ähnliches gedacht. Die niedrigen Bauten sahen alle gleich aus, und zwar gleich grau, gleich schmuddelig und gleich trist.

Aber wir wollten hier sowieso nicht viel Zeit verbringen, und alles deutete darauf hin, dass das auch nicht nötig sein würde. Der Hafen war klein und überschaubar, nur etwa dreißig Boote schaukelten auf den Wellen des Beckens, und das Hafenbüro war so winzig, dass wir uns garantiert nicht lange durchfragen mussten, um den zuständigen Ansprechpartner zu finden.

Wir parkten die Fahrräder am Rande des Geländes und gingen zu Fuß weiter.

Auf dem Kai roch es nach Öl, Fisch und Salz. Möwen

kreisten kreischend über unseren Köpfen. »Vorsicht, Pfütze.« Sam zog mich am Arm um ein Schlammloch herum.

Ich hatte erwartet, dass der fischige Geruch im Hafenbüro nachlassen würde, aber das Gegenteil war der Fall. Als wir durch die offene Tür traten, roch es sogar noch intensiver, was vermutlich an dem Krabbenbrötchen lag, in das der Mann hinter der Theke gerade mit großem Appetit hineinbiss. Wie seine Mundwinkel verrieten, war reichlich Mayonnaise darauf. Er tupfte sich mit einer Serviette die Lippen ab, allerdings an der falschen Stelle. Ich musste mich zwingen, ihm in die Augen und nicht auf den Mayonnaisefleck zu sehen, als er jetzt mit vollem Mund fragte: »Wie kannsch eusch weiterhelfen?«

»Ich suche Infos über einen Segelunfall«, sagte ich.

Er schluckte den Bissen runter. »Segelunfall? Davon ist mir nichts bekannt.«

»Das war schon 2003. Isabella und Charles Maxwell.«

Treffer. Der Mann zuckte zusammen und sah mich prüfend an.

»Du bist eine Verwandte von Isa, stimmt's?«

»Sie war meine Tante«, sagte ich mit fester Stimme.

»Sieht man«, stellte er fest.

»Ich will mehr über den Unfall wissen«, redete ich einfach drauflos, obwohl es mich sehr aufwühlte, dass ich hier offenbar vor einem Mann stand, der meine Mutter gekannt hatte. »Aber niemand in unserer Familie spricht gern darüber. Und weil ich gerade in der Gegend war, dachte ich, ich frag mal hier. Können Sie mir weiterhelfen?«

Der Mann musterte noch einmal mein Gesicht, dann

nickte er. »Seltsame Sache das, damals. Konnte nie ganz geklärt werden. Die beiden waren oft hier, sie waren gute Segler. Aber an diesem Tag hätten sie einfach nicht rausfahren dürfen, es gab eine Wetterwarnung.« Er hielt kurz inne und dachte nach. »Und normalerweise hatten sie immer ein Funkgerät dabei. Diesmal offenbar nicht. Es kam kein Notruf.« Wieder machte er eine Pause, als versuche er, sich an alle Einzelheiten zu erinnern. »Das Seltsamste aber war, dass sie abends raus sind. Mit einem Baby. Ausgerechnet bei einer solchen Wetterlage. Sicher, das Boot hatte eine Kajüte. Aber wer segelt denn mit einem Neugeborenen abends bei Schlechtwetterwarnung aufs offene Meer?«

Es war kurz so still im Hafenbüro, dass sich das Ticken der kleinen Uhr auf dem Schreibtisch wie harte, metallische Schläge anhörte.

»Und dann?«, fragte ich leise.

»Keiner hat je wieder etwas von ihnen gehört oder gesehen. Das Boot wurde ein paar Tage später zerstört an die Klippen getrieben, aber von den Insassen gab es keine Spur. Und von der Kleinen auch nicht. Dabei war die Kabine unversehrt.«

Wieder tickte die Uhr unangenehm laut. Oder kam mir das nur so vor?

»Vielleicht hatten sie doch nicht genug Erfahrung mit dem Boot und dem Meer«, überlegte Sam, und ich war dankbar, dass er das Gespräch jetzt übernahm. »Sie waren ja nicht von hier, sie waren Touristen.«

Der Mann wog nachdenklich den Kopf. »Sie kamen aus

London, das stimmt. Aber Touristen würde ich sie nicht nennen. Eher Gäste. Isabella war ja die Nichte von Paddy Peabody, sie hat ihn oft und gern besucht, und das Boot gehörte ihm. Allerdings nur noch auf dem Papier. Er war schon ewig nicht mehr damit draußen gewesen. Die beiden dafür umso öfter, sie kamen fast jedes Wochenende, faktisch gehörte es längst ihnen. Sie kamen gut damit klar. Richtig gut.«

»Paddy Peabody?«, fragte ich.

Er sah mich misstrauisch an. »Kennst du ihn nicht? Du bist doch mit ihm verwandt.«

»Ach so, Großonkel Pat. Klar.«

»Pat? So hat ihn nie jemand genannt.«

»Ich schon«, behauptete ich. Und um von meinem Fehler abzulenken, fragte ich schnell: »Und das Kind kam hier in Dixon zur Welt? Obwohl sie in London lebten?«

Jetzt wirkte der Mann noch misstrauischer. »Nein, wie kommst du denn darauf? Es wurde in London geboren. Es war an diesem Tag zum ersten Mal hier, leider habe ich es nie gesehen.«

Ich sah, wie es in seinem Kopf ratterte. Irgendwie musste ich mich verraten haben.

»Danke für die Infos«, sagte ich rasch. »Sie haben mir sehr weitergeholfen.«

Ich wandte mich ab, um zu gehen, aber Sam hatte noch eine Frage. »Wie hieß eigentlich das Boot?«, wollte er wissen.

»Es war eine sehr alte Yacht«, sagte der Mann. »Sie hieß Déjà-vu.«

»Amy?« Ich klopfte an die Zimmertür meiner Freundin. »Hallo?«

Als keine Antwort kam, klopfte ich lauter. »Amy? Bist du da?«

Verflixt, ich musste unbedingt mit ihr reden. Wo steckte sie nur?

Vorsichtig öffnete ich die Tür einen Spalt breit und da hörte ich Amys Stimme. Sie sang nebenan im Bad, die Badezimmertür stand offen.

»Amy, stör ich?«

Der Gesang verstummte. »Lou?«, hörte ich sie fragen.

»Ja, ich bin's.«

»Oh, super, komm rein.«

Ich trat in ihr Zimmer, schloss die Tür und setzte mich auf einen geschwungenen Sessel, der am Fenster stand. Was immer Amy gerade tat, es roch gut.

»Was duftet da so?«, rief ich nach nebenan.

»Badeschaum«, kam es zurück, Wasser schwappte, Amy prustete. »Laut Aufschrift sind das die Wohlgerüche englischer Rosen. Komm rüber, ich will hier nicht raus, ich hab die schönste Wanne der Welt.«

Amy lag tatsächlich in einer traumhaften Badewanne. Sie hatte Klauenfüße und war insgesamt richtig tief. Nur Amys Kopf ragte aus den rosaroten Schaumbergen heraus, die einen feinen, unaufdringlichen Duft verströmten. Kein Wunder, dass sie beste Laune hatte.

Das lag aber anscheinend nicht allein am Schaumbad. »William findet es gut, dass mein Ballkleid rosa ist, er sagt, dass das super zu mir passt.« Sie tupfte sich ein rosa Schaumkrönchen aufs Haar. Und dann einen rosa Spitzbart ans Kinn.

»Da hat er recht.« Ich zog die flauschige, weiße Badematte an die Wand, setzte mich darauf und lehnte mich zurück. Nicht nur die Wanne, das ganze Badezimmer war toll. Es war riesig, die Wasserhähne waren echt antik, und die Fliesen hatten ein zartes blau-weißes Rankenmuster. Plötzlich kam es mir gemein vor, Amy die rosarote Badewannenlaune zu verderben.

»Und, stell dir vor, William findet meine Schuhe hübsch«, jubilierte sie gerade.

Wow, William hatte eine Meinung zu Schuhen? Hätte ich nicht gedacht.

Vergnügt schöpfte Amy Schaum in ihre Hände und klatschte. Winzige rosa Schaumwölkchen flogen auf. »Wusstest du«, begann sie, und schon nach diesen ersten beiden Worten war klar, dass wieder was von William kommen würde. »Wusstest du, dass in dem Wäldchen im Park vor zweihundert Jahren ein Schmuckeremit gelebt hat? William hat das erzählt.«

»Ist das ein Käfer?«, fragte ich, nicht, weil es mich gerade wirklich interessierte, sondern weil ich nett sein wollte.

»Nein, ein Einsiedler, der dafür bezahlt wurde, dass er sieben Jahre im Wald lebte. Er durfte sich weder kämmen noch die Fingernägel schneiden und musste sich dreimal täglich mit wirrem Haar und irrem Blick von Weitem sehen lassen. Den Rest der Zeit konnte er nachdenken und philosophieren oder was auch immer. Das war damals unter Adligen ziemlich in. Jeder wollte so einen Sonderling im Garten haben. Eine Art lebenden Gartenzwerg. Er wurde fürstlich entlohnt.«

»Klingt nach 'nem guten Job«, sagte ich.

»Ja, find ich auch. Und gerade als William das erzählt hat, kam ein Mann aus genau diesem Wäldchen. Mensch, sind wir erschrocken. Er hatte aber keine wirren Haare, sondern gar keine. Und er hat gefragt, ob er das Schloss besichtigen kann, weil er sich für Tudorschlösser interessiert.«

Was? Jetzt wurde ich hellhörig. Schon wieder? Etwa derselbe Typ? »Wie sah er aus? Hatte er echt keine Haare?«

»Nö. Kein einziges. Er war mittelalt, klein, rund, dick und komplett kahl. Und er trug kurze Hosen und Sandalen mit Socken. Iih!«

Okay, nie gesehen. Moonrose Manor war anscheinend echt beliebt unter Tudorexperten, alle wollten hier rein, und beim Anblick dieses Badezimmers konnte ich das sogar verstehen.

»Und weißt du, was William zu ihm gesagt hat?«, plauderte Amy weiter.

Nein, wusste ich nicht. Aber dass das hier ein klassischer Fall von Erwähnungszwang war, das war mir klar. Amy klang ganz schön verliebt.

»Er hat dem Typ gesagt, dass Moonrose gar kein Tudorschloss ist, sondern reinste Neorenaissance. Der hat vielleicht geguckt.«

»Na, das scheint ein weit verbreiteter Irrtum zu sein«, sagte ich. »Alle halten es für Tudor.«

»Ich kann William ja mal fragen, wo die Unterschiede liegen«, sagte Amy und lächelte bei diesem Gedanken.

»Ja, mach das«, sagte ich. Dabei gab es kaum etwas, das mich gerade weniger interessierte als der Baustil von Moonrose Manor.

Irgendwie musste Amy mir was angemerkt haben, obwohl ich mir echt Mühe gegeben hatte, gut zuzuhören. Sie sah auf, musterte mich und bemerkte meinen Gesichtsausdruck. »Lou, was ist los?«, wollte sie sofort wissen. »Du bist ja ganz blass. Warte, ich komm raus.«

»Nein, alles okay, mir geht's gut, bleib drin«, beruhigte ich sie. »Aber darf ich dir kurz was erzählen?«

»Natürlich!«

Und das tat ich dann. Ich berichtete ausführlich von unseren Erlebnissen am Hafen. Was richtig gut tat, denn ich kenne niemanden, der so zuhören kann wie Amy. Wenn sie sich auf etwas konzentriert, saugt sie die Wörter förmlich auf. Sie hört alle Zwischentöne und sagt danach immer was, das mir hilft.

»Hammer«, sagte sie. »Und jetzt?«

»Jetzt bin ich neugierig auf diesen Großonkel. Der die Gabe vermutlich auch hat. Sonst hätte er sein Boot ja nicht so genannt.«

»Weißt du, was mich an der Sache wundert?«, fragte Amy nachdenklich.

»So ziemlich alles?«

Amy grinste. »Ja. Und noch was. Dass du das alles so schnell herausgefunden hast. Als wärst du ein Kompass mit einer Nadel, die direkt in diese Richtung gezeigt hat. Irgendwie ist das total glattgegangen. Nach deinem Besuch bei Mary hatte deine Suche so chancenlos ausgesehen. Dann kam dieser Callum mit seinem Hinweis auf Gräber. Phil fährt dich nach Norwood Gap, und peng, da sind sie, die Namen deiner Eltern, wie hergezaubert. Und dann der Hafen, und zack, ein Großonkel. Klingt fast, als hättest du eine weitere magische Gabe.«

»Stimmt«, sagte ich. »Sam und ich haben uns schon gefragt, ob dieses PSI-Team mich irgendwie steuert. Aber vielleicht hat Mary doch recht, und das Universum regelt alles.«

»Viele glauben an so was«, sagte Amy. Aber sie klang dabei nicht besonders überzeugt.

Ich seufzte. »Es wäre echt toll, wenn man beim Universum was bestellen könnte.«

»Und was würdest du anfordern?«

»Großonkel Patrick. Er hat die Antworten auf all meine Fragen. Aber ich finde ihn nicht, weder im Internet noch im Telefonbuch.«

»Der Mann im Hafenbüro wüsste vielleicht, wo er wohnt. Du könntest ihn anrufen.«

Ich schüttelte den Kopf. »Lieber nicht. Er war sowieso schon misstrauisch, weil ich den Namen meines eigenen Großonkels nicht kannte. Und ich will auf jeden Fall vermeiden, dass er sich fragt, wer ich wirklich bin. Wenn das nämlich rauskommt, ist das für ihn garantiert ein ziemlicher Knaller, und er erzählt es überall rum. Dann muss ich Fragen beantworten, deren Antwort ich selbst noch nicht kenne.«

»Verstehe«, sagte Amy. »Vielleicht schreibt man ihn anders. Nicht Pea wie Erbse, sondern Bee wie Biene. Also Beebody.«

Ich zog mein Handy aus der Tasche und versuchte es. Fehlanzeige. Es gab keinen Beebody. Und das verflixte Handy lief immer langsamer.

»Pee wie Pipi?«, schlug Amy vor, der dieses Spiel langsam Spaß zu machen schien.

»Igitt. Warum nicht gleich Peepotty wie Töpfchen?«

Amy grinste. »Probier es aus.«

Tja, Patrick Peepotty, so hieß weltweit kein einziger Mensch.

»Komisch«, murmelte ich und starrte mein Handy an. »Der Akku ist schon wieder leer. Und das Gerät wird dauernd so heiß. Irgendwas ist damit. Es spinnt schon eine ganze Weile. Und dabei ist es noch gar nicht so alt.«

Amy hob den Kopf aus ihrem rosa Schaumkragen. »Läuft es langsamer als sonst? Öffnen sich manchmal komische Fenster? Leuchtet ab und zu die Anzeige auf, auch wenn du gar nichts machst?«

»Jep«, sagte ich. »Woher weißt du das? Macht deins das auch?«

Amy fuhr so plötzlich hoch, dass sie in der glatten Wanne ins Rutschen kam und fast untergegangen wäre. Aber sie konnte sich gerade noch am Wannenrand festhalten.

»Lou!« Sie starrte mich entsetzt an. »Dein Handy ist ziemlich sicher gehackt.«

»Was?«, fragte ich. »Wieso? Nee, oder?«

Aber Amy starrte mich mit entsetzten Augen an, und sie kannte sich ziemlich gut aus mit den Dingern. Wenn sie das also sagte, war vermutlich was dran. Und dann sickerte plötzlich in mein Bewusstsein, was das garantiert hieß …

Wenig später waren Amy und ich in Sams Zimmer. Amy hatte sich schnell achtlos irgendwas angezogen, ihre Haare waren noch feucht.

»Sam?« Meine Stimme überschlug sich vor Aufregung. »Die haben mein Handy gehackt. Und deins wahrscheinlich auch.«

Ich schnappte mir sein Gerät, das auf dem Nachttisch lag, und stopfte es unter Sams Matratze. Meins legte ich sicherheitshalber auch dazu, obwohl ich es inzwischen ausgeschaltet hatte.

»Was machst du da?«, fragte Sam völlig entgeistert.

»Schalldämpfer. Falls die mithören.«

»Glaub ich nicht«, meinte Amy. »Dafür sind die Mikros zu schlecht. Aber die lesen wahrscheinlich mit, was ihr schreibt. Und ich nehme an, dass sie eure Handys auch orten.«

»Kann mir mal einer sagen, was los ist?«, fragte Sam. »Ich kapier kein Wort.«

Was Amy dann tat. Als sie fertig war, schlug Sam sich mit der Hand gegen die Stirn. »Natürlich!«, stöhnte er auf. »Dass ich darauf nicht gekommen bin! Wir konnten die Internetseite mit dem Test ja anfangs manchmal nicht schließen. Da haben die vermutlich gerade was auf unseren Handys installiert. Und jetzt versteh ich auch, warum sie unbedingt eine Mailadresse wollten. Sie haben uns mit ihren Nachrichten Spysoftware geschickt. Seitdem wissen sie immer, wo wir sind und was wir googeln und können uns passende Tipps geben.«

Gruseliger Gedanke. Aber so musste es sein.

»Aber wer sind die? Und was wollen sie?«, fragte Amy.

»Wenn ich das nur wüsste«, sagte Sam. »Das war wirklich ein seriöses Institut. Ich war ja drin. Da arbeiten renommierte Wissenschaftler und Studenten. Und sie haben sogar eine angegliederte Klinik. Die können doch nicht mit Mafiamethoden agieren, das glaub ich einfach nicht.«

»Vielleicht gibt sich jemand im Internet nur als PSI-Team aus, obwohl die gar nichts mit dem echten Institut zu tun haben«, überlegte ich laut. »Dann sind die Tests gar nicht vom Institut. Und die Mails natürlich auch nicht.«

»Aber das würden die doch schnell merken«, wandte Amy ein. »Und sie machen ja wirklich Teleempathieforschung. Sie haben Sam doch diesen Flyer gegeben.«

»Darum kümmern wir uns später«, sagte ich. »Jetzt sind die Handys am wichtigsten. Kann man die auf Werkseinstellungen zurücksetzen? Sind sie dann wieder clean?«

Sam schüttelte den Kopf. »Das wird nicht reichen. Es gibt Programme, die trotzdem draufbleiben.«

»Dann schmeißen wir die Dinger in den Teich!«, bestimmte ich.

Doch Sam schüttelte wieder den Kopf. »Nein, tun wir nicht. Ich hab eine bessere Idee.«

Und dann erklärte er uns seinen Plan.

In dieser Nacht schlief ich schlecht. Ich träumte, ich würde mit Sam in einem der reparierten Ruderboote über den Teich von Moonrose Manor gleiten. Plötzlich sah ich vor uns Haare, die wie Schlingpflanzen im Wasser trieben, und als ich mich vorbeugte, erkannte ich in dem grünen Nass Gesichter mit geöffneten Mündern, die zu schreien versuchten, aber still untergingen. Eins davon war mein eigenes.

# Kapitel 17

*Wenn du etwas wagst, wächst dein Mut.*
*Wenn du zögerst, wächst deine Angst.*
*Mahatma Gandhi*

Am nächsten Morgen radelten Sam und ich schon um sechs nach Dixon. Wir hatten niemandem gesagt, wohin wir wollten, aber Amy wusste natürlich Bescheid. Sie würde beim Frühstück eine Ausrede für uns finden.

Unsere Handys hatten wir mit dabei, das war Teil unseres Plans. Sie steckten in unseren Jackentaschen, und wir hatten sie auch wieder eingeschaltet, aber benutzen würden wir sie natürlich nicht.

In Dixon stellten wir unsere Räder am Bahnhof ab, kauften uns Tickets und beim Bäcker was zum Frühstück, dann stiegen wir in den Bummelzug nach Brighton, wo wir eine Viertelstunde später ankamen.

Am Gleis gegenüber wartete bereits der Zug nach Portsmouth auf uns. Starten würde er allerdings erst in zehn Minuten, wir hatten noch Zeit.

Und die brauchten wir auch. Wir hatten keine Ahnung, ob wir beschattet wurden, doch falls ja, wollten wir, dass unsere

Verfolger uns jetzt nicht aus den Augen verloren. Und die Sache mit all den Leuten, die sich nach dem Tudorstil erkundigt hatten, sprach echt dafür, dass wir Verfolger hatten. Moonrose Manor war laut Wikipedia reinste Neorenaissance. Das hatte ja William schon richtig gesagt, und wir hatten es mit Amys Handy noch mal recherchiert. Und zwischen diesen beiden Stilen lagen mehrere Jahrhunderte. Kein auch nur annähernd kunstinteressierter Mensch würde sich so irren, und schon gar nicht drei auf einmal, das konnte einfach kein Zufall sein.

Deswegen warteten wir jetzt noch ein bisschen auf dem Gleis, an einer übersichtlichen Stelle, an der wir gut zu sehen waren.

Apropos Amys Handy. Das hatten wir auch dabei, sie hatte es uns geliehen. Denn ihr Gerät war ja zum Glück virenfrei.

Drei Minuten später stiegen wir ein und durchwanderten im Zug mit suchendem Blick zwei Wagen, als würden wir nach optimalen Sitzplätzen Ausschau halten. Im Übergang zum dritten waren wir dann endlich ganz allein. Unauffällig griffen wir in unsere Jackentaschen und ließen die Handys beim Weitergehen in einen Müllbehälter neben der Toilettentür gleiten. Plock, weg waren sie.

Wie wenig später auch wir. Wir durchwanderten noch einen weiteren Wagen, aber kurz vor Abfahrt des Zuges sprangen wir raus. Gerade noch rechtzeitig. Die Türen schlossen sich, der Zug setzte sich in Bewegung.

Der Bahnsteig war jetzt fast leer. Niemand beachtete uns. Geschafft!

»Da fahren sie hin«, sagte ich, und sah dem Zug wehmütig nach. »Schade. Wir haben viel zusammen erlebt. Und all meine Fotos sind jetzt auch weg, das ist fast wie ein Teil meines Lebens.«

Ich spürte, dass es Sam ähnlich ging. Er legte den Arm um meine Schulter. »Ob sie es wohl bis Portsmouth schaffen?«, überlegte er laut. »Oder ob sie vorher von einem Reinigungstrupp in Säcke gekippt und ausgeladen werden?«

Ich seufzte. »Wir werden es nie erfahren. Hoffentlich haben wir uns nicht geirrt, und sie sind gar nicht verwanzt.«

Sam schüttelte den Kopf. »Alle Tests, die ich gemacht habe, waren eindeutig. Komm, lass uns gehen, wir haben nur noch drei Minuten.«

Als wir wenig später im Zug nach Croydon saßen, atmete ich tief durch. Den ersten Teil von Sams Plan hatten wir jetzt geschafft. Der zweite allerdings war komplizierter, und wir hatten gestern lange diskutiert, ob wir ihn wagen sollten.

»Wäre es nicht besser, Sams Dad einzuschalten?«, hatte Amy gefragt. »Oder Mortimer? Oder die Polizei?«

Aber wir hatten ja nichts wirklich Brauchbares in der Hand. Nur ein paar Handy-Viren und einen vagen Verdacht, der bei genauer Betrachtung ziemlich absurd klang. Herzflüstern. PSI-Institut. Ja, klar. Ich konnte mir lebhaft vorstellen, wie die Polizisten uns ansehen würden, wenn wir ihnen damit kamen. Und ich wusste auch nicht, wie wir Sams Dad oder Mortimer erklären sollten, was hier unserer Meinung nach vor sich ging.

Aber wir konnten auch nicht abwarten, da waren wir uns einig. Und bevor wir noch weitere Fehler machten, mussten wir wissen, ob das alles was mit diesem PSI-Institut zu tun hatte.

Unser Plan hatte zwei Stufen. Wir wollten uns erst heimlich ins Gebäude mogeln, um uns unbemerkt umsehen zu können. Und wenn wir dann irgendwann angesprochen werden würden, wollten wir ganz relaxed um ein Gespräch bitten. Schließlich hatten die PSI-Leute mich mehrfach per Mail aufgefordert, ihre Hilfe anzunehmen. Das würde ich dann zum Schein einfach mal tun. Klang eigentlich ganz einfach, kein Grund zur Nervosität.

Ich seufzte, und Sam lächelte mich an. Er musste nicht fragen, um zu wissen, was los war. Ich war natürlich trotzdem nervös. Und eigentlich hätte ich mich lieber um die Sache mit meinen Eltern gekümmert und deswegen nach meinem Onkel gesucht. Aber das hier musste sein. Außerdem hatte ich ja auch gar keine Ahnung, wo ich diesen Onkel Patrick suchen sollte. Wo er wohl inzwischen lebte? Hier in der Nähe? Oder in einem ganz anderen Teil des Landes? All diese Dinge gingen mir durch den Kopf, während draußen vorm Fenster endlose Wälder an uns vorbeizogen.

Das PSI-Institut lag nicht weit vom Bahnhof entfernt, deswegen legte ich meine Verkleidung schon auf der Bahnhofstoilette an. Ich machte mir einen Pferdeschwanz, und setzte eine Schirmmütze auf, die ich mir tief ins Gesicht zog. So hatte diese Fiona ausgesehen, die Sam durchs Institut geführt hatte. Mir war klar, dass mich trotzdem niemand mit ihr verwechseln würde, aber ich hoffte, dass man mich in diesem

Look auf den Gängen des Instituts automatisch in die Schublade Studentin einordnen und nicht weiter beachten würde.

Wir kauften den Kaffee bei demselben Shop, in dem Fiona ihn kürzlich auch gekauft hatte. Und genau wie sie damals nahmen auch wir heute vier Becher, die Sam in eine eierkartonähnliche Pappschale zum Mitnehmen stellte und für mich trug.

Vor einem roten Backsteingebäude zwei Straßen weiter verlangsamte Sam seinen Schritt. »Okay, das ist es«, raunte er mir zu. »Wir müssen da jetzt reingehen, als würden wir das jeden Tag tun. Frag mich nach dem Zucker, sobald wir drin sind. Dann schlendern wir am Pförtner vorbei. Freundlich grüßen. Weiter nach rechts bis zu den Aufzügen. Knopf drücken, dritter Stock. Alles klar?«

Ich nickte, und wir liefen los.

»Hast du den Zucker?«, fragte ich Sam laut, als wir das Gebäude betraten.

»Jep«, sagte er betont schwungvoll.

»Gut. Sonst gibt es wieder Gemecker.« Ich wandte mich an den Pförtner. »Guten Morgen!«

Er grüßte zurück. Jetzt nach rechts, und da waren auch schon die Aufzüge. Die Tür des einen stand offen. Einsteigen. Dritter Knopf. Türen zu. Tschakka, wir waren im Institut.

»Sehr gut«, sagte Sam mit besänftigender Stimme. Sein Puls schlug deutlich langsamer als meiner, das flüsterte mir sein Herz eindeutig zu. Aber er war ja auch schon mal hier gewesen, und für mich war das alles neu.

»Wenn wir oben sind, gehen wir nicht zu schnell nach

rechts, und kurz vorm Ende des Gangs ist dann links eine Küche. Sollte da keiner drin sein, gehen wir erst mal rein und lauschen nach nebenan.«

»Und wenn jemand drin ist?«, fragte ich.

»Das hören wir hoffentlich schon an der Tür, und dann gehen wir gleich eine Tür weiter, direkt in den Raum, in den ich eigentlich will. Wir versuchen es einfach. Im schlimmsten Fall werden wir sofort erwischt, dann bitten wir um ein Gespräch und unser Plan B beginnt.« Sam nahm mein Kinn zwischen Daumen und Zeigefinger, sah mir tief in die Augen und küsste mich sanft auf die Lippen. »Keine Sorge, uns kann nichts passieren. Amy weiß, wo wir sind. Und außerdem haben die hier einen Ruf zu verlieren. Sie können es sich nicht leisten, uns irgendwie doof zu kommen. Wirst sehen.«

Der Aufzug stoppte. Die Härchen in meinem Nacken stellten sich auf. Die Tür öffnete sich mit einem leisen Bimmeln, ich sah einen langen Gang. Er war menschenleer, und die schneeweißen Türen, die rechts und links von ihm abgingen, waren geschlossen.

Ich atmete auf und wendete mich planmäßig nach rechts. Die Sohlen unserer Turnschuhe quietschten unangenehm laut auf dem ebenfalls weißen Kunststoffboden. Der Gang hätte steril gewirkt, wenn nicht zwischen den Türen vereinzelt Antiquitäten gestanden hätten: ein Tischchen mit Löwenfüßen, ein gepolsterter Stuhl, ein geschwungener Garderobenständer. Das wirkte echt edel, Sam hatte nicht übertrieben.

Plötzlich wurde ein Stück vor uns eine Tür aufgerissen,

und ein Mann kam eilig in den Gang. Fast wäre er mit uns zusammengestoßen. »Oh, sorry«, sagte er.

»Nichts passiert«, sagte Sam geistesgegenwärtig und jonglierte das Tablett an dem Mann vorbei.

»Guten Morgen!«, schmetterte ich und ging ebenfalls weiter.

Der Typ war ungefähr Mitte dreißig und sah für sein Alter echt gut aus, er trug einen weißen Kittel.

Ich hörte, wie er hinter uns weiter den Gang entlangging. Der Aufzug bimmelte, die Aufzugtür schloss sich geräuschvoll, dann war alles still.

Ich drehte mich um. Hinter uns lag nur noch der leere Gang.

Puh, Glück gehabt. Oder hatte doch das Universum seine Finger im Spiel? Egal.

Was auch immer es war, es blieb uns auch weiterhin gewogen. Die Küche war ebenfalls leer. Erleichtert stellte Sam die Kaffeebecher auf einen Tisch und lockerte seine Schultern.

»So, und wo ist jetzt dieser Raum, den du meinst?«, fragte ich leise.

»Rechts von uns«, flüsterte Sam. Lauschend legte er den Kopf schräg. Nebenan war nichts zu hören. »Okay, weiter. An der Tür steht *Planning and Strategy*.«

Sam hatte Fiona bei seinem ersten Besuch gefragt, was hinter der Tür mit der Aufschrift *Planung und Strategie* vorging, und sie hatte gesagt, das wisse sie nicht, der sei für die Sitzungen der Chefs bestimmt. Und genau deswegen interessierte er uns jetzt.

»Wir gehen einfach rein, ohne anzuklopfen«, fuhr Sam fort, »und nehmen den Kaffee mit. Sollte jemand drin sein, fragen wir, ob jemand einen will. Dann verdrücken wir uns erst mal wieder.«

Ich nickte.

»Bist du so weit?«, fragte Sam.

»Jep. Los geht's.« Ich zog den Schirm meiner Mütze ins Gesicht und folgte ihm.

Die Tür des Raums neben der Küche war wie alle anderen weiß, doch tatsächlich stand in grauen Druckbuchstaben *Planning and Strategy* darauf.

Sam drückte vorsichtig die Klinke herunter. Vorsichtig warf er einen Blick ins Innere und trat ein.

»Schnell«, raunte er mir über die Schulter zu.

Ich huschte ihm nach und schloss die Tür so leise wie möglich. Der große Konferenzraum, in dem wir jetzt standen, war menschenleer. Aber er wirkte durchaus belebt. Auf dem quadratischen Tisch in der Mitte lagen Stifte, Aktenordner und Schreibpapier. Die Luft roch nach kaltem Rauch, Krümel knirschten unter unseren Schuhen.

An der Wand, die der Fensterfront gegenüber lag, hing ein großer Fernsehbildschirm, die Buchstaben P, S und I glitten von allen Seiten als Bildschirmschoner darüber. Komisch, warum war der an? Es war doch erst kurz nach acht Uhr, und keiner war hier. Vielleicht waren das, was wir hier sahen und rochen, einfach noch die Spuren der gestrigen Sitzung.

Neben dem Fernseher fiel uns jetzt eine Pinnwand auf, die über und über mit Zetteln bedeckt war.

Sam erfasste die Situation mit einem einzigen Blick. Er ging zu dem Laptop, der seitlich neben dem Fernsehbildschirm auf einem Computertisch stand, drückte die Entertaste, und sofort verschwand der Bildschirmschoner. Auf dem Fernseher erschien jetzt eine Karte von Sussex. Oben rechts stand in großen Zahlen das heutige Datum. Und ganz unten blinkten zwei dicht nebeneinanderliegende Punkte, ein roter und ein blauer. Sie bewegten sich auf einer gerade Linie ganz langsam auf Portsmouth zu. Ich merkte, wie sich die kleinen Härchen an meinen Armen aufstellten.

»Unsere Handys«, sagte Sam leise. »Sie sind noch im Zug.«

In solchen Momenten hat man keine Wahl. Man darf nicht in Panik geraten. Stattdessen muss man den Kopf ausschalten und rein instinktiv handeln. »Die Zettel«, sagte ich und wies auf die Tafel. »Fotografier sie ab.«

Sam zog Amys Handy aus der Tasche und machte ein Bild.

Plötzlich hörten wir draußen auf dem Gang ein lautes Klappern. Hastig sahen wir uns um. Der Raum bot keine Möglichkeit, sich zu verstecken.

»Cool bleiben«, raunte Sam mir zu.

»Und schön an Phil denken«, ergänzte ich. »Bitte kein fieses Echo-Déjà-vu jetzt!«

Mehr konnte ich nicht mehr sagen. Die Tür flog auf. Wir hörten einen gewaltigen Knall, gefolgt von einem Schmerzensschrei und einem Fluch. »Verflixte Scheiße!«, schimpfte der Junge, der gerade einen sperrigen Putzwagen an den Türpfosten manövriert und sich dabei ganz offensichtlich den

Daumen gequetscht hatte. Er war etwas älter als wir, trug einen roten Overall mit der Aufschrift *EasyClean* und rieb sich die schmerzende Hand.

Okay, cool bleiben. »Alles okay?«, fragte ich laut.

Jetzt war es der Junge, der herumfuhr und sichtlich erschrak. »Oh, fangt ihr schon an? Ich dachte, ich hätte noch 'ne Viertelstunde bis zu eurer Morgenkonferenz.«

»Hast du auch«, sagte Sam. »Wir machen nur schon mal den Technikcheck.« Er zeigte auf den Fernseher.

»Braucht ihr dafür noch lange?« Der Typ schüttelte den offenbar immer noch schmerzenden rechten Daumen, ging zu den Fenstern und öffnete eins nach dem anderen mit der linken Hand. »Ich müsste hier dringend noch wischen. Bin heute spät dran.«

»Nee, kein Problem«, sagte ich. »Wir sind gerade fertig. Kaffee?« Ich wies auf die Becher auf dem Tisch.

Der Junge in der roten Uniform nickte dankbar. »Danke, sehr gern! Aber erst wird gewischt.« Laut klappernd nahm er einen Wischmopp von seinem Wagen.

»Raus hier«, raunte Sam mir zu.

Das allerdings war leichter gesagt als getan. Als wir den Konferenzraum verließen, war das Institut zum Leben erwacht. Einige Türen standen jetzt offen, Stimmen waren zu hören.

Einatmen. Ausatmen. Weitergehen.

»Von Brighton nach Portsmouth«, sagte eine Stimme in einem der Büros. »Wesley fährt ihnen nach.«

Sie sprachen von uns.

Da war der Lift. Noch drei Schritte. Zwei. Einen. Wir waren drin. Mit einem leisen Bimmelton schloss sich die Tür.

Als wir am Pförtner vorbeigingen, nahm Sam meine Hand. Draußen vor der Tür zwangen wir uns noch zu ein paar langsamen Schritten, doch dann rannten wir los.

»Krass.« Wir waren zurück auf dem Bahngleis, und Sam sank gegen einen Laternenpfahl. »Jetzt haben wir die Beweise, die wir wollten.«

Ich stützte die Hände auf die Oberschenkel und wartete, bis sich mein Atem beruhigt hatte. Dann richtete ich mich auf. »Ja, haben wir. Nur wofür genau?«

»Auf jeden Fall dafür, dass unsere Handys geortet und wir verfolgt wurden«, sagte Sam. »Und zwar definitiv von den PSI-Leuten.«

Ich nickte. »Vermutlich hatten die uns, seit wir bei diesem Internettest mitgemacht haben. Hinter mir sind sie also schon her, seit ich in England bin, hinter dir seit vorgestern. Aber warum? Und warum wir? Was wollen die von uns? Die machen so einen Aufwand ja nicht mit jedem, der das Ding ausfüllt.«

»Vielleicht, weil wir die Gabe wirklich haben«, sagte Sam. »Das haben sie irgendwie an unseren Antworten gemerkt.«

»Aber deswegen müssen sie uns doch nicht heimlich verfolgen. Sie könnten doch einfach mit offenen Karten spielen und uns direkt sagen, was sie wollen«, dachte ich laut nach.

Sam nickte. »Ja. Könnten sie. Ich hab echt keine Ahnung, warum sie es nicht tun«, sagte er dann. »Nicht mal einen Verdacht.«

»Und jetzt?«, wollte ich wissen.

»Fahren wir zurück nach Moonrose.«

»Echt?« Ich runzelte die Stirn. Klar, da würden uns bald alle vermissen. Aber so würden wir den Verfolgern, die wir abgeschüttelt hatten, direkt in die Arme laufen.

»Na ja, legal ist das alles nicht«, sagte Sam. »So langsam brauchen wir Hilfe.«

»Aber uns fehlen Beweise«, seufzte ich. »Wir Idioten haben nur ein einziges Foto gemacht.«

»Mehr ging ja nicht«, sagte Sam. »Sonst wären wir aufgeflogen. Und rückwirkend bin ich echt froh, dass das nicht passiert ist. Keine Ahnung, wie unser Plan B geendet wäre, wenn wir ihn benötigt hätten. Wenn die wirklich illegale Sachen machen, hätte der übel ausgehen können.«

Das wurde mir auch so langsam klar. Verrückt. Bis gestern war ich der Meinung gewesen, mit Freunden eine traumhafte Ferienwoche auf einem englischen Landsitz zu verbringen und nebenher ein paar Erkundigungen über meine verstorbenen Eltern einzuholen. Jetzt kam ich mir plötzlich wie in einem Agentenfilm vor.

Der Zug kam, Sam und ich stiegen ein. Wir fanden Plätze in einem fast leeren Wagen. »Kann ich mal Amys Handy haben? Ich will mir das Foto ansehen, das du geknipst hast«, sagte ich.

Sam zog das Gerät aus der Tasche und gab es mir. Ich tippte auf das Bild, zoomte ran und betrachtete die Zettel an der Pinnwand wie unter der Lupe. Doch die Namen und Zeichen, die darauf standen, sagten mir nichts. Bis ich eine

Liste entdeckte, die mich nach Luft schnappen ließen. *Dixon* lautete die Überschrift, und dann folgte eine lange Reihe mit mindestens zwanzig Namen und Adressen. Zwei davon kannte ich, beide waren aus Chickwick: Mary Wollwood, die Frau im Rathaus, und Callum O'Leary, der Schäfer. Was um Himmels willen hatten die mit den PSI-Leuten zu tun?

»Sam!«, sagte ich. »Da stehen zwei drauf, die … Huch.« Fast wäre mir das Handy vor Schreck aus der Hand gefallen. Denn in der untersten Zeile stand ein weiterer Name, der mir etwas sagte, und der ließ mich richtig zusammenzucken: Pádraig Peabody.

»Shit!«, fluchte ich laut. Pádraig. Natürlich, diesen Namen sprach man fast genauso aus wie Patrick.

»Pssst«, machte Sam, und natürlich hatte er recht. Obwohl in unserer Nähe niemand saß, mussten wir vorsichtig sein.

»Ich hab den Onkel«, flüsterte ich.

»Was?«, zischte Sam zurück.

Ich zeigte ihm zuerst die ganze Liste, dann zoomte ich an den Namen meines Onkels ran, bis er das ganze Display von Amys Handy einnahm.

»Nein!« Sam schloss kurz die Augen, dann öffnete er sie wieder. »Dass ich darauf nicht gekommen bin. Dabei hab ich sogar einen Pádraig in der Klasse, der dauernd auf jeder Klassenliste als Patrick auftaucht und sich tierisch darüber aufregt.«

Jetzt verkleinerte ich die Schrift wieder ein bisschen und zeigte auf die Anschrift hinter dem Namen meines Großonkels. »Und jetzt sieh dir das mal an.« Dort stand – Norwood Gap.

»Ich dachte, da wohnt keiner«, sagte Sam. »Da sind doch nur diese Klippen und die Gedenkstätte.«

»Eben.« Ich sank in meinen Sitz. »Hoffentlich heißt das nicht, dass mein Onkel auch ertrunken ist und da einen Gedenkstein hat.«

»Vielleicht sind das nicht die Wohnorte der Leute, die da hinter den Namen stehen, sondern die Orte, wo du ihnen begegnet bist«, sagte Sam. »Mary und Callum hast du ja in Chickwick getroffen.«

»In Norwood Gap war aber außer uns niemand«, sagte ich.

»Sieh trotzdem nach, ob du noch eine richtige Adresse von Peabody findest«, forderte Sam mich auf.

Ich gab den Namen im Internet ein, und als erste Fundstelle erschien das Lost-at-Sea-Memorial. »Oh, das sieht nicht gut aus«, murmelte ich und tippte auf den Link.

Langsam baute sich die Seite auf. Was ich dort las, sprach dann aber doch sehr dafür, dass mein Onkel noch lebte. »Bei Fragen zur Gedenkstätte wenden Sie sich bitte an unseren Ansprechpartner vor Ort, Pádraig Peabody«, las ich vor.

Und fiel fast vom Sitz. Denn unter dem Namen erschien jetzt ein Foto von diesem Mann. Ich starrte es an, unfähig, etwas zu sagen. Konnte das wahr sein? Der vertrocknete, haarlose Alte in dem schwarzen Priestergewand, mit dem ich auf dem Friedhof von Norwood Gap gesprochen hatte, war mein *Großonkel*?

# Kapitel 18

*Liebes Leben, wenn ich frage: »Kann es noch schlimmer kommen?«, dann ist das eine rein rhetorische Frage und keine Aufforderung.*

»Wir müssen da hin«, sagte ich. »Und zwar sofort.« Wir waren eben am Bahnhof von Dixon eingetroffen und schlossen unsere Fahrräder auf.

»Lou, der Name stand auf einer Liste der PSI-Leute«, widersprach Sam. »Vielleicht laufen wir in eine Falle.«

»Das glaube ich nicht«, sagte ich trotzig und schob mein Rad aus dem Ständer. »Auf der Liste standen viele Namen. Meinst du etwa, Callum, der Schäfer, ist ein PSI-Mann? Never!«

»Das kannst du nicht wissen«, sagte Sam. »Und vielleicht ist dieser Pádraig Peabody sogar Doktor Psi.«

Ich stellte mein Fahrrad wieder ab und starrte ihn an. »Was hast du da gerade gesagt?«

Sam sah mich verzweifelt an. »Das wäre doch möglich«, sagte er. »Wenn das eine Liste von PSI-Leuten war, könnte der Chef mit drauf gewesen sein. Und da die Liste nicht alphabetisch war, besteht offenbar eine andere Ordnung. Wenn es nach Wichtigkeit ging, könnte der erste oder der letzte Name der des Chefs sein.«

»Der heißt Psikowski und sieht ganz anders aus.«

»Glauben wir. Aber vielleicht sollen wir das auch nur denken. Und Peabody hat dich angelogen. Er hat gesagt, Charles und Isabella seien Touristen gewesen und er habe sie nicht gekannt. Dabei war sie seine Nichte, und das war sein eigenes Boot. Das ist keine kleine Schwindelei mehr, das ist eine Megalüge.«

»Und eben deswegen will ich hin«, sagte ich. »Wegen dieser Lüge. Ich will jetzt verdammt noch mal endlich wissen, was mit meinen Eltern passiert ist.«

»Aber, Lou, kapier das doch endlich«, fauchte Sam mich richtig an. »Es gibt eine Verbindung zwischen deinem Onkel und Psi. Das *beweist* diese Liste. Dann gibt es vielleicht auch eine Verbindung zwischen deinen Eltern und Psi. Und deine Eltern sind tot. Hast du mal überlegt, dass Psi was damit zu tun haben könnte? Vielleicht hat er sie sogar getötet. Und dann ist das, was wir hier tun, brandgefährlich für dich! Denn vielleicht solltest du auch seit fünfzehn Jahren tot sein, und Psi weiß erst jetzt, dass du das ganz und gar nicht bist. Noch nicht.«

Verflixt, er hatte recht. Ich nahm mein Rad und schob es ein Stück, um besser nachdenken zu können. Es sprach viel dafür, dass Pádraig Peabody entweder zu den Bösen gehörte, oder so viel Angst vor ihnen hatte, dass er log. Aber der Rest von Sams Theorien kam mir unglaublich wirr vor. Warum sollte ein Psychologe, der sich Doktor Psi nannte, meine Eltern getötet haben? Und warum sollte mein Großonkel damit etwas zu tun haben?

»Sie werden uns auf Moonrose vermissen«, sagte Sam besänftigend. »Lass uns erst mal zurückfahren, und dann überlegen wir, was wir als Nächstes tun.«

Ich dachte kurz nach, dann schüttelte ich den Kopf und schwang mich auf den Sattel. »Sam, wir haben nicht mehr viel Zeit, bis die PSI-Leute das mit den Handys im Zug merken und uns wieder auf den Fersen sind. Und dieser seltsame Peabody ist vermutlich mein einziger noch lebender Verwandter. Ich *muss* ihm ein paar Fragen stellen, und zwar ganz schnell. Sonst verschwindet er vielleicht, genau wie meine Eltern. Er ist meine einzige Chance, mehr über sie zu erfahren. Deswegen fahr ich da jetzt hin. Bitte versteh das.«

»Okay.« Sam sah mich mit seinen warmen, dunkelgrauen Augen an. Natürlich verstand er, wie konnte es anders sein. »Wir fahren. Aber lass uns Amy Bescheid geben, wo wir sind, okay?«

Ich nickte, er gab mir Amys Handy, und ich wählte die Nummer von Moonrose Manor.

»Mortimer? Hallo ich bin's, Louisa. Ist Amy da? Sie geht nicht an ihr Handy, und es ist dringend.«

Ich wartete eine Weile, Moonrose Manor war groß, aber dann hatte ich Amy tatsächlich am Apparat. »Wo seid ihr?«, fragte sie atemlos. »Ich bin fast gestorben vor Angst.«

»Alles bestens«, sagte ich. »Wir sind wieder bei den Fahrrädern. Wir müssen aber noch mal kurz zu Isabella und Charles.«

»Zu wem?«, fragte Amy.

»Isabella und Charles«, wiederholte ich. Am Telefon

wollte ich nicht deutlicher werden, vielleicht wurde der Apparat der Ashcrofts ja auch abgehört. »Als ich die beiden neulich zum ersten Mal gesehen habe, gab es eine Panne. Deswegen muss ich noch mal hin.«

»Verstehe«, sagte Amy. »Mind the Gap.«

»Ganz genau«, sagte ich. »Wir sind in ein paar Minuten dort. Du, sieh dir mal die Homepage dieses Ortes an. Da gibt es ein Foto. Von einem … Hausmeister. Danach weißt du mehr.«

»Mach ich. Und wenn ich in der nächsten Stunde nichts von euch höre, hole ich Hilfe«, sagte Amy.

»Guter Plan. Ich melde mich.«

Mehr konnte ich nicht sagen, deswegen legte ich auf.

Auf Phils Maschine war ich in fünf Minuten in Norwood Gap gewesen. Mit dem Rad benötigten wir fünfzehn, die mir allerdings heute sehr viel länger vorkamen.

»Wow«, sagte Sam, als er das Meer hinter den Klippen sah. Aber für einen Besuch am Strand hatten wir jetzt keine Zeit. Wir verbargen die Räder hinter dem Gebüsch an der Friedhofsmauer, öffneten das Tor, und als ich merkte, dass es quietschte, öffnete und schloss ich es gleich noch einmal. Onkel Pádraig sollte hören, dass jetzt jemand kam.

Aufmerksam sah ich mich um. War er da? Und wenn ja, wo? Es war ungefähr elf Uhr. Wenn das hier sein Job war, musste er eigentlich irgendwo sein. Die dicken Stämme und das flirrende Licht unter den vielen großblättrigen Bäumen machten es schwer, etwas zu erkennen. Wenn er an einem der

Gräber stand und vor sich hin harkte, konnte ich ihn leicht übersehen.

Moment. Da war eine Bewegung an der kleinen Kirche. Die Tür wurde von innen geöffnet, im Türrahmen erschien eine magere, schwarz gekleidete Gestalt.

»Das ist er«, murmelte ich und ging langsam auf den alten Mann zu.

Sam hielt sich hinter mir, ich spürte, wie wachsam er war.

Pádraig Peabody legte seine Hand an die Augen und blickte uns entgegen. Heute kam er mir noch magerer und verhutzelter vor als beim letzten Mal. Falls das überhaupt möglich war. Eigentlich hatte er ja schon bei unserer ersten Begegnung geradezu mumifiziert ausgesehen.

»Kann ich euch irgendwie helfen?«, schnarrte er uns entgegen, genau wie beim ersten Mal.

»Ja, da bin ich sicher«, sagte ich und trat aus dem Schatten. »Hallo, Onkel Pádraig.«

Der Mann wich einen Schritt zurück. »Onkel?«, fragte er und kniff die Augen zusammen. Er schüttelte abwehrend den Kopf. »Ich kenne dich nicht.«

»Ich bin Louisa.«

Er legte den Kopf schräg, als würde er etwas hören, und betrachtete mich lange. Aber seine fragende Miene veränderte sich nicht. »Der Herr gibt, der Herr nimmt«, singsangte er plötzlich los, als stünde er auf einer Kanzel, und als würde gleich Orgelmusik einsetzen. Dann sprach er normal weiter. »Mir nimmt er offenbar den Verstand. Ich kenne dich leider wirklich nicht, mein liebes Kind.«

Täuschte ich mich, oder zitterte seine Stimme ein bisschen?

»Louisa Charlotte Isabella Maxwell«, wiederholte ich. »Die Tochter von Isabella und Charles. Ich brauche deine Hilfe.«

»Ich kenne dich nicht, deswegen kann ich dir leider nicht helfen. Aber wenn du Zuspruch benötigst, kehre ein in die Kirche des Herrn und bete um Beistand. Er wird ihn dir sicher gewähren. Nur hereinspaziert.« Einladend hielt der Alte mir die Türe auf.

Ähm, nein, eine Kapelle mit abschließbarer Tür war garantiert nicht der Ort, den ich jetzt und hier betreten würde. »Ich möchte *deine* Hilfe, Onkel Pádraig, nicht die des Herrn«, sagte ich leise. »Bitte. Ich verstehe das alles nicht.«

»Ich kenne dich nicht«, wiederholte mein Großonkel mit fester Stimme.

Plötzlich hörten wir hinter uns auf dem Kies Schritte. Zwei Personen mit riesigen Köpfen eilten durch den flirrenden Schatten der Bäume auf uns zu. Shit. Und jetzt?

Erst als Amy und Phil die Motorradhelme abnahmen, erkannte ich die beiden. Oh Mann, ich war wirklich ganz schön verwirrt! »Alles okay?«, fragte Amy atemlos.

Sie stellte sich neben Sam, und Phil platzierte sich neben mich. Da standen sie nun und flankierten uns wie Bodyguards. Kampfbereit starrten sie den klapprigen, alten Mann an.

Pádraig Peabody ließ die Kirchentür wieder zufallen. Er sah erst mich lange an. Dann Sam. Zuletzt Phil. Amy beachtete er gar nicht.

Kurz schien er nachzudenken, dann kam er langsam auf mich zu. »Louisa«, sagte er mit seiner alten Krächzstimme. Er nahm meine rechte Hand, legte sie in die von Phil und umklammerte unsere beiden Hände mit seinen knochigen Fingern.

»Nimm diesen, hörst du? Nimm ihn und halte ihn fest. Heute. Morgen. Solange du hier bist. Vielleicht für immer.« Jetzt drehte er sich um und zeigte mit einem zittrigen Zeigefinger auf Sam. »Und was immer passiert, bleib weg von ihm. Versprich es mir. Das ist alles, was ich dir sagen kann. Und jetzt geh. Schnell.« Bei den letzten Worten versagte seine Stimme. Flehend und drängend sah er mich an.

»Onkel Pádraig«, sagte ich und blickte ihm fest in die Augen. »Bist du Doktor Psi?«

Pádraig Peabody wandte sich ab, riss die Kirchentür auf und hinkte ins Innere. Mit einem lauten Donnern fiel die Tür hinter ihm zu. Ein Schlüsselbund rasselte. Ein Schlüssel bewegte sich kratzend im Schloss.

»Geh weg!«, dröhnte es noch einmal dumpf durch die Tür. Dann war es auf einmal grabesstill auf dem Friedhof von Norwood Gap.

»Unheimlich«, sagte Phil.

# Kapitel 19

Es gibt Freunde IM Leben,
und Freunde FÜRS Leben.

»So«, sagte Amy und ließ sich auf die nächste Bank fallen. »Jetzt reicht's. Das ist zu viel. Ein Friedhof mit einem leeren Grab, auf dem Lous Name steht. Ein Einbruch in einem Forschungslabor. Ein alter Onkel, der aussieht wie ein Horrormönch aus einem Gruselfilm. Dröhnende Kirchentüren, rasselnde Schlüssel. Und dann auch noch die Sache mit euren virenverseuchten Handys und diesem kriminellen Doktor Psi. Leute, das ist nicht normal.«

»Klar erkannt«, sagte ich sarkastisch. »Hier stimmt was nicht.« Was eindeutig die Untertreibung des Jahres war.

»Umso wichtiger ist es, dass *wir* uns jetzt endlich normal verhalten«, sagte Amy. »Das tun wir nämlich schon lange nicht mehr. Irgendwer sorgt doch hier gerade dafür, dass eure Lage immer bizarrer wird. Und wir halten inzwischen alles zwischen Himmel und Erde für möglich. Das muss aufhören, sonst glauben wir irgendwann noch an Ufos oder so.«

Na ja, Ufos? Warum nicht? Wer wusste denn schon, was da draußen in der Milchstraße so rumflog?

»Siehste«, sagte Amy, die meinen Gesichtsausdruck richtig deutete. »Du bist schon so weit.«

Und dann sprach sie aus, was ich befürchtet hatte. »Ich hab Phil übrigens alles erzählt.«

Uff. Nee, oder? Nicht alles, bitte. Ich warf Phil einen raschen Blick zu, doch der sah total entspannt aus. Wenn er wirklich alles wusste, würde er garantiert schleunigst einen Irrenarzt rufen.

»Was hast du denn erwähnt?«, fragte ich. »Nur das mit unseren Handys und Psi? Oder auch das mit den …?«

»Déjà-vus?« Amy verdrehte die Augen. »Natürlich. Meine Güte, Lou, trau Phil einfach mal zu, dass er damit klarkommt, okay? Ich weiß das doch auch und halte euch nicht für verrückt.«

»Hast du auch erwähnt, was passiert, wenn er …?«

»Wenn er in der Nähe ist? Ja, das auch.«

Uff. Ich wechselte einen raschen Blick mit Sam. Leider konnte ich gerade nicht spüren, was er fühlte, Phil war ja hier, aber sein Gesicht sprach Bände. Er sah plötzlich aus, als hätte er Zahnschmerzen. Und als würde er Amy am liebsten erwürgen.

»Ich hab doch Phils Handy gebraucht, um mir das Foto auf der Homepage von Norwood Gap ansehen zu können«, verteidigte sie sich. »Lou hatte mich darum gebeten. Und ihr hattet schließlich mein Handy dabei. Da hat Phil dann natürlich Fragen gestellt. Besonders, als wir das Foto von Peabody gesehen haben. Und weil das alles so unheimlich war, sind wir sofort losgefahren, um euch zu helfen.«

Was genau genommen wirklich nett war. Aber der falsche Moment.

»Kommt mal alle wieder runter«, mischte Phil sich jetzt ein. »Was Amy erzählt hat, war echt keine große Überraschung für mich. Dass ihr beide eine besondere Verbindung zueinander habt, merkt jeder. Und dass Sam ein Problem mit mir hat, weiß ich auch längst. Als da dann neulich auf dem Grabstein dein Name stand, Lou, na ja.« Er stockte kurz. »Ich hab nicht viel gesagt, aber ich hab mir natürlich meine Gedanken gemacht. Aber jetzt haben wir andere Sorgen, denke ich. Lou, jede Minute kann hier ein Rudel verrückter Wissenschaftler auftauchen. Und dadrin sitzt dein Großonkel und tut, als wäre er bekloppt, nur damit du ihm keine Fragen stellen kannst. Vielleicht kümmern wir uns besser darum.«

»Stimmt«, sagte Amy. »Der Gruselmönch macht zwar auf alt und verwirrt, aber so alt, wie er aussieht, kann er definitiv nicht sein. Er hat schließlich einen Job, und zwar einen richtigen. Wir müssen uns den noch mal vornehmen.« Sie wies auf die Kirche. »Einer von uns sollte da jetzt rein, egal, ob Peabody reden will oder nicht.«

»Okay«, sagte Sam. »Ich mach das.«

»Hmmm«, machte Amy. »Er war ja eher begeistert von Phil. Vielleicht sollte er …«

»Nee, klar.« Sams Kaumuskeln traten plötzlich deutlich hervor.

»Also gut, ich geh rein«, sagte Phil.

Ich spürte förmlich, wie sich zwischen den beiden Jungs ein Gewitter zusammenbraute.

Und plötzlich sah ich alles ganz klar vor mir: Am Horizont war jemand, der mich verfolgte. Direkt hinter mir Blitz und Donner. In mir der wirklich verzweifelte Wunsch, endlich die Wahrheit über mich und meine Familie zu erfahren. Und vor mir der einzige Mensch auf der Welt, der mir vielleicht helfen konnte. Ich schloss kurz die Augen und holte tief Luft. Dann sprang ich auf, lief zur Kirchentür und wummerte mit der geballten Faust daran. »Onkel Pádraig! Ich muss mit dir reden. Und ich bleib hier, bis du rauskommst, selbst wenn das erst lange nach Mitternacht ist.«

Keine Reaktion.

»Doktor Psi verfolgt mich«, sagte ich durch den Türspalt. »Er hat mein Handy geortet, aber ich hab ihn abgeschüttelt. Und ich habe geschätzt noch dreißig Minuten, bis er hier sein wird. Bitte hilf mir. Verdammt.«

Kettenrasseln. Schlüsselkratzen. Die Tür schwang auf.

»Ihr wartet hier!«, sagte ich. Und mit drei Schritten war ich in dem dunklen Kirchenraum.

»Vergiss es«, hörte ich Sam dicht hinter mir. Er war mir gefolgt. Genau wie Amy und Phil. »Wir bleiben zusammen«, sagte Amy. Ihre Stimme hallte in dem kühlen, dunklen Kirchenraum.

Rumms, machte die Tür hinter uns. Kettenrasseln. Ein Kratzen im Schloss. Großonkel Pádraig hatte uns eingeschlossen. Aber er war noch da. Ich hörte ein tastendes Geräusch an der Wand, dann machte es klick, und vorne am Altar leuchteten fünf trübe Birnen in einer Art Kronleuchter auf.

»Louisa«, sagte Pádraig Peabody, der immer noch neben

der Tür stand. »Warum tust du das? Du bringst mich in eine furchtbare Lage.«

»Weil ich versuche, selbst aus einer furchtbaren Lage herauszukommen«, sagte ich mit fester Stimme.

Meine Augen hatten sich jetzt an das Dämmerlicht gewöhnt, und ich erfasste mit einem Blick, dass die Kirche sehr klein und ganz leer war. Vorne stand ein schlichtes, hölzernes Kreuz, davor drei spartanische Kirchenbänke, die nicht mal Rückenlehnen hatten. Verstecken konnte sich hier niemand, und mein alter Onkel wirkte vor dem großen Kirchentor klein und zerbrechlich. Gefahr drohte uns von ihm garantiert nicht.

Onkel Pádraig ging mühsam zu einer der Gebetsbänke und ließ sich darauf fallen. »Erzähl mir alles«, sagte er. »Aber so knapp wie möglich. Wir haben nicht viel Zeit.«

Jetzt musste ich mich blitzschnell entscheiden. Falls Pádraig Peabody zu den Bösen gehörte, sollte ich ihm nicht verraten, was ich schon wusste. Falls nicht, musste er wissen, wo mein Problem lag.

»Also, ich bin deine Großnichte, richtig?«, begann ich vorsichtig. »Ich frage nur, weil du eben noch gesagt hast, dass du mich nicht kennst.«

Pádraig Peabody nickte. »Ich wollte dich nicht verleugnen«, sagte er mit seiner rauen Stimme. »Ich hielt es allerdings für sicherer, wenn du es nicht weißt. Aber dafür ist es nun zu spät. Du bist die Tochter meiner Nichte Isabella und damit meine Großnichte. Sprich weiter, Kind, beeile dich.«

»Ich glaube, ich bin in Gefahr«, sagte ich. »Ich weiß nicht, wer meine Eltern waren, und ich weiß nicht, worum es genau geht. Aber Sam und ich, wir haben dieses … Herzflüstern.«

Ich sah ihn fragend an, und er nickte. Offenbar wusste er, wovon die Rede war, deswegen fuhr ich fort. »Seit wir einen merkwürdigen Internettest zu dem Thema gemacht haben, werden wir verfolgt. Alle Spuren führen nach Croydon, zu einem sogenannten PSI-Institut. Wir haben uns da heute reingeschlichen und gesehen, dass die unsere Handys ausspionieren und uns beschatten. Aber was wollen die von uns? Ich hab echt keine Ahnung, und deswegen kann ich mich davor auch nicht schützen. Bitte sag es mir. Hilf mir! Ich habe niemanden, den ich sonst fragen kann.«

Pádraig Peabody sah mich lange an. Sein Blick war schmerzerfüllt. »Du siehst Isa so ähnlich«, sagte er schließlich leise.

Er klopfte auf die Bank ihm gegenüber, und ich setzte mich. Die anderen blieben im Hintergrund stehen.

»Sie wollen *mich*«, sagte Pádraig Peabody. »Und über dich können sie an mich herankommen.«

Aha. Danke für die Info. Jetzt kapierte ich gar nichts mehr.

Peabody dachte kurz nach. »Hör zu, Louisa«, sagte er dann. »Ich erzähle dir alles, was du wissen musst und wissen darfst. Aber du musst mir etwas schwören. Und zwar bei allem, was dir heilig ist.«

»Was denn?«, fragte ich misstrauisch.

»Frage nicht weiter. Was ich dir jetzt sagen werde, muss reichen. Jedes weitere Wort bringt dich und mich in Gefahr.«

»Ich will aber alles wissen«, sagte ich trotzig. »Nicht

nur das, was ich deiner Meinung nach wissen darf. Es geht schließlich um *mein* Leben.«

»Richtig. Um dein *Leben*. Und genau deswegen *darfst* du nicht alles wissen«, sagte Pádraig Peabody heftig. »Schwöre es, Louisa Charlotte Maxwell. Oder ich gehe, und du erfährst nichts.« Er presste seine alten, faltigen Lippen fest aufeinander, und ich begriff, wie ernst ihm diese Drohung war.

»Okay«, knurrte ich, verbarg eine Hand unter der anderen und kreuzte meine Finger.

Zwischen den Augen meines Großonkels entstand eine strenge Falte. »Ich werte das als Schwur«, sagte er. »Ganz egal, was du gerade denkst oder mit deinen Fingern machst.«

»Jaaa«, sagte ich und löste meine gekreuzten Finger. Verflixt, wie hatte er das gemerkt?

»Okay, kommen wir aus gegebenem Anlass gleich zum wichtigsten Punkt«, sagte Pádraig Peabody. »Ich kann Gedanken lesen. Allerdings nur bei Herzflüsterern. Die meisten sind also vor mir sicher. Du aber nicht, Louisa.«

Okay, das erklärte die Sache.

Er machte eine Pause, vermutlich las er gerade meine Gedanken mit, weswegen ich mich bemühte, über nichts nachzudenken.

Peabody grinste. Dann legte er los. »Ich bin wie du ein Flüsterer. Genau wie deine Eltern, Isabella und Charles. Und wie Steven Psikowski, den du als Doktor Psi kennst. Einzelheiten sind jetzt unwichtig. Nur so viel: Es gibt diese Gabe von Geburt an in unterschiedlichen Stärken, und man kann sie trainieren. Steven hat ein sehr starkes Talent, und er ist gut. Aber meine Fähigkeiten sind stärker, und ich bin besser.« Mein Großonkel lächelte, und auf einmal sah er gar nicht mehr alt, vertrocknet und mickrig aus. Eher alt, vertrocknet und mächtig. Ups, das war frech, schnell was anderes denken.

Zu spät, Großonkel Pádraig räusperte sich streng. Doch dann lächelte er ein schlitzohriges Grinsen. »Na gut, du hast ja recht. Ich bin tatsächlich nicht mehr ganz jung. Zurück zu Psi. Fakt ist: Er kann genau wie ich Gedanken von Flüsterern lesen. Und er würde alles dafür geben, meine zu kennen. Ich hüte nämlich ein Geheimnis, nach dem er geradezu giert. Aber er kommt da nicht ran.« Pádraig Peabody klopfte mit dem Finger an seine runzlige Stirn. »Ich hab da drinnen einen Schutzmechanismus, den er nicht knacken kann.«

»Und was hat das mit mir zu tun?«, fragte ich.

»Sehr viel«, sagte mein Onkel. »Das Geheimnis, das ich wahre, ist gleichzeitig auch das Geheimnis deiner Eltern. Vermutlich spekuliert er darauf, dass ich es dir erzähle. Deswegen hat er offenbar versucht, dich in meine Nähe zu lotsen. Denn das muss er getan haben. Sonst würdest du hier nicht dauernd aufkreuzen.«

Dauernd? So stimmte das ja nicht. Aber mit dem Lotsen hatte er recht.

Mein Onkel sah mich versonnen an. »Vermutlich denkt Psi, dass wir beide hier sitzen und ich dir in einer jähen Aufwallung familiärer Gefühle vom Tod deiner Eltern erzähle. Und dann unter Tränen ihr Geheimnis an dich weitergebe.«

»Und dann hackt er sich in meine Gedanken ein und liest es«, überlegte ich laut.

»Genau.« Pádraig Peabody nickte. »Und deswegen tu ich das auch nicht. Mal ganz abgesehen davon, dass familiäre Gefühlswallungen mir fremd sind.«

Schade eigentlich. Immerhin war er anscheinend mein einziger noch lebender Verwandter.

Peabody las auch diesen Gedanken und zuckte mit den Schultern. »Tja, man muss seine Verwandten nehmen, wie sie sind. Und je weniger du verstehst, desto weniger kannst du denken, und desto weniger kannst du unbeabsichtigt verraten.«

Ja, das zumindest hatte ich jetzt kapiert. Das veranschaulichte er ja sehr schön mit seiner ständigen Gedankenleserei, die ganz schön lästig war. »Wie baut man eigentlich so einen Schutzmechanismus auf?«, fragte ich. »Vielleicht könnte ich das ja auch schaffen. Dann könnte ich alles wissen, was du weißt. Und auch selbst endlich wieder ungestört denken.«

Mein Onkel lächelte. »Das würde lange dauern, so viel Zeit haben wir nicht. Wir müssen uns jetzt erst einmal darauf konzentrieren, dass du Psi dauerhaft loswirst.«

»Klingt gut. Und was muss ich dafür tun?«

»Erstens: keine weiteren Fragen stellen und keine eigenen Ermittlungen anstellen«, sagte Peabody.

»Ja«, sagte ich und verdrehte die Augen. »Den Teil hatten wir schon.« Wenn er meine Gedanken sowieso hörte, konnte ich sie genauso gut aussprechen.

»Aber du wehrst dich innerlich dagegen«, stellte mein Großonkel fest.

»Ich halte mich trotzdem dran«, sagte ich mit fester Stimme.

»Gut. Kommen wir zum nächsten Punkt. Psi ist ein Stümper. Er kann deine Gedanken nur lesen, wenn er sich mit Hokuspokus und Abrakadabra eingroovt.«

»Was?« Ich starrte Pádraig an. »Hokuspokus? Schwenkt er Zauberstäbe? Murmelt er Sprüche?«

Mein Großonkel zuckte mit den Schultern. »So ähnlich. Er braucht auf jeden Fall Helfer. Menschen, die unsere Gabe auch haben und so freundlich und gutherzig sind, dass sie überhaupt keine inneren Schutzmechanismen besitzen. Deren Gedanken kann Psi nämlich nicht nur lesen, er kann sie auch beeinflussen. Und nur wenn er diese Macht spürt, ist er mächtig genug. Er schart dann seine Leute um sich, konfrontiert dich mit deinem Déjà-vu-Partner, und wenn eure Herzen anfangen zu flüstern, nimmt er deine Hände in seine, schleust sich gedanklich in diese Verbindung und damit in dein Gehirn ein und liest dich quasi aus. Das Schlimme: Damit macht er dich gleichzeitig zum Mitglied in seinem Team.«

Ich schüttelte mich. »Das klingt widerlich.«

Peabody verzog abschätzig den Mund. »Ich fand es eher lustig, als er es vor fünfzehn Jahren mal bei mir versucht hat.«

»Bei dir hat es ja auch nicht geklappt.«

Nachdenklich nickte mein Großonkel. »Mag sein, dass es daran lag. Na, du wirst es ja bald wissen. Er wird es bei dir natürlich auch probieren.«

»Kann ich das nicht verhindern?«

»Tut mir leid, Lou«, sagte Onkel Pádraig. »Aber du kannst ihm nicht dauerhaft ausweichen. Psi muss wenigstens ein Mal versuchen, sich in dein Gehirn einzuschleusen, und daran muss er dann scheitern. Nur so kannst du ihn loswerden.«

»Aber was ist, wenn er nicht scheitert?«, sagte ich. »Ich hab ja keinen Schutzmechanismus. Wenn er meine Hände nimmt und ein bisschen Hokuspokus mit all seinen Helfern macht, bin ich sofort in seinem Team. Auch, wenn ich nichts weiß und ihm deswegen nichts verraten kann.«

»Du hast keinen inneren Schutz, aber du hast ihn!« Mein Onkel wies auf Phil. »Eure Gabe ist nämlich weg, sobald dieser Knabe in der Nähe ist. Und wenn *er* verhindert, dass eure Herzen flüstern, gibt es auch keine Verbindung, in die Psi sich einloggen kann.«

Ich schluckte. Das mit Phil wusste er also auch schon.

»Ich hab es eben draußen gemerkt«, erklärte Pádraig jetzt. »Eifersuchtsprobleme. Das ist übrigens ein ganz typisches Phänomen bei Anfängern und kein Grund zur Sorge. Aber Psi weiß davon nichts, und das kann dich jetzt schützen. Einer von euch muss ab jetzt einfach immer mit diesem Jungen zusammen sein. Tag und Nacht.«

»Ich mach das«, sagte Sam schroff, der genau wie ich sichtlich keine Lust hatte, das Thema Eifersucht jetzt und hier zu vertiefen.

Phil grinste, aber besonders glücklich sah er bei dem Gedanken nicht aus. »Und wie lange? Bis an unser Lebensende?«

»Bis ich es sage«, bestimmte Onkel Pádraig.

Phil seufzte.

»Moment mal«, sagte ich. »Mir geht das zu schnell. Eben noch hat Amy gesagt, wir müssten uns alle mal wieder normal benehmen. Und jetzt soll Phil uns so lange babysitten, bis ein durchgeknallter Psycho-Forscher kommt und mir gegen meinen Willen im Kreise seiner Anhänger die Hände reicht, um mein Gehirn zu durchforschen?«

»Genau«, sagte mein Großonkel. »Ich hätte es zwar anders formuliert, aber im Prinzip trifft es das.«

»Na ja«, meinte Amy. »Ich denke, wir müssen *normal* in eurem Fall wohl neu definieren. Seit du Sam kennst, passt das Wort grundsätzlich nicht mehr so richtig, wenn es um dein Leben geht.«

Ich seufzte. Sie hatte wohl recht. Es fiel mir nur verflixt schwer, mich an diesen Gedanken zu gewöhnen. »Na gut«, lenkte ich ein. »Dann machen wir das eben so. Auch wenn es sich irgendwie bescheuert anhört. Ich warte, bis Psi kommt, steh die Sache durch und bin ihn los.«

»Exakt so«, sagte Onkel Pádraig. »Noch zwei Tipps: Ich denke, dass er bald kommen wird. Er weiß ja garantiert, dass du nicht mehr lange hier sein wirst.«

»Okay«, sagte ich tapferer, als mir zumute war.

»Und zweitens.« Mein Onkel sah uns streng an. »Vertraut euch niemandem an. Wir wissen nicht, wer Psis Helfer sind, also redet gar nicht darüber. Kein Wort. Nicht mal, wenn ihr allein im Raum seid. Benehmt euch ganz normal und wartet einfach ab, was passiert. Aber ganz wichtig!« Er hob den Zeigefinger. »Lou und Sam dürfen nicht flüstern, bis alles vorbei ist! Keine Sekunde!«

»Aber …«, begann ich und stockte. Ich war überhaupt nicht zufrieden mit dem Verlauf dieses Gesprächs. Ich wollte mehr über die Gabe und mehr über meine Eltern herausfinden. Nichts davon hatte ich erreicht.

»Es ist zu deinem eigenen Schutz, Louisa«, sagte mein Großonkel. »Vielleicht wird es eines Tages anders ein.«

Jetzt schloss er das Tor der kleinen Kirche mit seinem rasselnden Schlüsselbund endlich wieder auf. Helles Sonnenlicht strömte herein und blendete uns. Als ich wieder etwas sah, stellte ich fest, dass der Friedhof zum Glück immer noch leer war. Aber vielleicht war das auch nur das, was ich glaubte.

Schweigend gingen wir im Schatten der alten Bäume zur Mauerpforte. Als ich an der Gedenkstätte meiner Eltern vorbeiging, strich ich im Vorbeigehen mit den Fingerspitzen über den kühlen Stein.

»Ich denke, Lou oder Sam, einer von euch muss mit mir fahren«, sagte Phil, als wir durch die Mauerpforte traten.

Amy gab Sam den Ersatzhelm, aber der reichte ihn an mich weiter.

»Nimm Lou mit«, sagte er. »Und pass gut auf sie auf. Aber freu dich nicht zu früh: Die Nachtschichten hast du mit mir.«

# Kapitel 20

*Immer wenn du lachst, stirbt irgendwo ein Problem.*

Als wir die lichtdurchflutete Eingangshalle von Moonrose Manor gegen Mittag betraten, war es, als wären wir in einer komplett anderen Welt. Auf dem glänzenden Marmorboden stand jetzt ein Brunnen, alle Bewohner des Hauses hatten sich um ihn geschart.

Cleo bemerkte uns als Erste und winkte uns zu sich. »Ihr kommt gerade noch rechtzeitig zur Einweihung«, flüsterte sie. »Das ist ein kleiner Schritt für Mortimer, aber ein großer für Lord und Lady Ashcroft.«

Ich war in Gedanken noch ganz bei dem Gespräch mit Onkel Pádraig und kam nicht ganz mit. Aber in diesem Moment hörte ich, wie Mortimer irgendwo im Hintergrund »Wasser Marsch« rief, und das brachte mich jäh in die Realität zurück.

Lord Ashcroft hob den Finger und legte lauschend den Kopf schräg. Alle hielten den Atem an. Ich auch.

Erst blieb alles still, dann gurgelten Rohre, wir hörten es plätschern, und auf einmal wurde die Brunnennymphe von tanzenden Wasserstrahlen umrahmt, die sich im Becken unter ihrer Muschel sammelten.

»Es ist vollbracht«, sagte Lady Eliza geradezu andächtig. »Nach fast hundert Jahren steht der Brunnen endlich wieder da, wo er hingehört.« Sie wandte sich an uns alle. »Zur Feier des Tages laden Algernon und ich euch alle zum Lunch in den Park ein! Wir haben ein kleines Büffet vorbereitet, denn die Köchin möchte, dass wir ihre Partyhäppchen probieren, und das Wetter ist herrlich.«

»Ich wollte eigentlich nicht nur den Brunnen feiern, sondern auch etwas anderes«, sagte Lord Ashcroft, der ein bisschen brummig wirkte. Seinen fröhlichen, näselnden Singsang hatte er momentan ganz abgelegt.

»Wir feiern, was immer du willst, Darling!«, sagte Eliza und küsste ihren Mann auf die faltige Wange.

»Das ist ein Wort.« Lord Ashcroft wirkte schon etwas munterer.

Als wir alle gemeinsam das Haus verließen und durch den Park schlenderten, winkte er mich zu sich. »Louisa, ich brauche deine Hilfe«, raunte er mir zu. In seinen Augen blitzte ein listiger Funke auf.

»Sehr gern. Was soll ich tun?«

»Sei begeistert, mein Kind«, sagte der Lord. »Sei begeistert, und stecke alle damit an.«

Ich stotterte so was wie »Äh, gut, mach ich«, und dachte insgeheim, dass das sonnige Wetter für ältere Herren offenbar ziemlich anstrengend war.

Wir hatten jetzt das Haus umrundet, und ich sah, dass auf dem Rasen vor der großen Terrasse weiße Sonnenschirme, weiß gedeckte Tische und Stühle mit weißen Stoffüberzügen auf uns warteten. Rosen in allen Farben des Sommers schmückten die Tische. Seitlich sah ich auf einem langen Tisch ein herrliches Büffet. Eine Küchenhelferin begann gerade, die Schüsseln aufzudecken. Okay, bei diesem Anblick war es nicht schwer, begeistert zu sein. Ich klatschte in die Hände und rief: »Wie schön!«

»Algernon!«, rief Lady Eliza plötzlich empört. »Was soll denn das bedeuten?«

Sie starrte auf etwas am Boden, das ich nicht sehen konnte, weil ein Tisch es verdeckte. Aber nicht lange. Das Etwas hatte mein Händeklatschen anscheinend gehört und wackelte mit tapsigen Schritten auf mich zu, gefolgt von Otis, der es misstrauisch beschnüffelte.

»Ooooooh!«, rief ich entzückt, ließ mich auf die Knie fallen und klopfte auf den Rasen, um das kleine, braune Hundebaby anzulocken, das sofort mit dem Schwanz wedelte und in freudigen Sätzen auf mich zukam. Als es mich erreicht hatte, leckte es erst meine Hand, ließ sich dann aber ins Gras plumpsen, um an einem selbst erbeuteten Gänseblümchen zu kauen.

»Das ist Ivy«, sagte der Lord und betrachtete das kleine Tier voll Vaterstolz.

»Sie ist toll«, sagte ich. »Ich glaube, sie ist der schönste Hund, den ich je gesehen habe.«

Und das war Ivy wirklich. Sie war goldbraun und flauschig wie ein Stofftierchen. Um ihre großen, dunklen Augen hatten sie eine Art Kajalstrich, der sich in den Augenwinkeln nach außen zog wie bei einer ägyptischen Schönheit. Otis war auch ganz hin und weg von ihr.

»Algernon«, sagte Eliza scharf. »Wir wollten keinen zweiten Hund.«

Der Lord allerdings blieb völlig ungerührt. »Ich bin sicher, Eliza, dass Ivy deutlich weniger müffelt als mein Brunnen im großen Salon«, näselte er wieder höchst vergnügt. »Wie wäre es mit einem Quidproquo?«

»Mit was?«, zischte ich William zu, der sich jetzt ebenfalls gebückt hatte, um Ivy zu streicheln.

»Mit einer angemessenen Gegenleistung«, raunte er mir zu.

»Tante Eliza, sie ist wirklich hinreißend«, sagte jetzt auch Sophie.

»Und intelligent«, behauptete der Lord. »Sie kann sich schon hinsetzen. Allerdings noch nicht auf Befehl.«

Ja, sitzen konnte Ivy. Und noch viel mehr. Liegen zum Beispiel. Sie konnte sich auch schon auf den Rücken wälzen und mit allen vier Beinen strampeln. Sie konnte Löcher in den englischen Rasen graben, ein Tischbein annagen und einen heruntergefallenen Fleischklops klauen. Der Hund war eindeutig hochbegabt.

Eliza Ashcroft bewies Stil. Sie war schließlich eine Lady. »Also gut«, sagte sie, als hätte der Lord auf ihre Einwilligung gewartet. »Ich bin einverstanden. Aber eins muss klar sein: Der Hund kommt nicht in den Speisesaal.«

»Wir halten es genau wie bei Otis, meine Liebe«, sagte Lord Ashcroft und gab seiner Frau doch tatsächlich vor uns allen einen Kuss auf die Wange.

»Miss Louisa?« Mortimer war leise an mich herangetreten. »Da ist Besuch für Sie und Mr Anthony.«

Besuch? Für Sam und mich?

»Ich habe die junge Dame in den grünen Salon geführt.«

Ein Mädchen? Wer konnte das sein? Ich wechselte einen raschen Blick mit Sam, der ebenfalls ratlos aussah.

»Lass uns nachsehen.«

Ich warf dem Büffet einen bedauernden Blick zu, aber meine Neugier siegte über meinen Hunger.

»Nicht ohne mich«, erinnerte Phil uns beide.

»Und ohne mich sowieso nicht«, sagte Amy.

Mortimer wirkte ein bisschen irritiert, aber er sagte nichts, als er uns zum Haus begleitete.

In Lady Elizas Lieblingssalon wartete ein Mädchen auf uns, das ich noch nie gesehen hatte. Sie war ein paar Jahre älter als ich, trug ein geblümtes Sommerkleid und eine große Handtasche über der Schulter. Auf ihrem Kopf saß ein eleganter, weißer Hut, ihre dunklen Haare hatte sie im Nacken zusammengebunden.

»Fiona!«, sagte Sam überrascht. »Was machst du denn hier?«

»Ich hab dir was mitgebracht«, sagte unsere Besucherin.

Moment, das war Fiona? Das Mädchen mit der Schirmmütze? Aus dem PSI-Institut? Misstrauisch gab ich ihr die Hand.

»Benötigen Sie mich noch?«, fragte Mortimer, und in seiner Stimme lag eindeutig ein besorgter Unterton.

»Nein, danke, alles in Ordnung«, sagte Sam.

»Sie kommt vom PSI-Institut«, erklärte ich Amy und Phil.

Mit einem raschen Schritt stellte Phil sich zwischen Sam und mich.

»Worum geht's«, fragte Sam kühl.

Fiona griff in ihre Handtasche, holte ein Handy raus und gab es Sam. »Ich glaub, das gehört dir. Und das ist wohl deins.« Sie griff noch einmal in die Tasche und gab mir ein Gerät, das wirklich genau wie meins aussah. Ich legte meinen Finger an den Sensor, es leuchtete auf und zeigte sechs neue Nachrichten von Mum.

»Sie sind clean«, sagte Fiona. »Und ich denk mal, jetzt habt ihr bestimmt ein paar Fragen.«

Nicht nur ein paar. Ich starrte sie fassungslos an.

»Setzt euch doch.« Fiona wies auf die dunkelgrünen Samtsessel, die um einen runden Tisch standen.

Moment mal, hätten wir sie dazu nicht auffordern müssen? Ach, egal. Ich blieb einfach stehen. Fiona spielte Spielchen mit uns, und darauf hatte ich echt keine Lust. Die anderen folgten meinem Beispiel.

»Warum bist du hier?«, fragte Sam.

»Na, um euch die Handys zu bringen. Die habt ihr verloren.«

»Ja, ja, ja.« Ich verdrehte die Augen. »Wie wär's, wenn du direkt sagst, was du willst?«

Fiona bedachte mich mit einem giftigen Blick, dann wandte sie sich an Sam, als wäre ich gar nicht mehr da.

»Als ich gestern mit meinen Kaffeebechern ins Institut kam, hat der Pförtner gesagt, ich wäre doch eben schon mal da gewesen. Mit diesem Jungen von neulich.«

Sam zuckte mit den Schultern. »Und?«

»War ich aber nicht.«

Sam hob bedauernd die Hände. »Tja.«

»War ja klar, dass du das warst«, fuhr Fiona fort. »Deswegen hab ich mit Psi gesprochen.«

»Psi?«, fragte Sam.

»Doktor Psikowski«, sagte Fiona. »Er hat mir erzählt, dass da was schiefgelaufen ist. Deswegen bin ich hier.«

»Aha«, sagte ich und verschränkte die Arme vor der Brust.

Fiona beachtete mich nicht. »Er wollte euch helfen«, sagte sie. »Er hat über den Test herausgefunden, wie hoch euer Score ist, und wollte sichergehen, dass euch nichts passiert. Aber er hat es eindeutig übertrieben.«

»Was sollte uns denn passieren?«, fragte Sam.

»Ihr wisst ja schon, dass ihr eine sehr seltene Gabe habt, oder?«, fragte Fiona mit einem Lächeln.

Wir schwiegen. Was sollten wir darauf schon sagen?

»Ihr seid damit so was wie die letzten Einhörner auf dieser Welt.«

Ging's noch, oder was?

»Und stellt euch mal vor, wie es wäre, wenn in den Wäldern von Sussex plötzlich zwei der letzten Einhörner frei herumlaufen würden. Ganz ohne Schutz.«

Gegen meinen Willen sah ich vor meinem inneren Auge plötzlich das weiße Fell dieser Tiere durch Waldesdickicht schimmern.

»Was da wohl passieren würde ...«, fuhr Fiona fort.

Der Waldboden in meinem Kopf brach plötzlich ein, die Einhörner versanken zappelnd in einer Falle, das weiße Fell färbte sich rot.

»Das wäre nicht gut«, beantwortete Fiona ihre Frage selbst.

Sam zuckte mit den Schultern. »Selbst wenn es so wäre: Niemand weiß, dass wir hier sind.«

Fiona verzog höhnisch den Mund. »Schon mal auf die Idee gekommen, dass es Leute gibt, die eure Gabe spüren können?« Sie sah Sam direkt in die Augen. »Ja, Psi hat Fehler gemacht. Aber er wollte euch schützen. Und er ist manchmal ein bisschen übereifrig, wenn es um seine Schützlinge geht.«

»Wir sind nicht seine Schützlinge«, sagte ich scharf.

Endlich sah sie mich auch mal an. »Hab ich ihm auch gesagt.« Sie seufzte. »Und er hat das jetzt eingesehen und mich gebeten, euch Folgendes zu sagen: Sein Hilfsangebot steht. Ihr könnt euch an ihn wenden, wann immer ihr wollt. Tag und Nacht. Die Telefonnummer hab ich in eure Geräte eingespeichert. Aber er lässt euch auch sagen, dass er es ab jetzt wirklich akzeptiert, wenn ihr keine Hilfe wollt. Es gibt keine Handyortung mehr, versprochen. Keine ungebetenen Nachrichten und Mails. Keinerlei unerwünschte Einmischung.«

Sie erhob sich. »So, das war's. Bleibt ruhig sitzen, ich finde alleine raus.«

»Das glaube ich dir«, sagte ich. »Aber wir sind trotzdem ganz gern persönlich dabei.«

Sie grinste, als wir sie zu viert in die Eingangshalle begleiteten.

»Schlupp«, machten unsere Handys, als sie in der wassergefüllten Muschel der Brunnennymphe landeten. Das war das Erste, was Sam und ich taten, als Fiona weg war.

»Was wollte die denn?«, fragte Amy.

»Ausloten, wie wir reagieren«, vermutete Sam. »Und vielleicht das Haus ausspionieren. Als Mortimer uns geholt hat, war sie leider eine ganze Weile allein hier drin.« Er seufzte. »Sie hält uns ja für ganz schön doof. Erst erzählt sei mir, sie hätte einen Ferienjob in dem Institut. Und dann sagt sie, dass sie zum Chef marschiert ist und Klartext mit ihm geredet hat. Ja, was denn nun?«

»Pssst!« Amy legte den Finger an die Lippen. »Nicht reden. Hier kann alles verwanzt sein.«

»Und jetzt?«, wollte Phil wissen.

»Benehmen wir uns ganz normal«, sagte Amy. »Unsere Anweisungen sind klar.«

»Jep.« Ich seufzte. »Aber was ist in einem solchen Fall eigentlich normal?«

»Hundebabys. Und Essen«, bestimmte Amy. »Lasst uns zurück zum Büffet gehen.«

# Kapitel 21

*Prinzessinnen richten ihre Krönchen.*
*Eine Kriegerin zieht ihr Schwert.*
*Äußerlich ist der Unterschied allerdings oft unsichtbar.*

Ziemlich genau vierundzwanzig Stunden später hatte sich Moonrose Manor in einen zauberhaften Ort für einen Sommerball verwandelt. Der Kies vorm Haus war frisch geharkt und wartete auf die dunklen Limousinen mit ihren Chauffeuren, die die Gäste in den Abendstunden hierherbringen würden. Auf der Freitreppe standen rechts und links altmodische Laternen bereit, die bei Einbruch der Dämmerung angezündet werden würden. Das Eingangstor des Hauses war bereits einladend geöffnet worden und lenkte den Blick auf den Brunnen, der in der Eingangshalle vor sich hin plätscherte. Das sah eindrucksvoll aus, und ich verstand jetzt, warum der Architekt das Wasserspiel an genau dieser Stelle geplant hatte.

Die Geländer der beiden geschwungenen Treppen rechts und links hinter dem Brunnen waren mit dunkelgrünen Girlanden umwickelt und bildeten so eine festliche Umrahmung für die Nymphe.

Direkt hinter ihr öffnete sich die große Flügeltür in den

rosengeschmückten Ballsaal, und von dort hatte man einen fantastischen Blick durch die riesigen Glastüren auf die Steinterrasse und den Schlosspark.

Es war überwältigend.

Im Park hatten Mortimer und all seine Helfer inzwischen überall romantische Oasen erschaffen. Da gab es einmal die Anlegestelle für die Boote, wo überall Teelichter bereitstanden, die nachts funkeln würden. Auf dem Rasen warteten an mehreren Stellen altmodische hölzerne Liegestühle auf die Gäste, manche unter alten Bäumen, andere unter weißen Stoffpavillons mit kunstvoll verschnörkelten, schmiedeeisernen Beinen. Es gab aber auch Stehtische, an denen man sich in Grüppchen bequem unterhalten konnte.

Unsere Kleider waren inzwischen auch da, und sie passten.

Alle in Moonrose Manor waren aufgeregt und voller Vorfreude. Nur Amy, Sam, Phil und ich nicht. Wir waren gestresst.

Aber natürlich ließen wir uns das nicht anmerken. Nicht nur wegen der Worte meines Onkels, sondern auch wegen Sophie. Sie hatte morgen Geburtstag, und das hier war ihr großes Fest. Egal, was mit Psi passieren würde, ich war wild entschlossen, ihr den Abend nicht zu verderben.

Mit jeder Minute, die der Ball näher rückte, wurde ich allerdings nervöser, und irgendwann wusste ich nicht mehr, wohin mit mir. Ich grauste mich vor Doktor Psi und dem Moment, in dem er vor mir stehen und meine Gedanken lesen würde. Wenn ich wenigstens gewusst hätte, wann er kam. Aber die Ungewissheit war echt schwer auszuhalten.

»Oookay«, sagte Amy, als wir zu viert in ihrem Zimmer rumsaßen, nichts mit uns anzufangen wussten und immer zappeliger wurden. »Das ist eindeutig ein Fall für Amy und ihr ultimatives Ballvorbereitungsprogramm. Wir teilen uns jetzt auf in Jungs und Mädels. Phil, du räumst Sam irgendwohin und lässt ihn nicht aus den Augen. Bewegt euch. Macht Sport. Geht Joggen. Spielt Billard, was auch immer Jungs machen, wenn sie sich abregen wollen. Aber macht das zusammen mit Arthur und Will, damit Sam auf gar keinen Fall wegkommt, kapiert? Lou, du nimmst mal mein Handy und schreibst Cleo und Sophie, dass sie rüberkommen sollen. Wir brauchen Leute um uns rum, die uns ablenken. Und ich sorge dafür, dass Mortimer uns ein paar Sachen bringt.«

Sie klingelte nach Mortimer, dann scheuchte sie die Jungs aus dem Zimmer. Dankbar für die Ablenkung machte ich, worum sie mich gebeten hatte, und wenig später klopften Cleo und Sophie erwartungsvoll und aufgeregt an Amys Tür.

Als Mortimer allerdings erfuhr, was Amy benötigte, sah ich zum ersten Mal, wie seine Gesichtszüge kurz entgleisten. »Verstehe ich das richtig?« Er musterte die Liste in seiner Hand. »Sie brauchen Honig, Zimt, Haferflocken, Milch, eine Vanilleschote und eine Zitrone?«

Amy nickte. »Genau. Die Mengenangaben stehen jeweils dahinter. Und dann brauchen wir noch ein paar kleine Schälchen, ein Messer und ein paar Teelöffel. Geht das?«

Mortimer hatte sich schon wieder im Griff. »Selbstverständlich«, sagte er würdevoll. »Sonst noch etwas?«

Mit gerunzelter Stirn dachte Amy kurz nach. »Nein«, meinte sie dann. »Den Rest habe ich dabei.«

Kaum war er weg, wandte ich mich an Amy. »Was hast du vor?«

»Ich mach euch schön«, sagte Amy achselzuckend.

»Willst du uns dafür neu *backen*?«

Meine Freundin schüttelte lachend den Kopf. »Nein, ich werde nur mit ein paar Hausmittelchen dafür sorgen, dass euch eure Nasen heute ganz besonders gut stehen.«

Na gut. Dagegen war nichts einzuwenden, und es lenkte ab.

Mortimer war ein echtes Butlerwunder. Es dauerte nicht lange, da klopfte er wieder an Amys Tür. Und als er eintrat, trug er ein Tablett voller Schälchen, Fläschchen, Zitronenscheibchen und Silberbesteck.

»Okay, fangen wir an.« Amy klatschte in die Hände. »Schritt eins, Wechselduschen.«

Ich seufzte. So was hatte ich befürchtet. »Du meinst warm und kalt?«

Amy schüttelte den Kopf. »Ich meine heiß und eisig. Regt die Durchblutung an, genau wie Sauna. Und eine Frau ist ja bekanntlich niemals so schön wie ein paar Stunden nach der Sauna. Sagt zumindest meine Mum.«

»Ich vielleicht nicht«, wagte ich einen leisen Widerspruch. »Ich bin eventuell die Sorte, die ohne eiskalte Abreibungen schöner ist.«

Cleo kicherte.

»Jetzt wird nicht diskutiert, jetzt wird geduscht«, befahl

Amy. »Dreimal im Wechsel. Jeweils eine Minute. Und den Kopf nicht vergessen, die Haare könnt ihr gleich mitwaschen. Mit eisig aufhören, okay? Und in spätestens zehn Minuten treffen wir uns alle wieder hier. Hopp!«

Sie klang wie unsere Sportlehrerin, fand ich. Was kein Kompliment war. Trotzdem trabte ich gehorsam in mein Zimmer und duschte. Warm und etwas weniger warm.

Zehn Minuten später erschienen wir alle wieder in Bademänteln und mit Handtuchturbanen in Amys Zimmer.

Amy selbst war rot wie ein gekochter Krebs, und Sophie auch. Cleo allerdings war genau wie ich höchstens hellrot. Wir blinzelten und heimlich zu.

»Das hab ich gesehen«, knurrte Amy.

Sie hatte das Tablett mit den Schälchen inzwischen auf einen kleinen Tisch gestellt und verrührte gerade etwas in einer Schüssel. »Das wird eine Haarkur«, verkündete sie. »Honig, Zitronensaft und Vanille. Nehmt euch was davon, massiert es ein, lasst es kurz einwirken und dann ab mit dem Kopf unter die Dusche.«

Ich hätte das Zeug zwar lieber gegessen, es roch extrem gut, aber natürlich gehorchte ich.

»Lektion zwei«, sagte Amy, als wir alle nach Vanille dufteten wie Weihnachtskipferl. »Einen zarten, ebenmäßigen Teint bekommt man mit einer Peelingmaske aus Haferflocken und Milch.«

»Kein Witz?«, fragte ich.

»Bei so was macht sie keine Witze«, stellte Cleo fest.

Unbeeindruckt von meinem Protest rührte Amy Haferflocken und Milch zu einer Paste. »Auftragen, einreiben, antrocknen lassen«, ordnete sie an. »Aber lieber im Bad, das kann krümeln.«

Wenig später drängelten wir uns alle vier mit Streuselkuchengesichtern vorm Spiegel in Amys Bad. Lachen konnten wir darüber allerdings nicht. Schon die kleinste Mimikveränderung erzeugte Risse in unserer Maske, die stark an das Nilufer bei Trockenheit erinnerten.

»Jetzt noch der Mund«, sagte Amy mit haferflockenbedingt starrem Gesicht. »Wir machen ein Zimtpeeling.« Sie bestrich sich die Lippen mit Gesichtscreme, tippte mit ihrem Zeigefinger in das Zimtschälchen, das sie ins Bad mitgenommen hatte, und rieb sich damit kräftig über die Lippen. Auf ihr aufforderndes Nicken hin folgten wir ihrem Beispiel. Darauf kam es jetzt auch nicht mehr an.

»Du riechst himmlisch«, sagte ich zu Amy. »Wenn jetzt ein Krümelmonster vorbeikäme, würde es dich fressen.«

»Geh mir nicht auf den Keks«, antwortete sie mit starren, braunen Zimtlippen und ohne eine Miene zu verziehen.

Zehn Minuten später hatten wir alles wieder abgespült. Und jetzt erinnerten wir nicht mehr an Krebse, jetzt glühten wir so signalrot, dass wir über eine Karriere als Leuchtsignal nachdenken konnten. Was bei genauer Überlegung durchaus eine Option war, denn auf den Ball konnten wir so ohnehin nicht mehr gehen.

»Keine Panik, das muss so sein«, behauptete Amy allerdings ungerührt. »Wir cremen uns jetzt ganz dick ein, dann warten wir eine halbe Stunde, in der wir uns schon mal die

Haare föhnen können, und danach sieht man dann den Effekt.«

Und sie hatte recht. Eine halbe Stunde später hatten wir alle vier eine zarte, weiche, ebenmäßige Haut und glatte, rote Lippen, die wie aufgepolstert aussahen und angenehm prickelten. Unsere Haare rochen richtig gut und hatten einen umwerfenden Glanz. »Wusstet ihr, dass Vanilleduft ein Aphrodisiakum ist?«, fragte Amy.

»Ein was?«, fragte Cleo.

»Ein Lockstoff, der das männliche Männchen anzieht und in Verzückung geraten lässt«, erklärte Amy. »Tausendmal wirksamer als jedes Parfüm.«

»Klingt gut, riecht gut«, befand ich. »Und was machen wir jetzt?«

»Ausruhen. Lesen, vielleicht sogar kurz die Augen zu. Auf jeden Fall Kraft sammeln, damit wir nachher länger durchhalten. Und um fünf treffen wir uns wieder und schminken uns.«

Und weil Amy eigentlich immer recht hatte, taten wir auch diesmal, was sie sagte. Inzwischen war ich so ruhig geworden, dass ich das schaffte.

Um kurz vor sieben klopfte Sam an die Tür meines Zimmers. »Ich bin's!«, rief er.

Ich warf einen letzten Blick in den Spiegel. Das Kleid saß toll, Mrs Coxley war wirklich eine Künstlerin. Der Neckholder machte optisch eine Sanduhrfigur und hielt das Oberteil trotz des relativ tiefen Ausschnitts an der richtigen Stelle. Der cremefarbene Seidenstoff lag bis zur Taille eng an, die durch ein Taillenband noch extra betont wurde. Ab da war das Kleid weit geschnitten, und die Seide umbauschte mich bei jedem Schritt. Damit ich in dem hellen Kleid nicht wie eine Braut aussah, hatte ich winzige Rosen zu einem Sträußchen gebunden und an das Band an meiner Taille gesteckt. Rote, pinke, rosa- und apricotfarbene. Solche Blüten trug ich auch seitlich in den aufgesteckten Haaren. Sie leuchteten in allen Farben des Gartens (die Blumen, nicht die Haare!), und dank Amys Sonderbehandlung leuchtete auch ich. Zum Glück nicht mehr wie ein Signal. Es war jetzt eher ein Schimmern, genau wie Amy vorhergesagt hatte.

Als Sam und Phil jetzt mein Zimmer betraten, hielt ich kurz den Atem an. Hatte Amy sich die auch vorgenommen? Keine Ahnung, aber sie sahen heute auf jeden Fall ebenfalls besonders gut aus. In Sams grauen Augen lag ein Glanz, wie ich ihn noch nie gesehen hatte. Ich spürte, dass er mich schön fand, aber das war es nicht, was ihn so leuchten ließ. Ich war für ihn etwas Besonderes, und das hier war eine besondere Nacht. Darum allein ging es.

»Darf ich bitten, Prinzessin?«, fragte er.

Ich reichte ihm meine Hand und deutete einen Knicks an. »Nichts lieber als das.«

Sommerluft. Leise Musik. Kerzenlicht. Als Sam und ich, dicht gefolgt von Phil und Amy, die Treppenstufen in die Eingangshalle herabschritten, fühlte ich mich wie in einem Film. Die Türen von Moonrose Manor waren weit geöffnet, draußen knirschten Reifen auf Kies, Autotüren schlugen. Erste Gäste betraten die Halle, Diener eilten ihnen entgegen, um Mäntel und Taschen entgegenzunehmen. Lord und Lady Ashcroft standen neben dem plätschernden Brunnen und begrüßten die Ankommenden. Aus dem Ballsaal drangen Geigenklänge zu uns, und hinter der geschlossenen Tür des Speisesaals klirrten Geschirr und Besteck, vermutlich wurde da gerade das Büffet angerichtet.

Sophie stellte uns ihren Gästen vor, und sie machte das wie eine vollendete Gastgeberin. Sie begleitete uns von Gruppe zu Gruppe und sagte zu jedem ein paar Worte, damit klar war, wer wer war. Und natürlich lächelten, plauderten und lachten Sam und ich mit jedem. Wir benahmen uns pflichtgemäß ganz normal.

Als das Orchester dann den ersten Walzer anstimmte, verneigte Sam sich vor mir und bat um den Tanz. William verbeugte sich vor Amy, Arthur vor Cleo. Nur Phil tanzte nicht. Er lehnte am Rande der Tanzfläche an der Wand und ließ uns nicht aus den Augen.

Ich dachte kurz daran, wie wir am ersten Tag alle hier angekommen waren. Amy hatte sich anfangs ein bisschen schwergetan, als William zu flirten begonnen hatte. Vielleicht, weil sie da noch viel an ihre Mum und ihren Dad gedacht hatte. Im Moment allerdings hatte sie richtig Herzchen in den Pupillen, als sie zu ihm aufsah. Cleo hatte sich noch stärker verändert als Amy, seit wir hier waren. Sie war ruhiger geworden und beschäftigte sich intensiv damit, was ihr Erbe eigentlich wirklich bedeutete. Das war anders geworden, seit sie über den kleinen Fuchs einen echten Bezug zu ihrem Onkel Per bekommen hatte. Und der ruhige, freundliche Arthur ließ sie gewähren und störte sie dabei nicht. Verändert hatte sich auch die Beziehung zwischen Phil und Sam, seit Phil gestern ausgesprochen hatte, dass Sam ein Problem mit ihm hatte. Seltsamerweise hatte ich jetzt das Gefühl, dass die beiden sich irgendwie doch mochten.

Tja, und Sam und ich? Wir hatten auf Moonrose kaum Zeit gehabt, allein zu sein, und seit gestern hatten wir auch keine geheime Herzensverbindung mehr zueinander aufgebaut. Trotzdem fühlte ich mich ihm hier beim Tanzen gerade näher als je zuvor.

Die Musik wurde schneller, und die Gesichter um mich herum, die Lichter, die Rosen, alles versank in einem bunt glitzernden Wirbel. Ich sah in Sams dunkelgraue Augen, und es gab nur noch ihn und mich. Wie schön, dass wir diesen Tanz für uns hatten. Wenn Onkel Pádraig recht hatte, konnte der Frieden eigentlich nicht mehr lange andauern.

Als die letzten Takte verklungen waren, dirigierte Sam mich an den Rand der Tanzfläche.

»Lou?«

»Ja?« Ich sah zu ihm auf.

»Ich hab was für dich.«

»Was?«

»Zeig ich dir, wenn alles vorbei ist und wir endlich wieder allein sein können. Jetzt müssten wir Phil mitnehmen, und bei aller Dankbarkeit ihm gegenüber muss ich doch sagen, dass es ohne ihn ein bisschen romantischer wäre.« Er grinste.

Und schwapp. Ein Junge, der zwei Cocktailgläser mit einem kirschroten Getränk vor sich her balancierte, stolperte. Ein Schwall roter Flüssigkeit ergoss sich über Sams Hemd. Und weg war die Romantik.

»Oh, sorry«, sagte der Typ, und wurde so rot wie der Fleck auf Sams Hemd. »Das tut mir unendlich leid. Warte, ich hab ein Taschentuch.« Er zog ein blütenweißes Tuch aus der Tasche und wollte es Sam reichen.

»Nee, lass mal, schon okay.« Sam hob abwehrend die Hände.

Rasch vergewisserte ich mich mit einem Blick, ob mein von Lady Eliza geliehenes Kleid auch etwas abbekommen hatte. Nein, Glück im Unglück, es war noch immer cremeweiß.

»Wir können die Stelle schnell auswaschen«, sagte ich. »Und dann föhnen wir sie trocken.«

»Kein Problem, ich hab oben noch zweites Hemd. Ich bin gleich wieder da.« Er wandte sich an den Jungen, der immer noch Entschuldigungen stotterte. »Es ist wirklich nicht schlimm, das kann jedem passieren. Ich zieh mich schnell um.«

»Ich komme mit«, sagte Phil. »Ich kenn einen Trick, wie das rausgeht.«

Wir benahmen uns tatsächlich alle total normal. Und das, obwohl wir ahnten, dass das hier so was wie der Startschuss war. Doktor Psi hatte den Kampf ganz offensichtlich mit Kirschlimonade begonnen.

# Kapitel 22

*Nicht der Apfel hat Schneewittchen vergiftet,
sondern ihr Vertrauen in die falschen Menschen.*

»Wo Sam nur bleibt?« Ich reckte mich auf die Zehenspitzen und sah mich um. Der Ballsaal war wirklich überwältigend schön. Im glitzernden Licht der Kronleuchter drehten sich edel gekleidete Paare auf schimmerndem Parkett im Walzertakt. Die Seidenkleider der Mädchen glänzten in sanften Farben und schwangen bei jedem Tanzschritt mit.

Leider konnte ich Sam nirgends entdecken. Wo war er nur?

»Puh.« Amy wedelte sich mit der Hand Luft zu. »Irgendwer hat hier eindeutig zu viel Eau de Wasweißichwas aufgetragen. Wollen wir draußen warten?«

Die Flügeltüren des Saals waren weit geöffnet und auf der Terrasse boten weiß behandschuhte Diener Erfrischungen an. Sam würde uns dort bestimmt schneller entdecken als hier im Gewühl, daher nickte ich.

Erleichtert raffte Amy ihren Rock und steuerte auf die Terrasse zu.

Als ich ihr allerdings folgen wollte, hörte ich plötzlich eine Stimme hinter mir. »Louisa Waldgraf?«

Ich fuhr herum und sah in kalte, eisblaue Augen. Der Mann, dem sie gehörten, war mir unbekannt, doch seine Gesichtszüge waren mir vertraut wie aus einem Albtraum. Sie wirkten kantig und seltsam alterslos.

»Sam wird nicht kommen.« Seine Stimme klang sanft, doch sein Blick war gefühllos und hart. »Dafür kommst du jetzt mit.«

Mir stockte der Atem. Kopfschüttelnd wich ich zurück.

Der Mann lächelte spöttisch. »Das war keine Frage, Louisa.«

Er zog ein schlankes, grünes Fläschchen aus der Tasche und sprühte eine Substanz in die Luft, die leicht nach Pfefferminz duftete. Ich hielt sofort den Atem an, um nichts davon einzuatmen, aber natürlich hatte ich das schon getan, sonst hätte ich den Geruch ja nicht bemerkt.

Der Mann lächelte diabolisch. »Komm schon, Louisa, dir wird nichts passieren. Bei mir bist du sicher.« Dann sprühte er mir noch einmal einen Pfefferminzstoß direkt ins Gesicht.

Plötzlich fühlte ich ein Schwebegefühl, das ich gut kannte. Shit, ein Déjà-vu. Hilfe, ich durfte doch jetzt nicht flüstern. Aber diesmal war das Gefühl intensiver als jemals zuvor, und ich konnte mich nicht dagegen wehren. Mir wurde richtig schwindelig, und in meinen Ohren rauschte es. Auf einmal hatte ich das Gefühl, schon einmal auf diesem Ball gewesen zu sein, und dort diesen Mann getroffen zu haben. Dabei hatte ich sein Bild bisher nur in Briefmarkengröße auf einem Prospekt gesehen. Ich fühlte mich ein bisschen, als würde ich träumen, aber das tat ich nicht. Im Gegenteil, ich war hellwach. Und dann wusste ich schlagartig, was gleich geschehen würde, ich konnte die nächsten paar Sekunden vor mir sehen: Ich würde dem Mann folgen, und er würde mir etwas Wichtiges zeigen. Obwohl ich mich nicht erinnern konnte, was es sein würde, wusste ich, dass es mich glücklich machen würde.

»Sie sind Doktor Psi, oder?«, fragte ich mit heiserer Stimme.

Er nickte. »Komm, Louisa«, forderte er mich auf. Seine hellblauen Augen waren nicht mehr kalt, sie lächelten mich warm und freundlich an. Ich setzte mich in Bewegung und folgte ihm.

Amy stand draußen auf der Terrasse und sah sich nach mir um.

»Wo bleibst du denn?«, fragte sie. Dann sah sie den Mann vor mir und riss erstaunt die Augen auf. »Wer ist das?«

»Alles okay, Amy.« Ich strahlte sie an.

»Wirklich?« Sie musterte erst den Mann prüfend, dann mich.

»Ich komm gleich wieder«, sagte ich. »Ich erklär's dir später. Es ist wirklich alles okay, glaub mir.«

Amy runzelte die Stirn. »Wo ist Sam?«

»Er wartet draußen auf mich.« Keine Ahnung, woher ich das wusste, aber ich war mir ganz sicher.

Der Mann ging voraus, ich folgte ihm. Er bahnte uns einen Weg durch die Jungs und Mädchen, die sich auf der Terrasse vom Tanzen abkühlte, und niemand beachtete ihn. Nicht mal Mortimer, der am Geländer lehnte und ein wachsames Auge auf das bunte Treiben hatte. Sein Blick glitt einfach über uns hinweg, es war fast, als wären wir unsichtbar. Was wir definitiv nicht waren. Wir strahlten vermutlich nur beide eine solche Selbstverständlichkeit aus, dass keiner auf die Idee kam, hier könne irgendetwas nicht stimmen. Und vielleicht lag es auch daran, dass Doktor Psi einen Sprühstoß aus seinem Fläschchen auf die Umstehenden richtete.

»Oxytocin«, sagte er. »Manche nennen es Kuschelhormon. Eine tolle Droge, sie schafft Zuneigung und Vertrauen. Wenn man sie richtig dosiert, könnte man einen Wolf damit besprühen, und anschließend würden ihm die Schafe die Stalltür öffnen.«

»Interessant«, sagte ich und meinte das auch so.

»Ja, nicht wahr?«, sagte Doktor Psi. »Ein Sprühstoß, und Peabodys ganzer Plan löst sich in Luft auf. Nein, nicht in Luft.« Er lachte dröhnend. »In grünen Nebel.«

Ich lachte mit. Mir kam das Gespräch in diesem Moment total normal vor, weswegen es wunderbar leicht war, mich auch normal zu verhalten. Ich war total stolz auf mich.

»Es gibt nur einen, bei dem das Zeug nicht wirkt. Und den müssen wir uns jetzt mal genauer ansehen. Es wäre extrem nett von dir, mir zu helfen«, fuhr Doktor Psi fort.

»Mach ich sehr gern«, sagte ich und fühlte mich angenehm wichtig. »Was muss ich tun?«

»Ich zeige es dir«, sagte Doktor Psi. »Es ist ganz leicht.«

Wir mussten ziemlich weit laufen, zumindest kam es mir so vor, denn meine Füße wurden bei jedem Schritt schwerer. Netterweise sprühte mir Doktor Psi noch einmal das erfrischende Minzspray ins Gesicht.

Nach einer gefühlten Ewigkeit kamen wir an den ummauerten Garten, in dem der kleine Fuchs wohnte. Die Tür war nicht abgeschlossen.

»Besuchen wir Wilja?«, fragte ich.

»Es ist alles in Ordnung, Louisa«, sagte der Doktor. Und das fand ich auch.

Auf der Wiese im Fuchsgarten warteten ein paar Leute auf uns. Sie hatten Fackeln dabei, die sie in den Rasen steckten, was richtig toll aussah. Ich erkannte die reizende Fiona, den netten Schäfer Callum, und den interessanten Tudorexperten, den ich neulich im Park getroffen hatte. Toll, sie alle heute wiederzusehen. Und wie hübsch, dass wir hier im dunklen Garten sogar leise die Tanzmusik aus dem Herrenhaus hören konnten. Wir hätten ein bisschen tanzen können, nur leider war ich plötzlich gar nicht mehr in Ballstimmung.

»Kann ich jetzt schlafen?«, fragte ich und merkte, dass meine Aussprache klang, als hätte ich einen viel zu großen Kaugummi im Mund.

»Halte noch ein bisschen durch, Liebes«, sagte Mary neben mir. Huch, wie war sie denn hierhergekommen? Das fühlte sich gerade alles irgendwie wie ein wirrer Traum an. Aber wer weiß? Vielleicht schlief ich ja schon, dann würde ich wenigstens bald nicht mehr müde sein.

»Ist er schon da?«, fragte mein neuer Freund Psi in die Runde.

In diesem Moment traten drei schwarz gekleidete Gestalten in den Kreis, der sich um mich und Psi gebildet hatte. Die beiden äußeren hielten den in der Mitte fest, damit er nicht umfiel. Sie machten mir ein klitzekleines bisschen Angst. Schutzsuchend trat ich näher an Psi heran.

»Es ist alles in Ordnung, Louisa«, sagte er beruhigend. Er hob eine Fackel, und in ihrem Licht erkannte ich in dem mittleren Mann Onkel Dings. Wie hieß er noch? Egon? Aua? Nein, so ähnlich. Der Onkel, der mir nie was sagen wollte, wenn ich ihn höflich was fragte. Er wirkte gerade gar nicht so klein, wie ich ihn in Erinnerung hatte. Vielleicht weil er so aufrecht stand und meinem Freund Psi das Kinn so entschlossen entgegenreckte.

»Hallo Pádraig«, sagte Doktor Psi. »Lange nicht gesehen.«

Stimmt, so hieß er. Mein Onkel knurrte gerührt.

»Ich bringe dir Louisa.« Psi lächelte. »Die Tochter von Isabella und Charles.«

Das Gesicht meines Onkels war ganz starr vor Glück.

»Und das hier ist Sam«, fuhr Doktor Psi fort.

Wirklich, auch Sam tauchte jetzt zwischen den Bäumen auf. Er hatte immer noch diesen niedlichen roten Fleck auf dem Hemd und strahlte den Doktor an. Ich glaube, er mochte ihn auch. Phil war ebenfalls da, er wirkte irgendwie verwirrt.

»Louisa weiß nichts!«, stieß Onkel Pádraig hervor. »Lass sie gehen!«

»Ach, Peabody«, sagte Doktor Psi freundlich. »Mir ist klar, was du vorhast. Aber glaub mir, nicht ich bin hier der Stümper. Wir haben uns lange nicht mehr gesehen, und ich habe seitdem interessante wissenschaftliche Erkenntnisse gemacht. Ja, Louisa weiß nichts. Ich hab mich schon bei ihr eingeklinkt. Und als sie dich eben sah, hat bei ihr gar nichts geklingelt.«

»Ich weiß viel«, sagte ich. »Und ich kann sogar Klavier spielen.«

»Das ist toll, Schätzchen«, sagte Mary und tätschelte meinen Arm.

Der Doktor und mein Onkel starrten sich jetzt schweigend an.

Psi zog sein Fläschchen hervor und nebelte Onkel Pádraig ein, aber der lächelte nur. »Damit kannst du bei mir nichts bewirken«, sagte er. »Ich bin resistent.«

»Schade«, sagte Doktor Psi. »Dann muss ich leider zu drastischeren Mitteln greifen.« Er legte den Arm um meine Schulter. »Ich habe hier deine letzte lebende Verwandte, Peabody. Und du bist für sie verantwortlich.«

Ich nickte, denn ich fand es gut, dass jemand diesen Onkel mal zu ein bisschen Familiensinn aufforderte.

»Es wäre doch verdammt schade, wenn sie ertrinken würde wie ihre Mutter«, sagte Doktor Psi. »Und es wäre sicher sehr unangenehm für dich, wenn du dabei zusehen müsstest.«

Ich nickte heftig. Also, ich persönlich fände es auf jeden Fall unangenehm.

»Und das nach allem, was mit Isa passiert ist«, sagte Doktor Psi sanft. »Und mit Rose.«

Jetzt zuckte Onkel Pádraig zusammen. »Was willst du?«, fragte er.

»Das weißt du!«, sagte Doktor Psi. »Du hast etwas, das mir

gehört. Isa hat es dir gegeben.« Die beiden maßen sich mit Blicken.

Ganz langsam zog Onkel Pádraig ein quadratisches, etwa handtellergroßes, verschnürtes Bündel aus der Tasche seiner schwarzen Kutte. »Suchst du vielleicht das?«, fragte er ganz ruhig.

»Gib es mir, und ihr könnt alle gehen«, sagte Doktor Psi. Weil ich so langsam wirklich extrem müde war, fand ich das ein gutes Angebot.

Mein Onkel sah das jedoch anscheinend anders. Er griff mit der anderen Hand ebenfalls in seine Kutte und zückte einen schmalen Gegenstand. Etwas klickte. Ein Funke flammte auf. Er züngelte an das kleine Bündel und setzte es in Sekundenbruchteilen lichterloh in Brand.

Jetzt war der Doktor plötzlich richtig sauer, und ich konnte ihn gut verstehen. Er wollte das Bündel haben, und jetzt war es kaputt. Ganz schön gemein.

»Du hältst mich wohl für blöd«, zischte er meinen Onkel an. »Du hast ein Duplikat. Oder du hast es abfotografiert. Vielleicht hast du dir auch einfach alles gemerkt.«

»Probiere es aus«, sagte Onkel Pádraig. »Lass Louisa gehen, und du darfst meine Gedanken lesen.« Er streckte die Hände aus und drehte beide Handflächen nach oben. »Komm her, Steven, ich gebe dir Zugang zu allen Fragen, die du mir stellen willst.«

»Du willst mich betrügen«, fauchte der Doktor.

»Teste es«, sagte Onkel Pádraig ganz ruhig. »Du hast ja gar keine Wahl.«

Doktor Psi kam langsam auf Pádraig zu. Er legte seine Handflächen auf die ausgestreckten Hände meines Onkels. Wir anderen bildeten einen Kreis um die beiden, damit jeder was sehen konnte. »Ich werde dir Fragen stellen, die du nicht beantworten willst«, sagte der Doktor. »Ich werde Themen ansprechen, an die du nicht mal denken willst.«

»Tu es!«, sagte Pádraig Peabody.

»Wie ist Isabella gestorben?«

Ja, das interessierte mich auch.

Leider machte mein Onkel den Mund nicht auf. Er schloss sogar die Augen und stand ganz ruhig da. Eine Träne rann über seine alten, runzligen Wangen.

Doktor Psi wirkte, als würde er lauschen. Nach einer Weile nickte er. »Gut möglich. Aber auch denkbar, dass du es irgendwie schaffst, mich zu belügen. Ich benötige noch einen weiteren Beweis. Denk an den Tod von Rose.«

Mein Onkel holte tief Luft. Er schwankte ein bisschen. Aber er hielt die Hände ausgebreitet und die Augen geschlossen. Jetzt war sein Gesicht ganz nass.

»Ja, so war es«, sagte Doktor Psi höchst zufrieden. »Du lügst nicht. Und ich kann auch spüren, wie gern du genau das jetzt tun würdest. Verrate mir also, was du mit dem Codex getan hast. Wo ist das Duplikat?«

Mein Onkel stand weiterhin ganz still da. Er machte aus meiner Sicht gar nichts. Deswegen fand ich es ein bisschen ungerecht, dass Psi plötzlich losbrüllte.

»Das kann nicht sein! Du hast es doch nicht fünfzehn Jahre aufbewahrt, ohne ein einziges Mal hineinzusehen!«

Mein Onkel stand regungslos da.

Doktor Psi nicht. In den kam jetzt plötzlich Bewegung. Er riss seine Hände hoch, packte Onkel Pádraig am Kragen seiner Soutane, und kurz sah es aus, als wolle er ihn schütteln.

Doch mein Onkel blieb ungerührt. »Ja, Steven, tu endlich was, das ich der Polizei melden kann«, sagte er komplett gelassen.

Psi ließ die Soutane abrupt los. Er wandte sich ab und drängte sich durch unseren Kreis. Versehentlich versetzte er mir dabei einen Stoß, und weil ich so unendlich müde war, verlor ich das Gleichgewicht und sank auf die Knie. Ich roch Gras, von fern hörte ich dumpfe Stimmen. Dann gingen in meinem Kopf alle Lichter aus.

# Kapitel 23

*Es ruckelt immer ein bisschen,
wenn das Leben in den nächsten Gang schaltet.*

Als ich wieder zu mir kam, lag ich auf einer harten Holzbank und fror. Benommen setzte ich mich auf und stellte fest, dass ich immer noch im Fuchsgarten war, und zwar vor dem kleinen Schuppen. Um mich herum steckten Fackeln im Boden, die ein gespenstisches Flackerlicht verbreiteten. Von fern hörte ich Tanzmusik. Was um Himmels willen war los?

»Lou?« Ich drehte mich um und sah Sam. Er saß ein Stück von mir entfernt im Gras und wirkte auch ganz benommen. »Wie sind wir hierhergekommen?«

»Keine Ahnung. Aber ich hatte einen seltsamen Traum.«

Plötzlich hörte ich Schritte. Phil tauchte neben dem Schuppen auf. »Na, da seid ihr ja wieder«, sagte er zufrieden. »Anscheinend verfliegt diese Droge schnell. Echt gruselig, wie ihr drauf wart. Sam, du hast mir zum ersten Mal im Leben was Nettes gesagt.«

»Was denn?« Sam wirkte matt.

Phil grinste. »Es war ein bisschen ausufernd, aber ich glaub, was du ausdrücken wolltest, war so was wie danke.«

»Na, dann ist das ja schon mal erledigt«, knurrte Sam.

»Och, ich hör es gern noch mal«, sagte Phil. »Du warst ganz schön schwer, als ich dich eben hierhergeschleppt hab. Ich musste dich mehr tragen, als dass du gelaufen bist. Lou war da leichtfüßiger. Sie dachte, sie sei ein Schmetterling, als sie sich einmal vom Rasen aufgerappelt hatte.«

Okay. Kein Traum. Wohl eher das Ergebnis einiger giftgrüner Spraystöße mit Pfefferminzduft. Ein paar Erinnerungen kehrten zurück, aber zumindest auf den letzten Metern fehlte mir komplett die Erinnerung an diesen Abend.

»Wo sind alle anderen?«, fragte ich, denn ich erinnerte mich dunkel, dass der Garten nicht immer so still und leer gewesen war wie jetzt.

Phil grinste. »Sie sind mit Psi verschwunden, als er sauer abgerauscht ist. Und dein Onkel vernichtet gerade die letzten Krümel von diesem komischen Dings, das er verbrannt hat.«

Oje. War das mit dem Bündel und der Flamme also auch wahr?

Was für eine Nacht! Plötzlich fiel mir siedend heiß Amy ein.

»Sie wird durchdrehen. Wir müssen ihr sagen, wo wir sind!«

»Alles gut«, sagte Phil. »Ich hab mit ihr telefoniert, sie weiß, dass alles okay ist.«

Plötzlich tauchte Onkel Pádraig neben Phil auf. »Kinder, ich muss jetzt gehen«, sagte er. Er wirkte alt und müde. Kein Wunder, wenn alle Bilder stimmten, die bruchstückhaft durch meine Erinnerung schwirrten, hatte er einen harten Abend hinter sich.

»Bitte geh noch nicht weg«, sagte ich trotzdem. »Erklär mir erst, was passiert ist.«

»Lou«, sagte Onkel Pádraig kraftlos. »Hast du noch immer nicht begriffen, dass dieser Mann gefährlich ist? Je weniger du weißt …«

»Ja, ja, ja«, sagte ich. »Aber wenn mich nicht alles täuscht, hat Psi heute Nacht durch Gedankenlesen ein paar Dinge von dir erfahren, die auch für mich wichtig sind. Und wenn er sie schon weiß, können sie mich ja wohl nicht mehr gefährden. Erzähl mir bitte wenigstens, was mit meinen Eltern passiert ist.«

Onkel Pádraig sank neben mich auf die Bank. Ich fand, dass er ein bisschen nach Weihrauch roch. »Gut«, sagte er. »Auch wenn das für mich nicht leicht ist. Aber du hast natürlich ein Recht darauf.« Er verbarg kurz sein altes Gesicht in seinen runzligen Händen, dann richtete er sich wieder auf und begann mit seinem Bericht. »Isabella war die einzige Tochter meines Bruders. Ihre Mutter starb kurz nach ihrer Geburt, ihr Vater folgte, als Isa zwanzig war. Danach hatte sie nur noch mich, wir standen uns sehr nah. Sie war zauberhaft. Warmherzig, fröhlich und klug.« Onkel Pádraig räusperte sich. »Isa studierte Psychologie, und als sie bei einem Konzert den Computerspezialisten Charles Maxwell kennenlernte, war es Liebe auf den ersten Blick. Denn da war eine seltsame, magische Verbindung zwischen den beiden. Wenn es einem von ihnen gut oder schlecht ging, spürte der andere das am eigenen Leib. Sie heirateten, und Isabella wurde kurz vor ihrem Studienabschluss schwanger. Sie waren sehr glücklich.«

»Mochtest du Charles?«, fragte ich vorsichtig, weil ich fand, dass Onkel Pádraig irgendwie reservierter klang, seit von meinem Vater die Rede war.

Er dachte kurz nach. »Ja, ich mochte ihn. Aber was mir Sorgen machte, war die emotionale Verbindung zwischen den beiden. Die kannte ich aus eigener Erfahrung, und damit hatte ich keine guten Erfahrungen gemacht.«

Ich wollte schon den Mund aufmachen, um nachzufragen, wer Rose war und was die beiden erlebt hatten, da hob er gebieterisch die Hand, zum Zeichen, ihn nicht zu unterbrechen. »Ungefähr zu dieser Zeit entdeckte Isabella an der Uni einen Aushang, in dem Teilnehmer für eine psychologische Studie zum Thema Déjà-vu gesucht wurden. Sie und Charles meldeten sich sofort an, denn sie hatten eine Menge Erfahrung mit diesem Thema und auch viele Fragen dazu. Von der Studie erhofften sie sich Antworten.«

Ich nickte. Das kam mir ziemlich bekannt vor.

»So lernten die beiden Doktor Steven Psikowski kennen«, fuhr Onkel Pádraig fort, »den Leiter der Studie. Und aus dem anfangs flüchtigen Kontakt wurde bald eine richtige Freundschaft. Als Isabella ihr Studium kurz darauf beendete, bot ihr Psi, wie er sich nannte, eine Stelle an seinem Institut an. Charles arbeitete zu diesem Zeitpunkt schon bei ihm. Er erstellte Computertests am Institut. Die Freundschaft zwischen Psi und den beiden wurde so eng, dass Isa und Charles den Doktor sogar zum Patenonkel ihres kleinen Mädchens bestimmten.«

Brrr. Onkel Psi? Nicht auch das noch! *Ein* Gruselonkel reichte.

Pádraig Peabody lächelte, und mir fiel ein, dass er meine Gedanken lesen konnte.

»Zu dieser Zeit lernte ich Psi dann auch kennen. Aber er und ich, wir hassten uns von Anfang an.«

»Warum?«, wollte ich wissen.

Mein Onkel dachte gründlich nach, bevor er antwortete. »Weil ich spürte, dass er ein Flüsterer war. Und weil er das vor Isa und Charles verborgen hatte. Ich habe dir ja schon erzählt, dass die Gabe bei mir sehr stark ausgeprägt ist, deswegen konnte er mich nicht täuschen. Und er hasste mich, weil ich es ihnen verriet. Was sie aber leider nicht davon abbrachte, ihn zu mögen. Sie fanden eine Entschuldigung für ihn, freuten sich auf deine Geburt, planten mit Psi die Taufe, und Isa arbeitete sich in ihre neue Stelle an seinem Institut ein. Und dann kamst du. Das Glück schien perfekt.«

An dieser Stelle musste ich eine Träne wegblinzeln. Aber ich tat es unauffällig. Ich wollte meinen Großonkel nicht in Verlegenheit bringen.

»Wann wurde ich denn eigentlich geboren?«, fragte ich. »Mein Geburtstag liegt eine Woche vor dem Todesdatum von Isa und Charles auf dem Gedenkstein.«

Onkel Pádraig nickte. »Ich musste da ein bisschen dran drehen. Tatsächlich bist du vier Wochen älter, als du denkst. Aber dazu komme ich gleich. Eines Abends kurz nach deiner Geburt kam Isabella abends mit dem Kinderwagen am Institut vorbei, um Charles abzuholen«, berichtete er weiter. »Sie fand ihn nicht in seinem Arbeitszimmer und beschloss, ihn zu suchen. Im Büro von Psi brannte noch Licht, sie klopfte und trat ein, doch da war niemand. Sie wollte den Raum gerade verlassen, da entdeckte sie auf dem Tisch eine Akte mit ihrem Namen. Sie las, was darin stand, und geriet in Panik. Und sie nahm etwas mit, das sie auf Psis Schreibtisch entdeckte.«

»Was war das?«, wollte ich wissen.

Onkel Pádraig runzelte die Stirn. »Darüber musst du nichts wissen«, sagte er scharf. »Es existiert nicht mehr. Wichtig ist: Isa und Charles riefen mich an diesem Abend völlig aufgelöst an. Und am nächsten Tag kamen sie zu mir. Sie waren auf der Flucht vor Psi, ließen dich bei mir und baten mich, auf dich aufzupassen. Und sie befahlen mir sehr eindringlich, keine Behörden einzuschalten, was auch immer geschehen sollte. Niemand darf Louisa je finden, wiederholten sie immer wieder. Du musst sie verstecken, bis wir wiederkommen. Egal, wer nach ihr fragt. Keine Polizei, kein Jugendamt. Das schärften sie mir immer wieder ein. Ich glaube, sie ahnten bereits, was passieren würde.«

»Und was geschah?« Meine Stimme zitterte, als ich diese Frage stellte.

»Sie kamen nie wieder«, sagte Onkel Pádraig.

Kurz war es im Fuchsgarten grabesstill.

»Was wurde aus mir?«, fragte ich irgendwann.

»Ich habe alle Spuren verwischt.« Pádraigs alten Augen sahen im Flackerlicht der Fackeln plötzlich wässrig aus. »Ich habe dafür gesorgt, dass du in gute Hände kamst. Dafür habe ich Unterlagen gefälscht, auch dein Geburtsdatum. Frag nicht, wie. Und ich habe die Gedenktafel so formuliert, dass Psi denken musste, du seist ebenfalls tot. Aber es gelang mir nicht, ihn vollständig zu täuschen, eines Tages stand er vor mir. Und wäre meine Gabe nicht so stark gewesen, ich hätte es damals nicht geschafft, ihn abzuschütteln. Aber ich konnte mich wappnen und verhindern, dass er in meinen Gedanken die Wahrheit las.«

Onkel Pádraig sank auf einmal richtig in sich zusammen.

»Und Charles und Isabella?«, fragte ich vorsichtig weiter.

»Waren mit dem Boot auf der Flucht und sind gekentert«, sagte er rau. »Alle Spuren wiesen eindeutig darauf hin. Ich sage dir ehrlich: Ich weiß nicht, wohin sie wollten. Vermutlich erst mal einfach nur weg.«

»Aber du weißt, warum.«

»Ja«, sagte er. Mehr nicht.

»Vielleicht sind sie nicht tot. Genau wie ich.«

Er blickte mich traurig an. »Doch, sind sie, Louisa. Ich bin ganz sicher. Sie hätten dich niemals allein gelassen. Sie wären sonst wiedergekommen. Und wenn das aus irgendeinem Grund unmöglich gewesen wäre, hätten sie mir längst eine Nachricht zukommen lassen. Sie wussten immer, wo ich war.«

Er stand auf und legte mir liebevoll die Hand an die Wange. »Ich weiß, es ist schrecklich, Louisa, aber sie leben beide schon lange nicht mehr. Nun sei tapfer, frag nicht mehr nach der Vergangenheit. Hab Nachsicht mit einem alten Mann, den die Kräfte verlassen, und der heute Nacht noch eine lange Reise vor sich hat.«

»Du fährst weg?«, fuhr ich auf.

Er nickte. »Ich muss. Psi wird wiederkommen. Und er soll *mich* jagen, nicht dich.«

»Aber warum? Er weiß doch jetzt alles, was du weißt.«

Das faltige Gesicht meines Onkels verzog sich zu einem breiten Lächeln. »Psi ist ein Stümper«, sagte er nur.

Er streichelte mir noch einmal unbeholfen über die Wange. Und plötzlich hörte ich eine seltsam körperlose Stimme in meinem Kopf. »Ich passe von fern auf dich auf«, sagte sie. Ich starrte meinen Großonkel an, er hatte keinen Laut von sich gegeben.

Ich fuhr hoch. Konzentrierte mich auf ihn. Und dachte: »Onkel Pádraig? Bist du das?«

»Natürlich, mein Kind«, ertönte es in meinem Kopf.

Wieder sammelte ich mich, so gut ich konnte, und sprach ihn in Gedanken an: »Warst du das auch damals, nachts, als im Park jemand ohne Worte mit mir gesprochen hat?«

Mein Onkel schüttelte den Kopf. »Auch ich habe Helfer«, ließ er mich wissen.

Okay. Ich konnte ihn nicht zum Reden bringen. Aber vielleicht zum Denken. »Onkel Pádraig«, startete ich noch einen gedanklichen Versuch. »Was hast du da eben verbrannt? Du kannst es mir sagen, Psi weiß es ja auch.«

Er runzelte die zerfurchte Stirn, und ich dachte schon, er würde abwehrend den Kopf schütteln, doch plötzlich nickte er. »Vielleicht ist es gut, wenn du das weißt. Es waren Pergamentseiten aus einem uralten Buch. Ein einzigartiges Dokument, in dem es offenbar um unsere Gabe, das Flüstern, ging. Aber auch um sehr viel mehr. Psi hatte sich daraus Antworten auf Fragen erhofft, die ihn seit vielen Jahren wie besessen forschen ließen. Aber das Buch war in einer Geheimschrift geschrieben, und Charles musste es erst noch entschlüsseln. Isa hat die Seiten an diesem Abend damals mitgenommen.«

»Warum hast du sie verbrannt?«

»Damit du frei bist, Louisa.«

»Aber meine Eltern sind dafür gestorben. Sie hätten sie doch auch verbrennen können, um frei zu sein. Aber das haben sie nicht getan. Sie haben sich dafür sogar von mir getrennt, also waren diese Buchseiten ihnen auch wichtig.«

Mein Onkel nickte. »Aber sie haben sich falsch entschieden. Leben ist wichtiger. Und ich habe deins damit gerettet.«

Mein Onkel erhob sich.

»Eine Frage noch«, bat ich. »Psi war doch in meinen Gedanken. Bin ich jetzt in seinem Team? Hat er jetzt Macht über mich?«

Pádraig Peabody schüttelte den Kopf. »Nein, sei ganz ruhig. Das hat er nicht geschafft. Ich war nämlich auch in deinen Gedanken.«

Er wandte sich ab und ging langsam zur Pforte des Fuchsgartens. Als ich ihm nachsah, bemerkte ich, wie sich ein schwarzer Umriss aus dem Schatten der Mauer löste und meinem Onkel die Tür aufhielt.

»Das war Mary«, sagte Phil leise. »Sie gehörte nicht zu Psi, sondern zu ihm. Das wusste nur keiner, nicht mal Psi.«

»Ich verstehe das alles nicht«, sagte ich leise.

»Noch nicht«, teilte Onkel Pádraig mir wortlos mit. »Aber lass mich nun gehen, Louisa.«

Dann war er weg.

# Kapitel 24

*Es ist das Ende, sagte die Raupe.*
*Es ist der Anfang, sagte der Schmetterling.*

»Noch mal von vorn«, sagte Phil, als wir zu dritt im dunklen Fuchsgarten saßen, unsere Gesichter vom Licht der Fackeln erleuchtet. »Wie ist Psi auf Lou aufmerksam geworden?«

»Durch den Psychotest«, sagte ich. »Er hat damit förmlich nach mir gefischt. Und als ich mich dann ausgerechnet als Isa angemeldet habe, einen hohen Déjà-vu-Wert hatte und von einer Adoption erzählte, hat er mein Handy sofort verwanzt. Und mir vermutlich sogar schon nach London ins Hotel einen Beschatter geschickt. Da stand so ein Typ in der Bar und trank Espresso. Und ich meine, den heute Abend unter den Leuten um Psi wiedererkannt zu haben.«

»Aber warum hat er das getan?«, fragte Phil.

»Er wollte wissen, ob ich wirklich das Mädchen war, das er seit fünfzehn Jahren gesucht hat. Und als wir nach Moonrose gefahren sind, hat er auch dort versucht, uns zu beschatten. Deswegen diese Tudorexperten.«

»Und wer stand nachts vor deinem Fenster und hat dir die wortlose Warnung zugebeamt?«, fragte Sam.

»Keine Ahnung. Vielleicht Mary?«, überlegte ich. »Nein, das kann nicht sein, ich habe sie erst am nächsten Tag im Rathaus kennengelernt.«

»Es kann doch sein«, meinte Phil. »Als ihr eben euer Drogenspray ausgemieft habt, haben sie und Peabody sich unterhalten. Ich hab daraus geschlossen, dass Mary wohl so eine Art Doppelagentin war. Psi dachte, sie gehört zu seinen Leuten. Und er hatte sie sofort informiert, dass du zu ihr ins Chickwicker Rathaus kommen würdest. Sie sollte dich unauffällig nach Norwood Gap lotsen.«

»Was sie nicht getan hat«, sagte ich.

Phil nickte. »Weil sie dich ja im Gegenteil von dort fernhalten wollte. Dein Onkel wollte so verhindern, dass du ihn kennenlernst. Er hielt es für sicherer, wenn du nichts von ihm und dem Grabstein wusstest. Er dachte, dann könnte dir auch nichts passieren, Psi würde einfach irgendwann deine Gedanken auslesen und merken, dass er von dir nicht bekommen würde, was er suchte. Problem gelöst.«

»Das ging aber gründlich schief.«

Phil nickte. »Psi muss wohl Callum einen ordentlichen Sprühstoß seiner Droge verpasst haben, daraufhin hat er dich auf Norwood Gap angesetzt.«

»Und dann stand ich plötzlich vor meinem alten Onkel«, fuhr ich fort. »Und er hat geleugnet, dass er mich kennt. Aber damit wurde er mich nicht los.«

Sam lächelte. »Nein, damit hat er erst den Bluthund in dir geweckt.«

Ich seufzte. »Der ist immer noch wach und hechelt nach

einer neuen Spur. Ich wollte mehr über meine Eltern herausfinden. Und über ihren Tod. Und ein bisschen mehr weiß ich ja inzwischen auch. Aber ich kann doch jetzt nicht aufhören und dann mein Leben lang dieses riesige Fragezeichen im Kopf haben, wenn ich an Isabella und Charles denke.«

Sam sah mich nachdenklich an. »Vielleicht ist das besser, als wenn du dich Tag und Nacht fragst, wann Psi wieder vor dir stehen wird.«

Hmmm, ich dachte über seinen Satz nach. Vielleicht hatte Sam recht.

Plötzlich hörte ich ganz leise die Stimme meines Onkels in meinen Gedanken widerhallen. »Kluger Junge. Ich mochte ihn erst nicht, weil er diese Verbindung zu dir hat. Aber so langsam gefällt er mir.«

Von fern schlug eine Kirchturmglocke neun Mal. Wir waren eineinhalb Stunden weg gewesen. »Leute, wir sollten so langsam mal auf den Ball zurück«, sagte Phil. »Heute Nacht können wir nichts mehr tun. Und wenn wir da nicht bald auftauchen, haben wir noch ein paar Probleme mehr.«

»Hast recht.« Ich erhob mich von der Bank. »Der Bluthund wird jetzt erst mal ins Körbchen geschickt. Oje. Wie sieht mein Kleid aus? Wahrscheinlich hab ich den halben Garten dran.«

Sam zupfte mir ein paar Zweige und Blätter vom Rock.

»Für das, was du heute Abend erlebt hast, ist dein Kleid in einem Superzustand.«

Ich seufzte. Von mir konnte ich das nicht behaupten.

Als wir wenig später aufs Herrenhaus zugingen, löste sich aus der Menschenmenge auf der Terrasse eine schlanke, hell gekleidete Gestalt. Sie trat ans Geländer, und ich erkannte Amy. Als wir ins Licht einer Laterne traten, huschte Amy die Treppe herab, hob ihren langen Rock mit beiden Händen an und rannte auf uns zu.

»O Gott, ich bin fast gestorben!«, rief sie schon Weitem, dann fiel sie mir um den Hals. »Wenn Phil mir nicht alle paar Minuten geschrieben hätte, dass alles gut läuft, hätte ich Mortimer alarmiert, und wir hätten den Garten gestürmt.«

»Du hast geschrieben, dass alles gut läuft?«, fragte ich ein bisschen fassungslos. »Definiere gut.«

Phil grinste. »Na ja, es ist gut ausgegangen, oder? Und ich bin nicht sicher, wie alles gelaufen wäre, wenn Amy und Mortimer reingeplatzt wären.«

Stimmt, das wollte ich mir lieber nicht ausmalen.

Amy stemmte empört die Hände in die Hüften. »Es ist also *nicht* gut gelaufen? Könnt ihr mir bitte mal erzählen, was los war?«

Ein nachvollziehbarer Wunsch. Aber in meinem Kopf war plötzlich ein unendliches Chaos. Bis eben hatte grüner Nebel auf meiner Erinnerung gelegen und etwas verhüllt, das ich nur schattenhaft wahrgenommen hatte. Nun traf es mich hart und grell. »Ich vermisse sie so«, sagte ich und sah die anderen hilflos an. »Ich will sie wiederhaben. Ich will nicht, dass das alles so enden muss. Sie waren glücklich. Sie hatten mich. Dieser Scheißkerl, ich hasse ihn.« Ich ballte die Hände zu Fäusten. »Entschuldigt. Geht gleich wieder.«

Sam zog mich an sich und nahm mich in den Arm. Ich lehnte mich an ihn und schniefte ein bisschen.

»Lou«, sagte Amy sanft. »Ist schon okay. Es muss nicht gleich wieder gehen.«

Phil legte den Arm um ihre Schultern. »Ich erzähl dir alles«, sagte er. »Ich glaub, Lou und Sam brauchen noch einen Moment für sich.«

Amy sah ihn fragend an. »Kannst du sie denn wieder allein lassen? Du musst doch verhindern, dass sie flüstern.«

Phil runzelte die Stirn. »Pádraig hat nichts dazu gesagt. Aber ich bin eigentlich sicher, dass ich das kann. Erstens ist Psi jetzt weg, und zweitens brauchten sie mich heute Nacht dann doch nicht.«

»So langsam versteh ich gar nichts mehr«, sagte Amy.

Sam schmunzelte. »Phil will sagen, dass er doch nicht Teil der Lösung war, sondern nur Teil des Problems.«

»Lass ihn reden, Amy«, sagte Phil. »Er steht noch unter Drogeneinfluss.« Er zog Amy mit sich. Ich hörte noch, wie sie entgeistert »Drogen?« rief, dann waren Sam und ich allein.

Schweigend gingen wir Arm in Arm zum Teich von Moonrose Manor. Am Bootssteg glitzerten kleine Lichter. Aber niemand war dort, vermutlich, weil sich bodenlange Ballkleider nur sehr bedingt zum Bootsfahren eigneten.

Ich war froh, dass ich nichts sagen musste. Sams Herz hörte meinem zu.

»Hey, du«, sagte Sam irgendwann. Er löste seinen Arm, der immer noch um meine Schultern lag, und nahm stattdessen meine Hände in seine. »Du bist nicht nur traurig, sondern auch wütend«, stellte er fest.

Ich nickte. »Psi hatte mir mal ganz am Anfang etwas geschrieben, um mir Angst zu machen«, sagte ich. »Es sei nicht so einfach, wie man anfangs vielleicht denke, die Gefühle eines anderen zu spüren. Dieses Phänomen habe schon Beziehungen und sogar Menschen zerstört. Da hat er von meinen Eltern gesprochen. Aber in Wahrheit war er es, der sie zerstört hat. Und damit lockt der mich an! Das ist so fies und macht mich so was von sauer. Ich bin irgendwie noch nicht fertig mit ihm.«

»Musst du auch nicht sein«, sagte Sam. »Das hier ist noch lange nicht das Ende. Wir haben noch viel Zeit, alle Fragen zu klären, auf die wir bis jetzt keine Antworten haben.«

Ich nickte. Und war froh, dass er nicht sagte, ich solle das loslassen, um weiterzuleben, so wie Onkel Pádraig. Das wollte ich nicht, das konnte ich nicht, und das würde ich auch nicht tun.

Das Wasser schwappte leise gegen den Bootssteg. Im Schilf raschelte ein Windhauch. Von fern hörten wir leise Musik und Gelächter. Ich drehte mich um und betrachtete Moonrose Manor. »Wir sind erst ein paar Tage hier«, sagte ich versonnen. »Und als wir ankamen, dachte ich, das hier wären einfach nur Ferien in einem ehrwürdigen englischen Herrenhaus mit grauen Mauern, Rosen im Park, Marmorstatuen und einem schrulligen Lord. Und, weißt du noch, wir wollten mehr über unser Herzflüstern herausfinden. Seltsam, wie sich das alles entwickelt hat.«

Sam nickte. »Aber trotzdem waren es auch unvergleichlich schöne Tage in einem englischen Herrenhaus. Mit einem unvergleichlich schrulligen Lord.« Ich hörte, wie er lächelte. »Und wir haben viel über unsere Gabe herausgefunden. Wir sind da viel weiter gekommen. Übrigens, da fällt mir auf: Wir haben diese Echo-Déjà-vus nicht mehr. Schon gemerkt?«

Ich nickte. »Aber das Problem mit Phil haben wir noch.«

»Schschsch«, machte Sam. »Lass uns jetzt nicht von Phil reden. Das kriegen wir auch noch in den Griff. Eigentlich finde ich sowieso, dass wir jetzt erst mal genug geredet haben. Zumindest auf diese Art …«

Er zog mich an sich, und wir testeten zur Abwechslung mal wieder ausgiebig die andere Art.

# Sommernacht

»Sieh mal, die Sterne«, sagte Sam. Wir standen mit zurückgelegten Köpfen am Bootssteg von Moonrose Manor.

Phil und Amy waren schon reingegangen, aber Sam und ich mussten noch etwas zu Ende bringen.

»Weißt du noch, als wir uns das allererste Mal unterhalten haben? Auf dem Schiff?« Er legte den Arm um meine Schultern. »Da waren über uns Sterne.«

Ich nickte. »Du hast damals gesagt, dass das Zentrum der Milchstraße nach Himbeeren schmeckt.«

Er lachte leise. »Stimmt. Und in unserer letzten Nacht auf der Galatea waren auch Sterne über uns.«

Ich lehnte mich an ihn. »Da hast du gesagt, du würdest versuchen, in meiner Nähe zu sein, solange du lebst.«

»Jetzt hast du da oben zwischen den Sternen zwei, die du niemals vergessen wirst«, fuhr Sam fort und zog mich behutsam an sich.

Ich blinzelte eine Träne weg und nickte.

»Hier. Für dich.« Sam gab mir eine kleine Schachtel, sie fühlte sich samtig an.

»Was ist das? Ich seh nichts, es ist zu dunkel.«

»Du musst nichts sehen. Mach auf.«

Ich öffnete die kleine Box, tastete hinein und spürte einen kleinen Stern. Er fühlte sich kühl an und war an einer zarten Kette befestigt.

*»Er ist aus Kristallglas, und die Kette ist aus Silber«, sagte Sam.*

*»Welche Farbe hat er?«, fragte ich leise.*

*»Alle«, sagte Sam. »Er ist durchsichtig und schimmert in allen Farben des Regenbogens. Du kannst ihn berühren, wann immer du Sternenzauber brauchst.«*

*Ich nahm die Kette vorsichtig aus der Schachtel und legte sie an. Und dann – küsste ich Sam.*

© Tomas Rodriguez

**Mara Andeck** schreibt Bücher für Kinder, Jugendliche und Erwachsene. Sie ist die Autorin der beliebten Tagebuch-Reihe rund um Lilia (*Wen küss ich und wenn ja, wie viele?* und Folgebände). *Wunder & so – Falls ich dich vermisse* ist der zweite Band ihrer neuen Jugendbuchtrilogie. Die Autorin lebt mit ihrer Familie und zwei Hunden in der Nähe von Stuttgart.

# Lilias Tagebücher – so romantisch und zum Lautlachen komisch!

Wen küss ich und wenn ja, wie viele?
9783843210881

Wer liebt mich und wenn nicht, warum?
9783843210959

Wenn Liebe die Antwort ist, wie lautet die Frage?
9783843211031

»Wie? Ich bin zu jung für einen Freund? Hallo??? Ich bin sechzehn! Shakespeares Julia war dreizehn, als sie sich in Romeo verliebte und ihn einen Tag später heiratete. Dreizehn!!!«

In drei Tagebüchern erzählt Lilia vom Küssen, von Schmetterlingen im Bauch und davon, welche Rolle Bioreferate bei der Suche nach dem Liebesglück spielen können. Zum Lachen. Und zum Träumen schön.

Für alle ab 13 Jahren.

## *Küssen Finnen besser?*

Mara Andeck
WENN DAS LEBEN DICH NERVT, STREU GLITZER DRAUF
240 Seiten
ISBN 978-3-414-82527-8

Tess ist genervt: Gerade hat sie noch von den perfekten Sommerferien mit Sonne, Stränden und Jungs geträumt, da machen ihre Eltern ihr einen Strich durch die Rechnung: Sie wollen umziehen – und ab sofort mit Opa, Cousin, Onkel und Tante sowie deren vier Nervensägen einen auf Großfamilie machen. Da ist Chaos vorprogrammiert. Tess ist schon dabei, sich auf unschlagbar öde Ferien einzustellen, da bahnt sich plötzlich eine süße Überraschung aus dem Norden an. Vielleicht steht Tess ja doch noch ein glitzernder Sommer bevor ...

Leicht, witzig und zum Mitschmachten schön

Boje